SON LOUP PROTECTEUR

Par
Alex McAnders

McAnders Books

*****

Les personnages et les événements dans ce livre sont fictifs. Toute ressemblance avec des personnes réelles, vivantes ou mortes, est fortuite et non voulue par l'auteur. La personne ou les personnes figurant sur la couverture sont des modèles et ne sont pas associées à la matière de création, le contenu ou le sujet de ce livre.

Site Officiel: www.AlexAndersBooks.com
Podcast: BisexualRealTalk
Visitez l'auteur sur Facebook à
l'adresse: Facebook.com/AlexAndersBooks
Obtenez 4 livres de français gratuits lorsque vous vous inscrivez pour la liste de diffusion de
l'auteur: AlexAndersBooks.com

Publié par McAnders Publishing

Autres titres de Alex McAnders

Romance Gay

Problème de Mariage Mafieux; Livre 2
Un sérieux problème; Livre 2; Livre 3; Livre 4; Livre 5;
Livre 6

Gay Loup Garou

Son Loup Protecteur; Une romance de milliardaire
mafieux (Shifter)
Son Loup En Cage; Livre 2; Livre 3; Livre 4; Livre 5;
Livre 6

SON LOUP PROTECTEUR

Chapitre 1

Dillon

Prenant une profonde inspiration, j'ai marché vers l'immeuble de mon père. Chaque pas faisait écho aux battements de mon cœur. Après des années de négligence et d'abandon, je l'affrontais. Je voulais des réponses, et une petite partie fragile de moi avait besoin d'excuses.

Le bâtiment en briques de trois étages, rempli de graffitis, se dressait devant moi. Retenant mon souffle, je m'engageai dans l'étroite ruelle. Débouchant dans l'arrière-cour, j'ai trouvé la sortie de secours.

À ma grande surprise, en poussant dessus, j'ai constaté qu'elle avait déjà été ouverte. J'ai donc pris appui sur le poids de mon corps svelte et j'ai forcé l'entrée.

Combien d'heures d'enfance avais-je passé à regarder la fenêtre de mon père depuis l'autre côté de la rue? Les personnes que je voyais parfois à l'intérieur étaient-elles de sa famille? Étaient-ils ceux qu'il avait choisis plutôt que moi et ma mère?

En remontant la cage d'escalier en béton humide et taché, j'ai débouché au dernier étage. Tout comme l'espace commercial au rez-de-chaussée, il avait l'air vide. Le seul signe de vie était la porte peinte de couleurs vives au bout du couloir.

Je pris le temps d'essuyer mes mains moites contre mon jean et je me fortifiai. En m'approchant, le bruit sourd de mes tocs a vibré sur les murs. Chaque écho était un coup de poing.

Rapidement, la porte s'ouvrit en grinçant. De l'autre côté se trouvait une silhouette pâle, plongée dans la lueur stérile de la lumière qui jaillissait de derrière lui. C'était mon père. Je ne l'avais jamais vu de près.

Lorsqu'il m'a reconnu, ses yeux se sont plantés dans mon visage.

«Toi?» a-t-il grogné.

Je ne voyais aucun reflet de moi-même dans l'homme qui se tenait devant moi. Mes traits raffinés, sur lesquels les hommes m'avaient si souvent complimentée, n'étaient que des courbes brisées sur lui. Mon teint caramel métissé ne laissait rien présager de sa peau claire. Et les boucles indisciplinées qui définissaient mon profil étaient sombres, droites et plates sur sa tête.

Malgré cela, je savais qui était cet homme. Ma mère me l'avait dit à maintes reprises. Il était temps pour lui de le dire aussi.

«Oui, c'est moi. Ton fils.»

Les mots sont sortis plus réguliers que je ne l'avais prévu. Chaque syllabe était chargée de mes années de douleur, de mes années d'attente d'une reconnaissance qui n'est jamais venue.

En marchant dans les rues de mon ancien quartier, j'ai levé les yeux vers les bâtiments qui m'étaient autrefois familiers. C'était Brownsville, Brooklyn, un endroit qui était autrefois ma maison et qui me semblait maintenant si étranger. J'ai regardé les lampadaires qui perçaient l'obscurité de la fin de la nuit. Ils projetaient des ombres allongées et inquiétantes qui semblaient me suivre.

En marchant, mon estomac s'est retourné. J'ai frissonné alors qu'un vent froid se glissait dans mon col. La chair de poule me piquait la peau.

Pourquoi étais-je ici? C'était à des kilomètres de l'appartement que j'occupais à l'université, dans le New Jersey. Et comme j'avais déménagé de Brownsville pendant le collège, tous ceux qui marchaient dans les rues étaient des étrangers. La seule personne que je connaissais qui vivait encore ici était..,

«Mon père…» marmonnai-je pour moi-même.

C'est vrai. J'étais venu pour affronter enfin l'homme que je n'avais jamais connu. J'avais prévu de forcer l'issue de secours de son immeuble presque abandonné et de frapper à sa porte. Comment ai-je pu l'oublier?

Pivotant sur la pointe des pieds, je serrai les dents et fixai le bâtiment de trois étages qui se trouvait à deux pâtés de maisons. La laideur de la façade de l'immeuble de mon père me rongeait à mesure que la réalité de ma confrontation imminente s'imposait à moi.

Mon cœur battait la chamade dans ma poitrine. Mes paumes devinrent moites à mesure que je m'approchais de cette structure familière mais détestable. C'était peut-être une horreur pour tout le monde, mais pour moi, c'était un symbole de l'ignorance et de l'indifférence de l'homme qui vivait là.

En levant le regard, j'ai aperçu la lueur de la fenêtre de son appartement. Elle tirait de vieilles ficelles familières dans mon cœur; un rappel d'un temps plus simple où tout ce que je voulais, c'était franchir ce seuil. D'innombrables fois, lorsque j'étais enfant, je m'étais tenu devant cette fenêtre, mais aujourd'hui, je n'étais pas là pour me languir. J'étais là pour obtenir des réponses.

Comme si je savais qu'elle serait ouverte, j'ai contourné le bâtiment jusqu'à la porte de derrière. La serrure était usée, comme si on l'avait forcée plusieurs fois. En montant les escaliers, je me suis rendu compte à quel point la cage d'escalier ressemblait à d'autres. Pourquoi me semblait-elle si familière? C'était comme si j'avais été dans un endroit similaire récemment. Mais où?

En entrant dans le couloir, j'ai été envahi par un sentiment similaire. Avais-je vu cet endroit en rêve? Tout au long de mon enfance, j'ai fait plus d'un rêve qui s'est réalisé. Le sentiment que j'éprouvais en était-il le prolongement? Cela devait être le cas, n'est-ce pas?

Traversant lentement le hall, je m'approchai de la porte peinte de couleurs vives qui, pour une raison ou une autre, était gravée dans mon esprit. Que se passait-il? Quoi qu'il en soit, je n'allais pas me laisser arrêter. J'avais décidé que ce jour serait le bon et il l'était.

Levant mon poing pour toquer à la porte, je me suis rendu compte que j'avais déjà fait cela auparavant. J'avais déjà fait cela auparavant. Mais cela n'avait aucun sens. Je n'avais jamais parlé à l'homme qui, selon ma mère, était mon père. Alors, quand j'ai toqué et qu'un homme d'une pâleur maladive a ouvert la porte et m'a regardé dans les yeux, les choses ont eu encore moins de sens.

«Que fais-tu ici?» L'homme postillonna, furieux et confus.

«Je suis ton fils,» dis-je avec détermination.

«Tu vas partir et ne jamais revenir», dit l'homme en scrutant mon âme, remplaçant presque mes pensées par les siennes.

«Non!» ai-je dit d'un ton de défi.

«Tu vas répondre à mes questions» , ai-je déclaré alors que les battements de mon cœur provoquaient des ondes de douleur dans ma poitrine.

«Je t'ai dit de partir et de ne pas revenir», a insisté mon père.

«Et j'ai dit non,» criai-je, luttant contre le sentiment que mes tempes battantes allaient exploser.

Comme s'il se retirait de mon esprit, mon père a fait un pas en arrière. Son recul était comme une crampe qui s'estompait soudainement.

«Maintenant,» commençai-je, presque à bout de souffle, «tu vas me dire pourquoi tu nous as quittés, ma mère et moi. Je n'irai nulle part tant que tu ne l'auras pas fait.»

Je ne saurais dire si l'expression du visage de mon père était de la terreur ou du dégoût, mais elle me hantait. Il y avait de la noirceur dans ce regard. Le voir a fait naître en moi un autre sentiment. Un sentiment que je ne pouvais pas décrire.

«Tu veux savoir pourquoi je vous ai quittés, ta mère et toi?»

«C'est pour ça que je suis là. Dis-moi pourquoi tu as abandonné ton fils», dis-je en perdant l'armure qui protégeait mon cœur.

«C'est parce que tu n'es pas mon fils», a-t-il hurlé.

«Je suis ton fils. J'ai toujours été ton fils.»

«Tu ne l'es pas. Tu es une abomination!», a-t-il beuglé avec conviction.

Ses mots provoquèrent un choc en moi. La douleur qui était autrefois dans ma tempe est revenue deux fois plus douloureusement. C'était comme si une pensée en moi se battait pour sortir.

«Je suis ton fils. Je suis ton fils!» insistai-je.

«Tu es un rejeton du diable», a décrié l'homme pâle.

«Je suis ton fils!» répétai-je en me prenant la tête, essayant de l'empêcher d'exploser.

«Je ne suis pas ton père», dit le vieil homme une dernière fois avant de me projeter avec la force d'une boule de démolition sur le mur du couloir derrière moi.

Je me suis effondré dans une agonie aveuglante tandis que la porte se refermait devant moi. J'avais l'impression de devenir fou. Sans crier gare, mon esprit a été envahi de pensées. Les échos ne restaient que le temps de s'effleurer avant de s'éloigner en spirale et d'être remplacés par d'autres.

Je n'en pouvais plus. Mon cerveau était en train de se déchirer. D'abord gémissante, j'ai hurlé. J'ai hurlé à pleins poumons, et ce fut comme un miracle quand tout s'est arrêté. Il ne restait plus que les cicatrices, et tout avait soudain disparu.

J'ai eu peur d'ouvrir les yeux, mais je l'ai fait. Comme si le mal de tête avait possédé ma vision, tout avait l'air différent. C'était comme si j'avais ouvert les yeux à la piscine municipale. Le monde flou qui m'entourait scintillait. Et tandis que ma vue revenait lentement, j'ai remarqué quelque chose que je n'avais pas remarqué.

Le sol du couloir qui se termine à la porte de mon père était brûlé. Usé comme du charbon de bois, il était couvert de cendres.

Ce n'était pas normal. Quelque chose avait changé. Quelque chose de différent se bousculait en moi. Et sans le moindre doute, je savais que mon père pourrait me dire ce que c'était.

Comme si elle n'avait pas été fermée, j'ai touché la porte et elle s'est ouverte. L'intérieur de l'appartement a changé. Du sol au plafond, tout était brûlé. Il avait l'air éventré par les flammes et la seule chose qui n'y était pas était l'homme que j'avais pleuré la nuit en espérant qu'il me reconnaisse.

Mais il n'était pas seulement cet homme. L'image de mon père était un hologramme fantomatique qui masquait la créature qu'il cachait. Courbée et malformée, la personne que j'avais connue n'était pas du tout un homme.

En grandissant, mon meilleur ami, Hil, était un métamorphe. En sachant ce que lui et sa famille étaient, j'ai remis en question mes croyances sur ce qui était possible. Comment des humains qui se transforment en animaux pouvaient-ils exister? Plus extraordinaire encore, comment les vampires pouvaient-ils exister?

«Tu es un vampire», ai-je dit avant même de savoir ce que je disais.

L'homme m'a regardé avec stupéfaction.

«Tu n'es pas mon père. Tu ne peux pas l'être.»

Comme si l'image devant moi s'était envolée, je me tenais de l'autre côté de la pièce, alors que mon père et ma mère partageaient un lit. Au début, on aurait dit qu'ils faisaient l'amour, mais ce n'était pas le cas.

«Tu t'es nourri de ma mère. Tu l'as obligée à croire qu'elle était enceinte?» ai-je dit alors que la bande de film devant moi continuait à se dérouler.

«Mais pourquoi?»

«J'ai fait ce que mes maîtres m'ont dit de faire», répondit la créature décrépite avec une peur grandissante.

«Si tu es un vampire et que les vampires ne peuvent pas avoir d'enfants, que suis-je?»

«La progéniture de mes maîtres», siffla-t-il. «Une abomination.»

«Tu as peur», ai-je soudain constaté.

«Tu as peur de tout. Tu te caches ici, effrayée par les loups qui dirigent la ville. Tu as peur des vampires qui t'ont engendré. Et surtout...» me suis-je arrêté pour réaliser.

«Tu as peur de moi. Je t'ai déjà affronté. Tu m'as forcé à oublier. Mais tu n'as jamais essayé de me blesser ou de blesser ma mère parce que... Tu as peur de ce qu'elles te feraient.»

J'ai détourné le regard lorsque la confusion m'a envahie. Qui était le «ils» dont je parlais? S'agissait-il d'un démon? Etais-je un rejeton du diable comme l'avait laissé entendre mon père?

Attendez, ce n'était pas mon père. Les vampires ne peuvent pas avoir d'enfants. Il a forcé ma mère à croire qu'elle était enceinte pour que je puisse exister.

Lorsque j'ai relevé la tête, l'homme que j'avais pris pour mon père avait disparu. Une fois qu'il fut parti, la pièce revint lentement à la normale. La vision que j'avais eue avait disparu.

Pendant combien de temps avais-je détourné le regard? Le vampire m'avait-il encore contraint pour pouvoir s'échapper? Et surtout, qu'étais-je? Je n'étais certainement pas humain. Je n'étais pas non plus le fils de mon père.

J'étais venu ici pour obtenir des réponses et maintenant j'avais encore plus de questions. Qui étais-je? Quelles étaient mes origines? Et pourquoi, quoi que je fasse, j'étais toujours ce mec que personne n'aimait?

Chapitre 2

Remy

Je me tenais dans le bureau autrefois grand de mon père, transformé maintenant en salle d'hospice de fortune. Hil et ma mère étaient à mes côtés, tous nous regardions le corps sans vie de notre père. Le silence était suffocant, rompu seulement par les sanglots étouffés de ma mère qui essayait de retenir ses larmes.

Le chagrin m'envahissait. Mais en scrutant les ombres projetées sur le visage de mon père par la faible lumière, je ressentais plus que cela. Son héritage était complexe. J'avais passé ma vie à lui prouver ma valeur, mon alpha. Et j'avais fait des choses dont je n'étais pas fier. Maintenant qu'il était parti, je me demandais si tout cela avait été pour rien.

Hil rompit le silence. «Je m'occuperai de l'organisation des funérailles. Je veux faire cela pour Père» dit-il, la voix tremblante d'émotion. Je pouvais dire qu'il cherchait encore l'approbation de notre père, même après sa mort.

Je le regardais, mon cœur se serrant pour mon frère qui avait tant essayé d'échapper à la vie criminelle dans laquelle notre famille était née. Il n'était pas fait pour cela comme je l'étais. Contrairement à moi, il n'avait jamais réussi à cacher son attirance pour les hommes. Cela pendait autour de son cou comme une lettre écarlate. À la décharge de mon père, il n'avait jamais jugé Hil pour cela. Mais quand mon père et moi étions seuls, il ne cachait pas sa déception.

Ce n'était pas pour ce qu'Hil voulait faire avec d'autres hommes. C'est que mon père pensait que ses attirances l'empêchaient de changer de sexe. «Les loups métamorphes homosexuels n'étaient pas censés exister», m'a-t-il dit un jour. «Les dieux ne l'auraient pas permis.»

Ma métamorphose rendait cette théorie bien plus compliquée. Oui, je n'étais pas gay, mais je n'étais pas non plus hétéro. J'étais dans ce juste milieu. Mon père dirait-il que c'est pour cette raison que j'ai mis tant de temps à faire ma première métamorphose, et non parce que ma mère était humaine?

Quoi qu'il en soit, mon père avait raison sur un point: dans notre monde impitoyable, il était difficile de survivre sans avoir accès à son loup. D'autres alphas voulaient la mort de mon père. Vu la façon dont Père revendiquait son pouvoir, je comprenais pourquoi.

Cela signifiait que personne dans notre famille n'était en sécurité. Hil, son fils humain sensible, aurait toujours besoin de quelqu'un pour le garder en vie. En tant qu'alpha de notre meute, Père n'avait aucun problème à le faire, même s'il disait clairement qu'il voulait un héritier capable de prendre soin de lui.

C'est ce que je suis devenu pour lui. Je prenais soin de moi. Toujours incertain de quand le laissez-passer qu'il avait donné à Hil prendrait fin, j'ai rapidement commencé à prendre soin de Hil aussi. Cela ne me dérangeait pas. C'était mon petit frère. C'était mon rôle. Mais devoir être le loup que mon père voulait que je sois avait un prix.

«Merci, Hil!» dis-je, ma voix trahissant la douleur que je ressentais.

Ma mère a tendu la main et a serré la mienne, ce touché chaleureux mêlé de tristesse et de gratitude. Je pouvais voir l'espoir dans ses yeux pour un avenir meilleur, libre de la violence et du danger qui avaient hanté notre meute pendant si longtemps.

Mes pensées s'égarèrent vers le pacte que j'avais conclu avec Armand Clément, le rival le plus féroce de mon père. J'avais accepté de lui céder les activités illégales de mon père en échange des activités légales, et ainsi assurer la protection de ma meute.

Les loups de mon père deviendraient ceux d'Armand et ma vraie meute serait libérée du monde criminel. C'était un pari désespéré, mais je ne pouvais pas supporter l'idée de remplacer mon père comme alpha de sa meute. Pas avec les attraits que j'avais et un frère comme Hil.

Combien de loups de mon père devrais-je tuer avant qu'ils ne me cèdent leur place? Je n'avais aucun doute sur le fait que je les vaincrais. Mais je voulais que ma meute prenne une autre direction.

De plus, notre famille avait déjà tant à se faire pardonner. À un moment donné, il faudrait que je découvre comment redonner à la communauté ce qui lui revient de droit. L'obsession du pouvoir de mon père avait causé beaucoup de douleurs. Cela ne pouvait pas être le seul cadeau de ma famille au monde. Les métamorphes loups étaient plus que des cauchemars humains.

C'est alors que Dillon s'est imposé dans mon esprit. Il était le meilleur ami humain de Hil et le garçon dont la présence ne me faisait jamais oublier que je n'étais pas hétéro. Ses lignes élancées, sa peau légèrement hâlée, ses cheveux vaguement bouclés dont je rêvais de passer mes doigts à travers.

Tout cela faisait de moi un loup qui rêvait chaque nuit de le caresser. Un mec qui fantasmait à l'idée de glisser ma main sous son t-shirt et d'enrouler mes larges mains autour de sa poitrine étroite. Il était mon ancrage dans les mers turbulentes de mon père et maintenant, l'océan qui me séparait de Dillon gisait devant moi, mort, manqué et regretté.

M'excusant avant que ma famille ne voie le sourire qui se dessinait lentement sur mon visage, je me dirigeai vers ma chambre d'enfance. Je ne pouvais attendre plus longtemps. J'avais besoin d'entendre sa voix. Mon loup a fait les cent pas à l'idée. Je devais l'appeler.

Récupérant mon téléphone, je trouvais son numéro. Prenant une grande respiration, je composai le numéro. Mon cœur battait d'anticipation. Le téléphone sonna et mes paumes devinrent moites.

«Allo!» La voix de Dillon résonna au téléphone, chaleureuse et apaisante comme toujours.

«Hey, Dillon, c'est Remy.» J'essayai de garder ma voix stable en parlant. «Je voulais juste te dire que mon père… il est décédé.»

«Oh, Remy, je suis vraiment désolé.» Comme nous tous, il savait que cela allait arriver. Mais son empathie m'enveloppa comme une vague apaisante. «Comment tu tiens le coup?»

Ma gorge se resserra alors que je luttai pour garder mon calme. «Je… je m'en sors,» avouai-je, le poids de mes émotions menaçant de submerger. Désireux de reprendre le contrôle, je changeai rapidement de sujet. «Écoute, je me demandais si tu pourrais m'aider avec quelque chose.»

«Bien sûr. De quoi s'agit-il?»

«Hill a dit qu'il voulait s'occuper des arrangements pour l'enterrement. Je pense qu'il a vraiment besoin de ton soutien en ce moment.»

Il y eut une pause à l'autre bout de la ligne avant que Dillon n'acquiesce doucement. «Tu n'avais pas besoin de me demander ça, Remy. Je ferai tout ce que je peux pour aider.»

Le silence qui suivit fut lourd de non-dits, mon cœur se faisant lourd à l'idée de lui avouer mes sentiments. Mais je ne pouvais pas encore me résoudre à le dire.

«Merci. Je sais que je peux toujours compter sur toi,» lui dis-je avec un sourire.

«Ce n'est pas un problème, Remy. J'aime pouvoir t'aider… toi et Hil,» me rassura-t-il, sa voix empreinte de sincérité. «Nous allons surmonter cela ensemble. Dis-moi juste ce dont tu as besoin.»

J'acquiesçai, même s'il ne pouvait pas me voir. «Je l'apprécie.»

«Je sais,» dit-il assurément.

En raccrochant, je me demandais ce que je faisais. Je n'avais plus besoin de me contenter de conversations de deux minutes avec lui. J'étais libre. Je ne savais pas ce qu'il ressentait pour moi, mais je n'avais plus à cacher mes sentiments pour lui. Il était temps que je le lui dise.

Une bouffée de chaleur nous a envahis, moi et mon loup. C'était un mélange de terreur et d'exaltation.

«Après les funérailles,» dis-je à voix haute. «Ma nouvelle vie commence à la fin de l'ancienne.»

Je pouvais à peine imaginer une vie sans cache-cache ni secret. J'allais embrasser la vérité et voir où elle nous mènerait. Est-ce qu'être avec Dillon allait vraiment

être aussi simple? Je ne savais pas, mais j'étais sur le
point de le découvrir.

Chapitre 3

Dillon

Après avoir raccroché avec Rémy, je me tenais dans mon appartement, ma sacoche toujours sur l'épaule. Je venais d'entrer après avoir affronté le vampire que j'avais pris pour mon père. C'était parfait que la voix de Rémy soit la première que j'entendais. Je ne sentais plus mon visage.

Remy venait-il vraiment de m'appeler? Me demandai-je tandis que mon cœur s'emballait, effaçant la confusion d'il y a une heure. Quel avait été le but de son appel?

Il avait dit que c'était pour apporter mon aide à Hill, mais il devait bien savoir que je l'aurais fait de toute façon. Non, il devait y avoir plus à cela. Cherchait-il du réconfort pour la mort de son père? Car aussi proches que j'aurais aimé que nous soyons, Remy et moi ne l'étions pas.

Alors, la raison de son appel pourrait-elle être autre chose? Pourrait-il être secrètement amoureux de moi et que je n'avais pas été fou toutes ces années à rêver qu'il l'était?

C'est à cause de Rémy que j'ai affronté celui que je croyais être mon père. Enfin, pas à cause de lui directement. Mais parce que j'avais beaucoup interagi avec Remy pendant que Hil était absent que j'avais remarqué le vide béant dans ma vie. En était-il de même pour lui?

En y pensant, je me souvins immédiatement des nombreuses raisons pour lesquelles Remy n'aurait aucun intérêt pour quelqu'un comme moi. Pour commencer, bien que je ne sois normalement pas un total désastre, autour de lui, je l'étais. Il y avait deux mois après que Hil et moi soyons devenus amis pendant lesquels je ne pouvais même pas former de mots en sa présence.

J'avais 14 ans, pas 10. Et oui, il était super sexy, même même avant qu'il ne se transforme en loup. Mais il n'y avait aucune raison pour que j'ai perdu la faculté de parler en sa présence.

Il y avait aussi cette fois où Remy nous avait surpris, Hil et moi, en train de regarder un film porno gay dans la chambre de Hil. J'avais demandé à Hil s'il avait bien verrouillé la porte, et il m'avait assuré que oui. Alors, quand Remy est entré en trombe, nous trouvant la queue à la main, j'aurais pu m'évanouir.

Et puis, n'oublions pas cette fois, quand j'avais 16 ans et que les parents de Hil m'avaient laissé séjourner chez eux pendant que la famille de Hil emmenait ma mère en vacances avec eux. J'avais cours donc je ne pouvais pas partir, pensant être seul, j'avais organisé une fête dansante en solo, entièrement nu dans leur penthouse, coiffé d'un turban de serviette et une brosse à cheveux en guise de micro.

C'était le moment que Remy a choisi pour passer vérifier la maison. Ça n'aurait pas été si embarrassant si le petit Dillon n'avait pas été aussi excité de sortir. Mais qui pourrait lui en vouloir? Montrez-moi quelqu'un qui n'aime pas bouger sur le rythme de 'Bad Romance' et je vous montrerai quelqu'un qui ne sait pas vivre.

Mes joues étaient en feu à ces souvenirs. Mais comme toujours, je me rappelais que l'humiliation que j'avais éprouvé devant Remy n'avait pas d'importance. Parce que aussi loin que mes fantasmes pouvaient m'emmener, un mec comme Remy, avec sa carrure de dieu grec, ses cheveux somptueux, et son statut de prince-alpha, ne pourrait jamais être attiré par les garçons, bien moins par un humain comme moi.

En outre, ce n'était pas le moment de fantasmer. J'avais beaucoup de choses à faire. Je venais de découvrir que je n'étais pas humain et je n'avais aucune idée de ce que j'étais. Comment pouvais-je faire face à cela?

De plus, mon meilleur ami, Hil, traversait une période difficile. Malgré leur relation compliquée, je savais à quel point il aimait son père. Oui, son père l'avait enfermé dans leur appartement, ne permettant jamais à Hil d'avoir une vie sociale en dehors de moi. Mais ce n'était pas parce que son père était un monstre. Les métamorphes loups qui dirigent des mafias ont une vie dangereuse.

Et, ce n'était pas comme si son père avait tort. La seule fois où Hil a réussi à échapper à la protection de sa famille, il s'est fait kidnapper par un des rivaux de son père. Remy et le petit ami métamorphe de Hil, Cali, ont dû lui venir en aide. Le gars a tiré sur Cali en échange de la libération de Hil. Cali allait bien, mais tout de même. Hil et Remy vivaient dans un monde fou et son père avait dû le protéger.

D'un autre côté, lorsque Hil s'est avoué gay, son père terrifiant l'a accepté tel qu'il est. Hil me disait que jamais son père ne l'avait fait se sentir mal pour son attirance. En fait, ses parents m'ont même présenté à lui, et il n'y avait pas de doute sur le fait que je n'étais pas hétéro.

Donc, malgré tout, le père de Hil a été un bien meilleur père que le mien. Et maintenant, son père n'était plus là. Mon cœur se serrait pour lui.

Prenant une profonde inspiration, je me suis promis de laisser de côté le mystère de mon identité et les sentiments que j'éprouvais pour Rémy pour me concentrer sur la présence d'Hil dans les semaines à venir. Et alors que les frissons que Remy me procurait chaque fois que je pensais à lui s'atténuaient, j'ai repris mon téléphone.

Je ne savais pas pourquoi j'étais nerveux, mais en composant le numéro de Hil, mon cœur battait la chamade. Quand l'appel a abouti, la voix de Hil était tremblante.

«Allô, Dillon.»

«Salut, Hil… Je viens d'apprendre pour ton père.»

Un léger silence. «Vraiment? Comment?»

«C'est Remy qui me l'a dit», ai-je dit, désirant ardemment partager à quel point c'était incroyable qu'il l'ait fait.

«Oh. D'accord.»

«Je suis vraiment désolé, Hil. Comment ça va?» ai-je dit, souhaitant pouvoir le serrer dans mes bras à travers le téléphone.

«C'est juste si dur d'accepter qu'il soit parti.»

«Je n'ose même pas imaginer. Mais je suis là pour toi, d'accord? Quoi que tu aies besoin, je serai là.»

Hil a soupiré, sa voix se cassant légèrement. «Je t'en suis vraiment reconnaissant. J'ai dit à Remy que je voulais m'occuper des funérailles.»

«Wow, ça fait beaucoup.»

«Oui, mais j'en ai parlé à Cali et il m'a proposé son aide. Donc, je vais beaucoup compter sur lui.»

«C'est génial.»

«Oui», a t-il dit suivi d'une pause.

«Qu'est ce qu'il y a?»

«Il y a quelque chose avec quoi tu pourrais m'aider, toutefois.»

«Sans souci! Tout ce que tu veux. Dis-moi juste quand et où.»

Le lendemain, Hil et moi nous sommes retrouvés dans une boutique des urnes funéraires. Je ne savais même pas que cela existait. Mais c'était le cas et nous y étions.

L'endroit dégageait une élégance sombre, avec un éclairage doux qui projetait une lueur chaleureuse sur les vases polis et peints à la main. Être là, à la recherche du dernier lieu de repos du père de Hil, était surréaliste. C'était uniquement à cause de la signification, mais aussi à cause des étiquettes de prix.

Avec tout le respect que je dois, les urnes étaient juste des vases avec des couvercles. Comment une pouvait-elle coûter 22 000€? Certes, elle était en marbre orné d'or… peu importe ce que cela signifie. Mais je pouvais à peine me permettre le bus que j'avais pris pour venir ici.

Alors que nous déambulions dans les allées parmi la collection d'urnes en diamant, le sujet de notre conversation passait de son père à Remy. Ce n'était pas moi qui l'avais changé. Mais je n'allais pas laisser passer une occasion d'ajouter du matériel à mes fantasmes… quand cela serait de nouveau approprié… de penser au frère de mon meilleur ami.

«Je pense que j'ai fait la paix avec le fait que père préférait Remy. Je veux dire, je le comprends. Il a le besoin de mon père de prendre soin de tout le monde. Il l'a même eu quand il était enfant. «

«Il y a eu des moments, quand nous étions enfants, où il se comportait comme le pire des grands frères avec moi. Mais si vous me demandiez qui me protégerait si quelque chose de mal arrivait, ce ne serait pas une question. Ce serait lui.»

J'ai hoché la tête, comprenant à quel point Remy comptait pour Hil. «Il a toujours été là pour toi, n'est-ce pas?»

«Oui, mais en même temps, je ne peux m'empêcher de m'inquiéter pour lui.»

«Pourquoi ça?» ai-je demandé, ma curiosité piquée.

Hil a soupiré, passant une main dans ses cheveux. «Je ne pense pas qu'il réussira un jour à laisser la vie en meute derrière lui.»

Et par «la vie en meute, tu fais référence à l'entreprise de ta famille?»

«Ouais! Et je sais qu'il a conclu le marché qui devrait nous libérer, mais je ne suis pas sûr qu'il y ait une issue.»

«Tu t'es échappé,» dis-je en faisant référence à la nouvelle vie tranquille d'Hil avec son petit-ami dans le Tennessee.

«Oui, mais je n'ai jamais fait partie de ce côté de la meute de mon père. Mon père a un jour dit à Remy et moi que le seul moyen de quitter son monde était dans un sac mortuaire. Je ne pense pas que Remy puisse s'en sortir s'il essayait.»

Je fronçais les sourcils, ne voulant pas le croire. «Je pense qu'avec la bonne personne à ses côtés, il pourrait certainement laisser cette vie derrière lui.»

Hil me jeta un coup d'œil, son expression indéchiffrable. «Dillon, tu parles de toi-même?»

J'hésitais, réalisant comment cela avait dû sonner. «Eh bien, je veux dire, pas seulement moi. Mais quelqu'un qui se soucie de lui et qui veut le voir heureux.»

Hil se redressa mal à l'aise, n'appréciant visiblement pas l'idée. «Puis-je te poser une question sérieuse? Parce que je sais que tu aimes plaisanter sur les choses.»

«Bien sûr, tu peux. C'est quoi? «

«Penses-tu vraiment que Remy et toi…»

Dès qu'il commença à le dire, je sentis mon visage brûler. Je ne savais pas si j'étais gêné ou simplement blessé, mais je ne pouvais pas supporter de l'entendre terminer ce qu'il s'apprêtait à dire.

«Je veux dire, pourquoi pas?» interrompis-je. «Est-ce si absurde de penser que je pourrais être bon pour lui?»

«Non, Dillon, ce n'est pas ça.» Hil soupira, sa voix tendue. «Je pense que ce n'est pas lui qui est bon pour toi. Tu es la meilleure personne que je connaisse. Que se passerait-il si quelque chose venait à se produire entre vous deux? Le meilleur des scénarios c'est qu'il t'entraîne dans son monde fou.»

«Dillon, j'ai passé toute ma vie à planifier ma fuite de cet endroit. Tu pourrais amèrement regretter d'être avec Remy.» Hil prit une urne et la tint entre nous. «Ou pire,» dit-il avec tristesse dans les yeux.

En regardant l'urne rutilante, un frisson me parcourut le dos. Mais malgré ce que Hil disait, je ne pouvais pas abandonner ma foi en Remy.

«Hill, si jamais il devait se passer quelque chose entre moi et Remy, il me protégerait tout comme il te protège. N'as-tu pas dit que c'était ce qu'il faisait? Penses-tu qu'il pourrait arrêter de protéger les gens s'il essayait?»

En retrouvant le regard d'Hil, je vis sa frustration. Alors que nous reprenions nos recherches, je pensais que la conversation était terminée.

«Sais-tu au moins si Remy est intéressé par les garçons, et encore moins les humains? «Hil lança soudain d'un ton plus fort que ne le permettait la discrétion dans une boutique d'urnes.

Au lieu de répondre, je repensai à tous les regards volés et aux attouchements qui avaient alimenté mes fantasmes au fil des ans.

«Premièrement, il y a eu des moments où nous n'étions que tous les deux qui m'ont fait penser qu'il pourrait l'être,» dis-je honnêtement.

Hil leva un sourcil. «Attends, quand avez-vous été seuls ensemble?»

«Ça n'a pas été souvent,» admis-je, «mais ça s'est produit au fil des ans. Et parfois, quand cela arrive, il me regarde d'une manière qui ne peut pas être hétéro.»

Hil semblait toujours sceptique.

«Deuxièmement», ai-je dit, ne sachant pas si c'était le moment de le lui dire.

«Deuxièmement, quoi?»

«Deuxièmement, je ne pense pas être humain. Je ne pense pas être humain. Je suis presque sûr de ne pas l'être», dis-je en hésitant.

Le scepticisme de Hil se transforma en confusion.

«Qu'est-ce que tu racontes?»

«Je ne te l'ai pas dit, mais j'ai décidé d'affronter mon père.»

«Affronter ton père? Qu'est-ce que tu veux dire?»

«Je ne t'en ai jamais parlé avant, mais je n'ai jamais vraiment parlé à mon père.»

«Quoi?» dit Hil, confus et horrifié.

«Oui, c'est un sujet douloureux, alors j'ai toujours évité d'en parler.»

Hil a eu l'air abasourdi. «Quand l'avez-vous affronté?»

«Hier soir.»

«On s'est parlé au téléphone. Pourquoi ne m'as-tu rien dit?»

«Parce que ton père venait de mourir.»

«Tu aurais quand même pu me le dire. Affronter son père, ce n'est pas rien.»

«Oui! C'est encore plus important quand tu ajoutes que l'homme que je croyais être mon père n'était qu'un vampire qui a fait croire à ma mère qu'elle était enceinte et que j'ai l'impression de développer des pouvoirs.»

Hil resta bouche bée.

«Quels sont tes pouvoirs?»

Je l'ai regardé en me demandant comment je pouvais l'expliquer.

«Je peux dire que tu es un loup.»

Hil regarda autour de lui pour s'assurer que personne n'écoutait. «Mais tu sais que je suis un loup.»

«Je le sais. Mais maintenant je peux le voir.»

«Qu'est-ce que tu veux dire?»

J'ai fait une pause et je me suis concentré sur Hil.

«En plissant les yeux, je te vois, mais je vois aussi un loup de lumière qui se tient là où tu es.»

«Comme sur moi.»

«C'est comme si vous étiez tous les deux au même endroit.»

«D'accord. As-tu vu ça avec d'autres personnes?»

«Je l'ai vu avec mon père… ou, l'homme que je croyais être mon père. Mais pour lui, c'était différent. Dans ton cas, tu es l'image réelle et ton loup est le projecteur de lumière. Dans son cas, la personne que tout le monde voyait était la projection de lumière, et la créature qu'elle contenait était le vrai lui.»

«Et tu penses que c'était un vampire?»

«J'en suis sûr.»

«Comment?»

«Je le sais, c'est tout.»

«Et il t'a dit qu'il avait forcé ta mère à croire qu'elle était enceinte? Pourquoi aurait-il fait ça?»

«Il a dit qu'il l'avait fait parce que ses maîtres lui avaient dit de le faire», ai-je dit d'un air sinistre.

«Eh bien, c'est inquiétant.»

«Racontes-moi. Alors, non seulement je ne suis pas humaine, mais je n'ai aucune idée de ce que je suis, ni pourquoi quelqu'un a fait croire à ma mère qu'elle était enceinte.»

«C'était pour qu'elle croie que tu étais son enfant», dit Hil avec assurance.

J'ai fait une pause pour réfléchir à cela. «Donc, vous me dites que ma mère n'est pas vraiment ma mère non plus?»

Hil m'a regardé avec compassion. «Je suis désolé, Dillon.»

«Merde», ai-je dit, accablé par tout ce qui se passait.

Alors que je me perdais dans mes pensées, Hil prit une urne.

«Celle-là», dit-il en tendant une qui respirait l'élégance majestueuse.

«Qu'en penses-tu?»

«C'est magnifique», dis-je en m'efforçant de revenir à mon ami en deuil. «Je pense que ton père l'aimerait».

«Je m'en occupe», a-t-il dit avec confiance. «Et Dillon, ne t'inquiète pas. Je t'aiderai à comprendre ce que tu es. J'ai rencontré des gens dans la ville de Cali qui connaissent ce genre de choses.» Hil hésita. «Ce qui veut dire que tu n'as pas besoin de t'engager avec Rémy pour le savoir.»

Hil avait vu clair dans mon jeu.

«Et s'il savait quelque chose que tes amis ignorent? Quand j'étais dans l'esprit du vampire...»

«Tu étais dans son esprit!» Hil m'interrompit.

«Oui! C'était comme si je lisais ses pensées ou que je voyais son histoire ou quelque chose comme ça. En tout cas, j'ai vu qu'il avait peur des loups qui dirigeaient la ville. C'était ton père, n'est-ce pas?»

«Je suppose.»

«Alors, ne serait-il pas logique que j'en parle à Rémy?»

Hil me regarda avec empathie et prit mes mains dans les siennes.

«Je sais à quoi ressemble Rémy et à quel point il peut être charmant. Mais je te promets qu'il y a un prix à payer. Je ne le supporterais pas si je te perdais aussi.»

En le regardant, j'ai vu la douleur dans ses yeux. Je l'ai pris dans mes bras et lui ai dit : «Je t'aime, Hil! Je serai toujours là pour toi. Quoi qu'il arrive.»

«Je n'ai pas supporté de te perdre», a-t-il répété en me serrant dans ses bras.

Mais en tenant mon meilleur ami dans mes bras, j'ai pris une décision. Même si j'aimais Hil et que je me souciais de ce qu'il ressentait, et même si ma crise d'identité était accablante, je ne pouvais pas ignorer ce que je ressentais pour Rémy.

L'allusion du vampire aux loups m'avait donné une excuse pour parler à Rémy, pour peut-être me rapprocher de lui à ce sujet. J'allais donc en profiter pour découvrir ce qu'il ressentait pour moi.

S'il n'aimait pas les garçons, alors très bien. Je l'accepterais et j'irais de l'avant. Mais s'il y avait une chance qu'il ressente la même chose, je devais la saisir.

Il y a quelques mois, Hil a pris un risque en faisant disparaître tous ceux qui l'aimaient. Ce risque lui a permis de trouver l'homme avec qui il passera le reste de sa vie. Si Remy était ce qu'il était pour moi, je devais le savoir. Et j'allais faire le premier pas après l'enterrement.

Chapitre 4

Rémy

Jetant un coup d'œil autour de la salle de conférence élégamment décorée du bâtiment où j'ai grandi, j'observais l'éclairage doux et les arrangements de fleurs élégants ornant les tables. L'atmosphère était lourde d'un mélange de chagrin et de nostalgie, mais cela ressemblait quand même à la célébration de la vie qu'il était censé être.

Scrutant les invités, j'aperçus ma mère droguée mais étonnamment sociable. Elle avait mieux gérer la situation qu'on ne l'attendait. Les miracles des produits pharmaceutiques modernes, n'est-ce pas?

Après elle, il y avait mon frère, Hil, et son petit ami, Cali. Voir Cali me faisait toujours sourire. Le loup métamorphe de la forêt, qui avait le courage de sortir ouvertement avec un homme, était incroyablement facile à agiter. C'est ce qui rendait ses taquineries si amusantes.

«Allons voir, comment allais-je l'appeler aujourd'hui?» Me demandais-je en m'approchant d'eux.

Hillbilly? Non, je l'ai appelé comme ça la dernière fois. Redneck? Trop utilisé. Tracteur-chasseur? Aimant de garde-boue? Baiseur de flanelle?

Approchant mon frère endeuillé, je lui serrais l'épaule.

«Tu as fait du bon travail avec la veillée funèbre, Hil. Vraiment. Tout le monde est impressionné. Papa l'aurait adoré.»

Avant que Hil ne puisse répondre, je me tournais vers Cali. «Et dans cette situation, un bon travail veut dire qu'il n'a pas mis une seule photo de cousins s'embrassant n'importe où dans l'endroit. Je sais que c'est bizarre pour toi.»

«Remy!» protesta Hil.

«Quoi?» demandai-je innocemment. «Je m'assurais simplement que votre Prince des Bouseux ici pouvait suivre la conversation. J'étais juste inclusif.»

Cali bégaya, voulant répondre mais sachant qu'il ne le pouvait pas, par respect pour l'occasion. Le regard torturé dans ses yeux me procurait une joie sans fin.

«Remy, ce n'est pas drôle,» répliqua Hil avec aigreur.

Je feignis d'être blessé. «Hil, tu vas vraiment me crier dessus aujourd'hui? Ici? Nous sommes à la veillée funèbre de notre père. Hil, je suis en deuil,» dis-je en espérant que mon sourire moqueur avait disparu.

Hil, qui ne savait plus où donner de la tête, se calma assez longtemps pour que je puisse regarder par-dessus son épaule. Derrière lui, Dillon se tenait seul. Il nous observait. Quand nos regards se sont croisés, mon loup s'est éveillé.

Alors qu'il portait son verre à ses lèvres, il détourna le regard. Mais il était trop tard. Mon loup était accroché. Et pour la première fois depuis notre rencontre, j'étais libre d'obtenir ce que je voulais, c'est-à-dire, plus de lui.

«Remy, tout ce que je dis, c'est…»

«… que tu n'as aucune empathie pour mon chagrin. Ouais, ouais, ouais. Je sais, mais pourrions-nous reprendre ça un peu plus tard?. J'ai des invités dévastés et je dois m'en occuper,» dis-je à mon petit frère, me sentant revigoré.

Traversant la pièce vers l'homme que je désirais depuis si longtemps, je réalisai que c'était le moment. J'allais lui dire ce que je ressentais. Je savais que je devrais être nerveux, mais je ne l'étais pas. La vie dont je rêvais et que j'avais planifiée pendant des années était à ma portée. Je ne pouvais plus attendre qu'elle commence.

M'approchant de Dillon, je ne pus m'empêcher de sourire.

«Merci d'être ici,» dis-je sincèrement.

«Ce n'est que normal,» répondit Dillon, ses yeux bruns doux et sincères. «Si je peux t'aider en quoi que ce soit, fais-le moi savoir.»

Mon esprit fut sur le point de basculer vers des pensées déplacées, mais je me ressaisis. «En fait, il y a quelque chose dont j'aimerais discuter avec toi.»

Dillon semblait amusé. «C'est drôle parce qu'il y a aussi quelque chose dont j'aimerais discuter avec toi. Mais tu devrais commencer.»

«Vraiment?» demandai-je surpris. «Dans ce cas, je t'en prie, vas-y,» insistai-je poliment.

«Non, vas-y. Ce que j'ai à dire peut attendre.»

«Non, non. Je pense que tu devrais commencer,» dis-je en lui montrant le type de petit ami que je serais pour lui.

«Remy, je t'en prie,» dit-il en touchant mon avant-bras.

Une chaleur m'envahit, excitant mon loup. Il m'était impossible de résister à sa requête maintenant.

«Tu sais quoi? Tu as raison. Ce que j'ai à dire pourrait influencer ce que tu as à dire, donc je devrais commencer.»

«Oh!» s'exclama Dillon, pris de court. «D'accord,» accepta-t-il nerveusement.

Je me redressai, un air sérieux envahissant mon visage. «J'ai réfléchi à toi… à nous. Et… je ne sais pas.»

Avec son teint hâlé devenant rouge vif, il posa délicatement ses doigts sur ma poitrine. «Attends, avant que tu ne le fasses, je dois te dire ça.»

«Non, vraiment, je devrais te dire ça en premier.»

Dillon insista, «Ne le dis pas jusqu'à ce que je t'ai dit ce que j'ai à dire.»

«Oh, merde!»

«Ce n'est pas grave. Je te le promets,» me rassura Dillon avant de remarquer que je regardais quelque chose derrière lui. Qu'est-ce qui ne va pas?»

«Je reviens dans une minute et je te promets que nous continuerons cette conversation,» dis-je, me détachant à contrecœur de lui.

Traversant la pièce avec mon loup prêt à surgir, je me dirigeai vers Armand Clément, le plus grand rival de mon père et l'alpha avec qui j'ai passé mon accord. En échange de ma libération du monde mafieux, j'avais accepté de lui céder les affaires illégales de mon père.

En contrepartie, je garderais les entreprises que j'avais créées de zéro. De plus, sa meute offrirait une protection à ma famille. J'avais considéré cela comme un gagnant-gagnant. Il obtenait ce pour quoi lui et mon père s'étaient battus, et moi, je serais libre d'avoir ce que j'avais construit… et Dillon.

Hil, ma mère, et moi ne lui devrions rien d'autre. Nous n'aurions plus jamais à le revoir.

Pourtant, le voilà flanqué avec deux de ses hommes de main et d'une superbe blonde assez jeune pour être sa fille. Luttant contre mon envie de me transformer et de les déchirer, lui et son loup, je me suis approchée de lui, suffisamment près pour sentir ses changements d'odeur.

«Que fais-tu ici, Armand?» demandai-je sans lui laisser de répit.

«Remy, je suis venu rendre hommage,» répondit-il avec une pointe de sarcasme.

«Des conneries. Si tu voulais témoigner ton respect, tu n'aurais pas mis un pied sur le territoire de mon père.»

«Mais ce n'est plus le territoire de ton père. C'est le mien. Tout est à moi et grâce à toi.»

«Et notre accord stipulait que tu te retirerais et nous laisserais vivre notre vie.»

«Non,» rectifia Armand avec un sourire narquois. «Notre accord stipulait que je te traiterais comme un membre de ma meute. Alors, je suis là… pour ma meute.»

Je fixai son visage suffisant, voulant y enfoncer mon poing. Je ne le pouvais pas, cependant. Pas ici. Pas maintenant.

«Arrête de tourner autour du pot et viens-en au fait, Armand. Pourquoi es-tu ici?»

L'homme à la face de scarface, au corps bâti sur l'indulgence, libéra un sourire de serpent.

«C'est pour ça que je t'apprécie. Tu vas toujours droit au but. D'accord, voilà. J'ai fait quelques recherches. Il se trouve que les entreprises que je t'ai permis de garder valent un peu plus que je ne l'aurais imaginé. Mes comptables parlent de plus d'un milliard.»

«Tu veux dire les entreprises que j'ai créées de zéro sans l'aide de mon père.»

«Non, je parle de celles que tu as créées sur le dos de l'empire de ton père – un empire qui est maintenant à moi.»

«Ce n'est pas ainsi que ça s'est passé. Mon père n'a rien à voir avec mes sociétés.»

«Mais son argent oui. De l'argent issu du sang de ma meute, à mes dépens.»

Je serrai les poings, luttant pour garder mon loup calme. «Armand, je t'ai déjà tout donné. Que veux-tu de plus?» Exigeai-je.

Ses yeux étincelaient d'un certain malice. «En fait, ce que je veux, c'est te faire une offre généreuse. Je ne te demanderai pas la part de tes affaires que beaucoup diraient que je mérite. À la place, je te donnerai une manière de garantir que personne que tu aimes ne subira aucun mal.»

«Et comment ça?»

«En unissant nos familles.» Il a fait un geste vers la jeune femme qui se tenait à côté de lui. «Je veux que tu épouses ma fille, Eris.»

Je le fixais, abasourdi, puis j'ai ri. «Tu ne peux pas être sérieux.»

Le visage d'Armand s'est durci. «Ce n'est pas une plaisanterie, Remy. Épouse ma fille et nos familles seront liées par autre chose que juste des affaires. Je ne fais pas cette proposition à la légère. Refuse et je le prendrai comme une immense insulte.»

Mon regard a voyagé d'Armand à la belle femme à côté de lui, puis à Dillon, qui nous observait attentivement de l'autre côté de la pièce. Je savais ce qu'Armand suggérait, mais cela n'avait aucune importance. Je ne pouvais pas le faire. Je ne le ferais pas.

«Écoute, je comprends ton… offre, mais je ne peux pas épouser ta fille.»

Ses yeux se sont rétrécis. «Je te suggère de reconsidérer, Remy. Tu ne veux pas m'insulter. Pas à ce sujet-là. Si tu le fais, il y aura… des conséquences.»

Écoutant sa menace, mon loup s'est préparé. Évaluant rapidement mes options, j'ai regardé à nouveau autour de la pièce. J'étais dans une position impossible. Je ne pouvais pas risquer la sécurité de ma famille, pas plus que je ne pouvais mettre Dillon en danger.

Mais épouser Eris signifierait renoncer à toute chance d'être avec Dillon, l'homme que j'aimais.

Comment pourrais-je faire ça? Je ne pourrais pas. Mais comment pourrais-je ne pas le faire?

Les mains charnues d'Armand se sont emparées de mon biceps, me tirant à l'écart et me ramenant à la réalité. J'étais sur le point de lui dire d'aller au diable et d'affronter les conséquences quand il a baissé sa voix, parlant de loup à loup.

«Je peux voir que tu hésites. Y a-t-il quelqu'un d'autre que tu préférerais être avec?»

«Va au bout de ton idée,» j'ai insisté, ne voulant pas parler de mes sentiments pour un autre homme.

«Ce que je veux dire, c'est que nous sommes des alpha même si l'un d'entre nous n'a pas de meute. Et les loups comme nous ne peuvent pas être contenus. Je ne m'attends pas à ce que tu le sois. Tout ce que j'attends de toi, c'est un mariage et un héritier. Après cela, qui peut dire ce que tu feras? Vis ta vie sans m'insulter et je me moquerais bien de ce que ton loup peut faire».

Je regardai Armand avec stupéfaction. Me proposait-il de tromper sa fille?

«Dans ma meute, c'est une tradition», confirma-t-il, ce qui me fit le détester encore plus.

Mon loup s'emballa, alimenté par la colère et l'impuissance. J'envisageai à nouveau de refuser quand je regardai son homme de main. Son odeur me disait qu'il était sur le point de se transformer. Il en était de même pour son partenaire. Armand était venu prêt à faire couler le sang. Je ne pouvais pas laisser cela se produire dans une pièce remplie de gens auxquels je tenais… et de Cali.

Pensées se précipitant vers la panique, j'ai serré les dents et lancé, «D'accord!» C'est sorti avant que je ne réalise ce que je disais.

«Qu'est-ce que tu as dit?»

Ma mâchoire s'est serrée après avoir pris un moment pour considérer la situation. Il m'avait eu.

«J'épouserai ta fille,» lui ai-je dit, abasourdi par les mots qui sortaient de ma bouche.

Le sourire suffisant d'Armand est revenu. Il s'est éloigné de moi à grands pas, occupant l'attention de la pièce.

«Mesdames et messieurs, j'ai beaucoup de respect pour l'homme que nous sommes venus honorer aujourd'hui. Nous avons peut-être eu nos divergences, mais le temps des désaccords est révolu.»

«Pour cela, j'aimerais annoncer une heureuse nouvelle en cette journée autrement triste. Il s'agit des fiançailles de ma fille, Eris, avec Remy Lyon, une union qui permettra à la paix et à la prospérité de s'épanouir pour tous. Que notre ancienne rivalité amère se termine ici et que nos grandes familles deviennent une seule et même famille.»

«Un applaudissement pour les nouveaux fiancés,» a-t-il exigé avec un grand sourire.

Des applaudissements polis et confus ont rempli la pièce. L'incrédulité se lisait sur les visages de ma famille. C'était surréaliste. Qu'est-ce que j'avais fait? La réalité de ma décision ne m'a pas frappé avant qu'un Dillon choqué croise mon regard. Sa déception et sa souffrance étaient inévitables.

L'excitation que j'avais ressentie à l'idée de lui parler était partie. À sa place, il y avait un vide creux et douloureux. J'avais renoncé à ma chance d'aimer. Et pour quoi?

Mais en le fixant, j'ai réalisé qu'après être passé si proche de l'avoir, je ne pouvais pas juste le laisser partir. Même si je ne pouvais pas être avec lui, je devais le garder près de moi. Je savais que je devais lui offrir quelque chose.

«Dillon,» J'ai appelé, alors qu'il se dirigeait vers la porte arrière, l'air sur le point de pleurer. Il s'est arrêté. Je l'ai rattrapé, j'ai enroulé ma main autour de son biceps. Il était si petit. Le tirant vers moi, il refusait de me regarder.

«C'est ça que tu voulais me dire? Que tu allais te marier avec cette femme?» a-t-il craché, envahi par la jalousie.

«Non. Ce n'était pas du tout ça.»

«Alors tu n'allais rien dire à ce sujet?» a-t-il dit en me regardant enfin dans les yeux.

«Ce n'est pas ce que je voulais dire.»

«Quoi alors?»

Il avait raison. Qu'allais-je lui dire? Devrais-je lui dire que je venais de vendre mon âme pour la vie de tout le monde ici? C'était la vérité. Mais même moi, je n'avais pas un tel complexe de martyr.

Non, j'avais eu d'autres options et j'avais fait mon choix. Maintenant, je devais vivre avec. Mais cela ne signifiait pas que je laisserais Dillon partir. Selon Armand, je n'avais même pas à le faire. Cependant, ma proposition de lui demander d'être mon petit ami devrait probablement changer.

«Voudrais-tu envisager de travailler pour moi? J'aurais besoin de quelqu'un en qui je peux avoir confiance dans mes affaires.»

Il a hésité, son regard fixé sur le mien. Pris au dépourvu, il avait l'air confus.

«Remy, tu sais que je suis encore à l'université, n'est-ce pas? Il me reste au moins un an avant d'obtenir mon diplôme.»

«Mais, c'est bientôt les vacances d'été, n'est-ce pas? Et quand tu auras fini tes études, tu auras besoin d'expérience professionnelle. Alors, à cet effet, j'aimerais t'embaucher comme mon...»

«...ton secrétaire?» interrompit Dillon.

Je le regardais, surpris par son hypothèse modeste. J'avais eu l'idée sur un coup de tête, alors je ne savais pas vraiment ce que j'allais proposer. Mais cela aidait de connaître ses attentes.

«Non,» rétorquai-je. «Mon assistant. Tu m'aideras au quotidien et je pourrai avoir accès à toi chaque fois que j'en aurai besoin.»

«Cela ressemble à un secrétaire pour moi,» insista Dillon.

Je secouais la tête, «Ce n'est pas le cas.»

«Est-ce que je serais assis à un bureau à l'extérieur de ton bureau?»

La pensée de pouvoir lever les yeux à tout moment et de le voir instantanément me fit bander. «Absolument. Cette partie n'est pas négociable.»

«C'est un secrétaire,» conclut-il, sans laisser transparaître ses sentiments à propos de cette idée.

«Appelle ça comme tu veux. La seule chose qui compte pour moi, c'est : acceptes-tu?»

Chapitre 5

Dillon

Je m'assis dans le chic café Soho, frottant mes paumes moites contre mon jean, attendant Hil. Mon cœur s'emballait, me demandant ce qu'il dirait de mon acceptation de l'offre d'emploi de Remy. Il avait raison en disant que Remy n'avait pas laissé derrière lui le monde de la Mafia. Et maintenant, j'y entrais volontairement.

Le café offrait un mélange de moderne et vintage, avec des murs de briques apparentes, des sièges en cuir élégant, et une atmosphère chaleureuse et accueillante. Nous y venions souvent étant gamins. Tant d'après-midi passés ici à siroter du café, à nous imaginer plus adultes que nous ne l'étions, avec le garde du corps de Hil juste à côté.

Comme pour le vampire, je vis le même souvenir traverser l'esprit de Hil lorsqu'il entra. Lui adressant un sourire nerveux lorsque son regard se posa sur moi, il se dirigea vers moi.

«J'ai choisi cet endroit parce que je pensais que ça nous rappellerait quelques souvenirs,» lui dis-je alors qu'il s'asseyait.

Hil regarda autour de lui, prenant connaissance du cadre familier. J'ai revu le film de notre séjour ici. Cette fois, tout avait commencé sans effort. C'était comme si la barrière qui me séparait de mes capacités s'effaçait.

«Si ce n'était pas pour toi, je ne saurais rien de New York,» admit-il. «Nous venions ici en prétendant être des adultes. Maintenant, je vis avec mon petit ami et tu es à un an d'obtenir ton diplôme universitaire. C'est étrange.»

«Oui. Etrange,» dis-je avec un petit rire, la nostalgie me réchauffant malgré mon anxiété.

Prenant une bouffée d'air, je m'imprégnai de la dernière de notre ancienne dynamique et dis, «Hil, Remy m'a proposé un job.»

Son expression resta impénétrable. «Tu ne devrais pas l'accepter, Dillon,» dit-il fermement.

Mes yeux se remplirent de larmes. Regardant mon giron, je murmurais, «D'accord.»

Une larme glissa le long de ma joue, et la main de Hil vint me réconforter.

«Pourquoi pleures-tu?» me demanda-t-il doucement.

Je reniflais, croisant son regard. «Pourquoi penses-tu que je ne suis pas assez bien pour ta famille?»

Hil soupira, son regard plein de préoccupations.

«Ce n'est pas du tout ça, Dillon. Ce n'est pas du tout ça. Toute ma vie, je me suis senti piégé dans la vie folle de ma famille. Je ne veux pas que tu te joignes à moi dans cette cellule.» Il fit une pause, songeur. «Tu n'as aucune idée de ce que c'était que de grandir dans cette cage de penthouse où le seul ami que j'avais m'a pris en pitié.»

Je secouai la tête, réfutant sa déclaration. «Ce n'est pas pour ça que nous sommes amis, Hil. Nous sommes amis parce que je t'aime.» Ma voix tremblait lorsque je continuai, «Et j'en ai vraiment marre d'être l'œuvre de charité de votre famille. J'en suis reconnaissant. Ne crois pas le contraire. Mais je veux être autonome. «

«Si j'acceptais l'offre de Remy, peut-être que je pourrais y arriver. Et peut-être si je gagnais ma vie, je pourrais te sortir à ma charge au lieu de toujours dépendre de ta générosité.»

Ayant entendu ce que j'avais dit, Hil essuya ses yeux, reniflant.

«Je ne veux pas que tu t'impliques avec Remy, Dillon. Et ce n'est pas parce que tu n'es pas assez bien pour notre famille. Je te considère déjà comme un frère.»

«Alors, je ne comprends pas. Pourquoi ne veux-tu pas que nous soyons ensemble?»

«C'est parce que j'ai besoin de toi, Dillon. Et je sais que si tu t'impliques avec lui, il fera quelque chose qui te fera du mal. Une fois que cela sera arrivé, tu te rendras compte que tu es trop bien pour des gens comme nous, et alors… tu ne voudras plus être ami avec moi,» admit-il, les larmes continuant à couler.

«Je sais que c'est égoïste, mais je ne supporterais pas d'être à nouveau seul, Dillon,» ajouta Hil, la voix tremblante. «Et tu es tout ce que j'ai. Je ne veux pas te perdre.»

Je tendis la main et serrai la sienne. «Hil, rien ne brisera jamais notre amitié. Et tu ne seras plus jamais seul. Non seulement tu as Cali, mais je ne vais nulle part. Je te le promets.»

Hil sourit à travers ses larmes, hochant la tête. «J'ai tellement de chance de vous avoir tous les deux. Mais s'il te plaît, promets-moi que tu ne t'impliqueras pas avec Remy. Je ferai tout. Si tu as besoin de plus d'argent, je peux faire en sorte que la commission des bourses augmente ton allocation. S'il s'agit de rechercher ce que tu es, je retournerai chez Cali dans quelques jours. Je me renseignerai dès que possible.»

Je secouai la tête. «Ce n'est ni l'un ni l'autre, Hil. Je veux commencer à gagner mon propre argent. Et je veux accepter l'offre de travail de Remy avec ta bénédiction.»

Hil hésita un instant, puis finalement céda. «D'accord, Dillon. Tu as ma bénédiction. Mais promets-moi une chose – ne tombe pas sous le charme de mon frère.»

Je souris. «Je le promets.»

«Merci!» dit-il en se penchant vers moi pour m'étreindre.

Le tenant dans mes bras, je regardai autour de moi l'endroit où nous avions jadis prétendu être des adultes et me demandai si j'avais fait une promesse que je pourrais tenir.

Une semaine après avoir accepté l'offre de travail de Remy, je franchis le pas de sa stylish brownstone de Brooklyn pour mon premier jour. Je ne savais pas à quoi m'attendre, mais quand Remy sorti de son bureau pour me saluer, mon pantalon de costume fin ne pouvais pas cacher mon excitation.

Le corps musclé de Remy, qui mesurait 1m89, remplissait sa chemise blanche impeccable comme si elle avait été peinte sur lui. Et avec ses manches retroussées, ses tatouages sur l'avant-bras étaient totalement apparents. J'étais quasiment sans voix, submergé par une vague de désir. C'était comme si j'avais à nouveau 14 ans, avec des érections incontrôlables et tout…

«Dillon, je suis si heureux de finalement t'avoir…»

«… ici?» ai-je bégayé.

«Où tu veux,» a-t-il répliqué avec un sourire et suffisamment de sous-entendus pour me mettre à genoux. «Maintenant, le premier point à notre ordre du jour, viens avec moi,» a-t-il dit en adoptant rapidement un ton sérieux.

«Où allons-nous?» ai-je demandé, ma voix faiblissant à peine quand j'ai eu le temps de déposer mes affaires.

«Nous allions faire une réunion en marchant. Ça sonne professionnel, non? Oui, nous allons faire une réunion professionnelle en marchant,» a-t-il dit, me guidant à nouveau vers l'extérieur.

«Dois-je prendre des notes?» ai-je répondu en attrapant mon téléphone et en cherchant un semblant de professionnalisme.

Alors que je le sortais et naviguais vers mon application de notes, il a regardé mon appareil antique et a soupiré.

«Non. Ça ne va pas. La première chose à ton ordre du jour, trouve-toi un nouveau téléphone. Nous dirons que c'est un téléphone d'entreprise, mais il est à toi. Prends celui que tu veux,» a-t-il dit de manière autoritaire.

«D'accord,» ai-je répondu, surpris de sa générosité.

«La prochaine chose à l'ordre du jour, il y a une crêperie japonaise à proximité que je suis impatient que tu découvres,» a déclaré Remy.

«Pour moi d'essayer?» ai-je demandé, essayant de garder mon calme malgré à peine être capable de voir clairement.

«Oui. J'y ai goûté au Japon, puis encore à Taipei. Quand j'ai découvert une crêperie juste en bas de la rue, je me suis dit, 'tu sais qui adorerait ça? Dillon. Dillon adorerait vraiment ça.' Et te voilà.»

«Tu étais sûr que j'adorerais ça?» ai-je demandé, submergé par son charme électrisant.

«Et te voilà,» a-t-il répété.

«Et me voici,» ai-je confirmé, essayant de me concentrer sur autre chose que la manière dont la chemise de Remy adhérait à ses muscles.

En approchant de la crêperie, j'ai remarqué une énorme file d'attente qui serpentait à l'extérieur de la porte. Remy a souri, sortant son téléphone.

«Ils ont une application?» ai-je observé, haussant un sourcil.

«Ils n'en avaient pas,» a avoué Remy. «Mais ensuite, j'ai essayé une de leurs crêpes, j'ai acheté l'entreprise et ensuite, je leur ai fait développer une application.»

J'ai rigolé. «Pourtant, il y a toujours une file d'attente.»

«L'application est encore en phase bêta. Je voulais la tester rigoureusement avant de la rendre publique,» a-t-il expliqué d'un air malicieux.

«Donc c'est ton application personnelle pour obtenir des crêpes japonaises dès que tu le souhaites?» ai-je demandé, mon cœur battant face à l'intensité de son regard.

Remy a souri. «Il faut les regarder préparer ça. C'est vraiment cool.»

Alors que nous regardions la pâte à crêpe être lissée et retournée sur une plaque chauffante circulaire, j'étais fasciné. Une fois cuite, des bananes en tranches y ont été déposées et roulées. Garnie de glace et garnie de crème fouettée, elle a été transformée en crème brûlée avec un chalumeau. Cela avait l'air incroyable! Mais rien n'aurait pu me préparer à ma première bouchée.

«Oh mon Dieu!» me suis-je exclamé, mes yeux luttant pour ne pas sortir de leurs orbites.

«N'est-ce pas? Le meilleur million que j'ai jamais dépensé,» a dit Remy avec un sourire satisfait.

J'ai toussé, en entendant le prix. Puis j'ai pris une autre bouchée.

«Oui, probablement,» ai-je convenu en dévorant.

Assis face à face, à une table de deux, avec l'homme dont j'étais amoureux toute ma vie, en dégustant le dessert le plus incroyable que j'ai jamais mangé, j'étais au paradis. Je ne voulais pas que ce moment se termine. Quand c'est arrivé et que je me suis mis à plonger et à ressortir des fossettes de ses yeux, j'ai abordé l'évidence.

«Alors, je suis ici. Tu m'as. Tu peux faire de moi ce que tu veux. Quel va être mon travail? Et si tu dis testeur d'applications de crêpes japonaises, sache que je vais tester la crème brûlée de cette chose.»

Remy a ri. «Si c'est ton rêve, vas-y. Personnellement, tant que tu te présentes chaque jour en étant magnifique, je me fiche de ce que tu fais. Et, soit dit en passant, tu fais un excellent travail jusqu'à présent.»

J'ai roulé des yeux de manière espiègle, cachant que mon pantalon de costume avait encore perdu face à mon érection. Mais finalement, quand j'ai été capable de me lever, nous nous sommes levés et sommes retournés au bureau.

«Alors, en quoi consiste réellement ton travail?» ai-je demandé alors que le sang revenait lentement à mon cerveau.

«Pendant la dernière récession, beaucoup d'entreprises étaient à court de liquidités. J'ai fourni le capital qui leur permettait de faire face à leurs dépenses en échange d'une participation dans l'entreprise et des taux d'intérêt généreux.»

«Attends, tu es un usurier?» ai-je lâché.

Remy a éclaté de rire. «Quand on est riche, on appelle ça être un investisseur de série D.»

Nous avons approché la porte du bureau de la maison de ville et sommes entrés. «Est-ce que le 'D' signifie 'dick'? Parce que c'est ce que sont les usuriers,» ai-je plaisanté.

«Officiellement, non. Mais soyons clairs. Parfois, certaines personnes cherchent juste un petit dick,» a répliqué Remy, un sourire en coin.

J'ai rougi. «Je ne sais rien de tout cela.»

«Tu connais mieux les gros dicks? Je n'aurais jamais deviné ça de toi. Mais sois assuré, M. Harris, mon entreprise peut aider.»

Sachant que je devenais rouge vif, j'ai subtilement brossé le devant de mon pantalon en me demandant combien étaient visibles. Mais en entendant quelqu'un toussoter, nous avons tous les deux levé les yeux. Voyant qui se tenait devant nous, j'ai gelé de panique.

Chapitre 6

Rémy

Voir Eris Clément dans la salle d'attente de mon bureau m'a arraché au fantasme que je m'étais brièvement permis et m'a ramené à la réalité. La princesse choyée d'Armand était assise, posée sur ma chaise Le Corbusier, avec ses boucles blondes parfaitement modelées et ses yeux bleus glacés qui exprimaient clairement son dédain pour tout ce qui se mettait en travers de son chemin.

Instinctivement, je me suis tourné vers Dillon à côté de moi. Il était visiblement déconcerté. Je détestais l'effet qu'elle avait sur lui.

«Qu'est-ce que tu fais ici?» ai-je demandé, agacé.

Eris lança un sourire coquet. «Une future mariée ne peut-elle pas rendre visite à son futur mari au travail?» demanda-t-elle, me faisant frissonner. Alors que je serrais les dents, elle ajouta : «Je t'ai apporté un cadeau de fiançailles, idiot.»

«Quoi?» demandais-je, déconcerté par son geste. Que faisait-elle?

«Les choses entre nous n'ont peut-être pas commencé comme nous l'aurions voulu, mais nous pouvons toujours en tirer le meilleur, n'est-ce pas?» Elle fit un geste en direction d'une petite boîte sur la table. «Ouvre-la.»

J'ai à nouveau hésité, cherchant la réaction de Dillon. Il était aussi perdu que moi. Me tournant vers la petite boîte bleu clair avec un ruban blanc, je l'ai ramassée et l'ai fixée.

«Ce n'est pas une bombe, Remy. Je suis là, avec toi», dit-elle avec sarcasme.

Voulant en finir avec cet échange, je retirai le ruban et soulevai le couvercle. À l'intérieur se trouvait une montre qui me coupa le souffle.

«Comment savais-tu que je collectionne les montres?» bégayai-je, levant les yeux vers Eris.

«Remy, tu es un homme de classe et de goût. Bien sûr, tu collectionnes les montres,» répondit-elle avec un sourire satisfait.

Dillon s'approcha, la curiosité l'emportant. «Qu'est-ce que c'est?»

«C'est une Richard Mille RM 56-02 Tourbillon Sapphire. C'est une montre très rare,» dis-je en essayant de me souvenir de la dernière fois que j'en avais vu une en personne.

Dillon se pencha pour un regard plus proche. «On peut voir à travers. On dirait que les pièces qui tiennent les aiguilles flottent entre deux verres. C'est incroyable,» avoua-t-il.

Je le regardais, puis me tournais vers Eris. «C'est à deux millions de dollars incroyable,» dis-je, peinant à trouver les mots justes. «Je ne peux pas accepter cela. C'est trop.»

Eris croisa les bras. «Je serai ta femme, Remy. Rien n'est trop pour mon futur mari.»

Voyant l'expression ébranlée de Dillon, je repris mes esprits. «Oui, j'ai essayé d'en trouver une comme ça,» dis-je sans fioritures.

Les yeux d'Eris brillèrent alors qu'elle demandait : «Puis-je te la mettre?»

Luttant contre l'envie de lui refuser, je cédai alors qu'elle glissait la montre sur mon poignet. Toujours submergé par ce que je voyais, je dis : «Eris, je ne sais comment te remercier.»

«Moi je sais,» répondit-elle avec un sourire sinistre. «Ne l'enlève jamais.»

En plaisantant, je répondis : «Je ne suis pas sûr que je le voudrais.»

«Et vire-le,» poursuivit Eris, désignant Dillon du menton.

«Quoi?» demandais-je, encore pris par surprise.

«Je pense que tu m'as entendu,» dit-elle avec suffisance.

«Je ne peux pas faire ça,» déclarai-je, jetant un coup d'œil à Dillon, qui semblait abasourdi.

Eris éclata de rire. «Pourquoi pas? Les secrétaires sont légion, non? Et c'est un moyen si facile de faire plaisir à ta future épouse.»

Je la fixais, sentant mon loup remonter à la surface. «Dillon n'est pas mon secrétaire,» dis-je en luttant pour ne pas me transformer.

«Ah, vraiment?» demanda Eris, ses yeux se rétrécissant. «Qu'est-ce qu'il est, alors? Ton amant? Parce que, mariage forcé ou non, je ne supporterai pas d'être humiliée comme l'a été ma mère,» dit-elle en perdant son calme. Ce faisant, je pouvais sentir qu'elle était sur le point de se transformer. Mais se ressaisissant rapidement, elle fit une pause. Redressant le dos, elle ajouta, «Je te ferai perdre la tête avant de laisser cela arriver.» Et elle sourit comme si elle venait de partager une faiblesse pour le chocolat.

Je la fixais, abasourdi. Il n'y avait aucun doute qu'Eris était l'enfant d'Armand. Et, contrairement à moi, ses deux parents étaient des métamorphes. Je pouvais le sentir à son odeur. Cela rendait son loup plus fort et plus dangereux. Mais j'avais vaincu des métamorphes purs bien plus puissants qu'elle.

Après avoir laissé sa menace planer dans l'air pendant un instant, elle rit. Cette femme était folle. J'étais sûr qu'elle était aussi capable de tuer que son père.

Sachant que je devais agir avant que les choses ne dégénèrent, je posai un pas entre Eris et Dillon.

«Aussi extraordinaire que puisse être mon repas, ce n'est pas ce qui se passe ici.»

Eris haussa un sourcil. «Non? Alors qu'est-ce que c'est?»

J'ai hésité pendant un instant seulement avant de dire : «J'ai engagé Dillon pour diriger un projet spécial, pour lequel il est particulièrement qualifié.»

Eris semblait sceptique. «Lequel?»

Essayant de penser rapidement, je dis : «Il est ici pour créer un centre de proximité communautaire.»

«Vraiment?» demanda Eris, soudainement confuse.

«Vraiment?» demanda Dillon, tout aussi surpris.

«Oui,» je confirmai. «J'allais te proposer une période d'essai avec l'entreprise pour nous assurer que nous travaillions bien ensemble avant de te proposer cela, mais je suppose que c'est trop tard maintenant.»

Eris croisa les bras, toujours méfiante. «Un centre de proximité communautaire.»

Je hochai la tête. «Bien sûr. Ce que tu ignores, c'est que Dillon est un bénéficiaire de notre bourse familiale. Non seulement cela, il vient du genre de communauté à laquelle j'espère tendre la main. Sa mère est notre femme de ménage. Dillon est pratiquement un membre de la famille.»

Eris réfléchit à cela. «Donc, il est comme ton frère?»

«Il est le meilleur ami de mon frère, que notre famille a pris sous son aile depuis qu'il a 14 ans,» expliquai-je.

Eris eut un sourire narquois. «Oh, c'est l'œuvre de charité de ta famille. Eh bien, je comprends ça.»

«Je ne l'exprimerais pas de cette manière, mais tu as compris le principe.»

«Bien sûr,» dit Eris, sa voix s'adoucissant. «Pendant une minute, j'ai cru qu'il allait être un problème pour, tu sais, nous.»

«Tu plaisantes? Tu pensais que j'étais gay?» demandais-je en regrettant aussitôt mes mots.

Eris se détendit et rit. «Oui, j'imagine que cela aurait été ridicule. Les hommes comme toi ne sont pas gays,» dit-elle en s'approchant de moi, posant ses mains sur ma poitrine et ses lèvres près des miennes.

Je lui saisissais les poignets et la repoussais doucement. «Mais cela ne signifie pas que comme je ne suis pas attiré par lui, je serai attiré par toi. Eris, il n'y a pas de «nous». Je pense que nous devrions clarifier cela maintenant. J'ai accepté de t'épouser et un jour, si nécessaire, nous pourrions avoir des enfants. Mais c'est tout. Il n'y aura jamais rien de plus.»

Eris ne semblait pas convaincue. «Ça me semble être un défi.»

«Ce n'est pas ainsi que je l'interpréterais,» dis-je, la regardant de travers.

«Potayto, potahto,» haussa-t-elle les épaules, nonchalamment.

Je ris malgré moi. «Dois-je me faire plus clair?»

Eris a levé un sourcil. «Devrais-je? Parce qu'à la fin, c'est toi qui tomberas amoureux de moi.»

«Eris...»

«Époux,» elle a dit en me coupant, sa voix dégoulinant de sarcasme. Nous avons tous les deux souri l'un à l'autre, conscients de notre petit jeu.

«Et moi qui pensais que notre mariage serait ennuyeux,» dit-elle. «Profite du cadeau. Et toi,» ajoute-t-elle, pointant en direction d'un Dillon abasourdi, «souviens-toi qu'il y a toujours de la place dans ton assiette.»

«Eris!» m'exclamais-je, sentant mon loup prêt à frapper.

«Je plaisante,» dit-elle en roulant des yeux. «Ravi de t'avoir rencontré, Dillon. Fais-nous honneur.»

Avant que je puisse dire quoi que ce soit d'autre, Eris fit volte-face, ses cheveux blonds virevoltant alors qu'elle s'éloignait. La porte se referma derrière elle, une poigne s'abattit sur mon cœur alors que je m'interrogeais sur la réaction de Dillon.

Chapitre 7

Dillon

Mon cœur battait à tout rompre alors que je tentais de comprendre ce qui venait de se passer. L'humiliation m'avait transpercé suite aux paroles de Remy et à la présence d'Eris. Cela rongeait ma confiance de manière inexorable.

Il n'avait pas seulement réussi à me faire douter de ma place dans leur monde glamoureux, il avait ri de l'idée même qu'il puisse être attiré par moi. J'avais été si naïf de penser qu'un homme comme Remy pouvait s'intéresser à quelqu'un comme moi. J'étais simplement le cas de charité de sa famille qui était maintenant «singulièrement qualifié» pour lui donner ce qu'il voulait.

«C'est ainsi que tu me vois?» dis-je en me tournant vers lui, ma voix se brisant. «Comme un cas de charité? Quelqu'un destiné à combler un vide dans ton petit monde parfait avec mes origines modestes et ma couleur de peau métisse?»

Remy semblait décontenancé par ma colère. «Dillon, ce n'est pas ce que je voulais dire»

«Eh bien, on dirait bien que si!» rétorquais-je, mes insécurités ressurgissant avec violence.

Pendant un moment, Remy resta silencieux. Quand il parla enfin, sa confiance habituelle avait disparu. Tant mieux, il méritait de ressentir ce que je ressentais.

«S'il te plaît, aide-moi à comprendre ce que j'ai dit qui t'a blessé,» dit Remy péniblement.

Aussi fort que je voulais rester en colère contre lui, sa vulnérabilité éteignit rapidement ma fureur. Je pouvais voir son loup comme une image faite de lumière se tenant là où il se tenait. Les oreilles en arrière, il semblait blessé par mes paroles. Il semblait se soucier davantage de ce que je pensais que Remy.

Qu'est-ce que cela signifiait? Le loup d'un métamorphe reflétait-il les pensées de l'humain ou l'animal avait-il son propre esprit?

Quoi qu'il en soit, mes nouvelles capacités m'ont permis de découvrir un côté de Rémy que je n'avais jamais vu auparavant. Cela m'a fait tomber amoureux de lui encore plus. Je me détestais pour cela.

Avec une résistance fondante, je levai les yeux vers ses yeux doux. Repoussant une boule dans ma gorge, je réalisai que j'étais sur le point de lui dire quelque chose que je n'avais jamais partagé avec personne.

«Tu ne sais pas cela sur moi car je ne l'ai jamais dit à voix haute avant, mais je sais que je suis en quelque sorte la mascotte d'Hil. Il était solitaire et avait besoin d'un ami donc votre famille est allée à la fourrière des pauvres et m'a trouvé.»

«Quoi?» Remy fit semblant d'être choqué.

«Ne le nie pas. Je sais comment les autres me perçoivent quand ils me voient avec Hil ou toi. Je ne m'habille pas comme votre famille. Je ne vous ressemble pas. Je suis en décalage,» avouais-je, la voix tremblante.

«Parfois, je me laisse croire que j'ai peut-être vraiment une place dans ton monde, que je pourrais être quelqu'un dont tu te soucies réellement. Mais à chaque fois, je suis ramené à la réalité, ce qui me donne le sentiment d'être juste un pauvre ami noir que vous gardez pour rire.»

Rémy écoutait, ses yeux ne quittant pas les miens. Quand j'ai eu fini, il ne savait pas quoi dire. Je ne pensais pas qu'il pouvait dire quoi que ce soit. Je savais que j'avais raison, même si son loup avait l'air dévasté.

Mais lorsque son regard s'est posé sur le sol, il a retrouvé sa voix et une confiance tranquille.

«Dillon, je veux partager quelque chose avec toi. C'est quelque chose que mon père m'a dit avant que je ne me transforme pour la première fois. Je ne sais pas si tu le sais, mais j'étais un métamorphe tardif. Comme ma mère est humaine, je croyais que je n'avais pas hérité de la capacité de me transformer. Mais un jour, mon père m'a pris à part et m'a dit : «Quand tu seras à la hauteur de ta personnalité, tu seras récompensé.» Quelques jours plus tard, je vous ai emmenés, Hil et toi, à la fête foraine, Hil s'est retrouvé dans ce mauvais endroit et mon loup est sorti. J'avais accepté qui j'étais et j'ai pu sauver mon frère».

Je l'ai regardé, une petite partie de moi osant espérer qu'il ne parlait peut-être pas seulement de la façon d'accéder à des capacités surnaturelles. Qu'il parlait peut-être de nous.

«Accepter sa vraie nature n'est jamais facile et cela peut être terrifiant,» poursuivit Remy. «Mais… peut-être que ton passé et tes expériences ne sont pas tes faiblesses mais tes points forts. Je peux t'assurer que personne dans ma famille ne t'a jamais perçu comme tu te décris. Et moi, personnellement, je pense qu'il y a bien plus en toi que tu ne le penses. Donc entendre comment tu te perçois, et comment tu me perçois, me brise le cœur,» dit-il, au bord des larmes.

Perdu dans les mots de l'homme dont je suis amoureux depuis si longtemps, j'effleurai une idée qui était captivante mais restait hors de portée. Mon cœur tambourinait à l'idée. Y aurait-il de la force dans ce que j'ai fui pendant si longtemps? Je ne le pensais pas. Que signifierait cela pour moi? à quoi cela ressemblerait?

«Je…»

«Quoi?» Demanda-t-il alors que je ne poursuivais pas.

Non, je ne pouvais pas faire ça.

«Remy, je…»

Entendant mon ton, il me coupa.

«Dillon, écoute, je ne peux pas prétendre savoir ce que c'est que d'être toi. Je suis blanc. Je suis riche. Je suis incroyablement beau,» dit-il, attirant mon attention sur le bref retour de son sourire insolent. «Ce que je veux dire, c'est que je ne sais pas ce que ça fait d'être toi, mais j'aimerais le savoir. Et, j'étais sincère à propos de toi créant un centre de soutien à la communauté pour ma famille et moi.»

«Je reconnais que je n'y ai pas pensé jusqu'à ce que j'y sois forcé. J'aurais été complètement content de simplement te voir tous les jours pour pouvoir te regarder,» dit-il avec un sourire.

«Remy,» commençais-je, incapable de supporter sa flatterie maintenant que je savais qu'il n'éprouvait pas de sentiments pour moi.

«Considère-le,» dit-il en prenant légèrement mon biceps dans sa grande main. «Pense à tout le bien que tu pourrais faire. S'il te plaît, fait simplement cela. Le feras-tu?»

J'ai considéré son offre un instant. Elle n'était pas mauvaise. Et quelqu'un comme moi pour la créer serait bien mieux que s'il agissait de Hill ou de lui, en grands sauveurs blancs.

«Je vais y réfléchir,» lui dis-je en me demandant si je ne faisais pas une erreur en faisant seulement cela.

Le sourire de Remy était rayonnant. «Génial. Pense aussi à l'endroit où tu placerais ce lieu. Cela pourrait t'aider à prendre ta décision.»

«Tu veux dire, cela pourrait m'aider à décider de faire ce que tu veux que je fasse?» demandais-je avec sarcasme.

«Bien sûr,» il répondit sur le même ton. Laissant son sourire s'estomper, il ajouta, «Mais sérieusement Dillon, je veux que tu fasses ce qui te semble juste. Malgré ce que tu penses, je tiens vraiment à toi. Je ferais n'importe quoi pour te rendre heureux.»

'Tout sauf m'aimer', pensais-je. «D'accord,» lui dis-je avant de finir ma journée plus tôt et de rentrer chez moi.

Alors que le train me ramenant à mon appartement dans le New Jersey grondait sous moi, le fantasme que j'avais de Remy et moi ensemble me semblait un rêve lointain. Je ne pouvais pas chasser le piquant de ce qu'il avait dit à propos de moi à Eris. Son rire à la pensée d'aimer les gars résonnait dans mes oreilles. Le poids de cela était un rappel cruel qu'il n'éprouvait pas les mêmes sentiments que moi.

Appuyant ma tête contre le vitrage froid de la fenêtre du train, la scène avec Eris se rejouait dans mon esprit. Ils ressemblaient à des poupées parfaites qui étaient faites pour être ensemble. Pourquoi avais-je pensé que Remy voulait être avec moi?

Ce n'était pas difficile de s'en souvenir. Je pouvais me rappeler très précisément le moment où j'avais imaginé avoir une vie avec lui. C'était le lendemain de cet embarrassant épisode de danse nue chez les parents de Remy, qui me faisait toujours rougir.

Quand il est arrivé la deuxième nuit, il a dit qu'il était là parce qu'il avait reçu une alerte de leur système de sécurité. Il m'a dit qu'il était venu pour s'assurer que je n'organisais pas une autre fête de danse non autorisée. Cela devait être une blague. Mais s'il n'avait pas reçu d'alerte, alors pourquoi était-il là?

«Non, pas de fête ce soir,» avais-je dit en rougissant à n'en point douter.

«C'est dommage. Je m'ennuyais et cherchais un spectacle,» avait-il dit avec son sourire trop charmant.

«Eh bien, il n'y en a pas ici,» lui avais-je assuré à l'époque en pensant que je ne me déshabillerais plus jamais chez eux.

Ses yeux ont persisté sur moi en silence. Aussi gêné que j'étais, j'aurais fondu sous son regard d'acier s'il n'avait pas rapidement demandé : «As-tu déjà mangé?»

Cette simple question m'avait pris au dépourvu. Mon cœur battait à l'improviste à cette petite marque d'attention.

«Pas encore. Et toi?»

«Non. Je pensais prendre une part de pizza. Tu veux venir?»

Je savais que c'était une invitation innocente de la part du frère de mon meilleur ami, mais je n'ai pas pu m'empêcher. L'idiot de gay que je suis voulait que ce soit un rendez-vous. Et ça ressemblait vraiment à un rendez-vous.

Remy me tenait les portes, payait tout, et la façon dont ses yeux brillaient quand il riait me faisait faiblir les genoux. Autour d'une pizza, il m'a raconté des histoires sur l'enfance d'Hil. Quand j'ai essayé d'en savoir plus sur lui, par contre, il n'était pas aussi ouvert. Au lieu de ça, j'ai vu une douleur fugace dans ses yeux. Cela m'a fait tomber encore plus amoureux de lui.

Après avoir fini notre pizza, je m'attendais à ce qu'il me dise au revoir mais il ne l'a pas fait. Au lieu de cela, nous avons marché en silence vers la maison de ses parents. Et, désireux de prolonger la nuit, j'ai maîtrisé mon jeune corps tremblant et demandé :

«Tu aimes la glace?»

«Est-ce que j'aime la glace? Évidemment!» a-t-il répondu, le visage illuminé.

Je lui ai parlé d'un endroit dont j'avais entendu parler à quelques pâtés de maisons qui était supposé être vraiment bon. Excités, on y est allé. Après avoir goûté quelques échantillons, il a évoqué un autre magasin de glaces qui était réputé être encore meilleur.

«Mieux que ça?» demandais-je en goûtant la meilleure glace de ma vie.

«Il n'y a qu'une façon de le savoir,» dit-il tout souriant.

Après avoir essayé cet endroit, on avait l'impression qu'on était en mission pour trouver la meilleure glace de New York. Sortant mon téléphone, j'ai localisé le magasin de glaces le mieux noté de la ville. Il a parié que rien ne pouvait être aussi bon que celui que nous venions d'essayer. Alors nous sommes allés au prochain endroit.

Essayant et constatant que celui-ci n'était pas aussi bon, j'ai scruté une carte de la zone dans l'espoir de prolonger notre aventure.

«Je suis sûr qu'il y en a une qui est meilleure,» lui dis-je en analysant des avis pour essayer de décider lequel ce serait.

«Pourquoi ne pas toutes les essayer?» suggéra Remy avec enthousiasme.

«Toutes?»

«Pourquoi pas? As-tu un autre endroit où tu dois aller?»

«Je comptais juste regarder la télé ce soir.»

«Alors, qu'en dis-tu? Tu veux découvrir quelle est la meilleure glace de New York?»

On a parcouru la ville toute la nuit, riant, sautant, complètement déchainés à cause du sucre. Quand le dernier des magasins a fermé et que nous avons mangé notre dernier échantillon, on s'est appuyés contre la balustrade en regardant la rivière. La lueur de la lune brillait sur l'eau ondulante et je voulais qu'il m'embrasse.

Un silence s'est installé entre nous. Mon corps de seize ans avait besoin du sien. Je frissonnais en désirant qu'il me serre contre lui. Mais il ne l'a jamais fait. Au lieu de cela, il m'a ramené. Se tenant sur le seuil de la maison de ses parents, lui ne rentrant pas, j'aurais pu pleurer tellement je le voulais.

«Il est tard,» lui dis-je. «Pourquoi ne pas simplement dormir dans ta chambre?… Ou ailleurs,» ai-je dit en l'invitant dans mon lit.

«Je ne devrais pas,» a-t-il dit, son regard tourmenté.

«Pourquoi pas?» J'ai osé effleurer son avant-bras, espérant l'attirer un peu plus près de moi.

«Parce que je ne me fais pas confiance,» a-t-il dit avec un sourire torturé.

«Parce qu'il ne se faisait pas confiance,» dis-je à voix haute en me rappelant ses mots.

Qu'est-ce que cela signifiait? Depuis quatre ans, j'avais choisi de croire qu'il me désirait. Qu'il avait des sentiments pour moi.

Après l'avoir ressassé dans mon esprit pendant des mois, j'ai déclaré qu'il avait dit cela soit à cause de notre différence d'âge, soit parce qu'il avait peur de se transformer et que son loup me tue. Donc, il était juste en train de me protéger.

La prochaine fois que je l'ai vu, j'ai essayé de lui dire que j'avais confiance en lui et que nos âges n'avaient pas d'importance. Mais soit il n'a pas compris, soit il n'a pas voulu, parce que ça n'a rien changé.

Maintenant, alors que la douleur de chaque battement de cœur menace de me faire fléchir, je réalise que j'ai totalement mal compris le moment le plus romantique de ma vie. Remy était venu cette nuit-là uniquement en raison d'une alerte de sécurité. Et notre tour des glaciers de la ville n'avait été que l'expression de son amour pour la glace.

Ayant dépensé un million de dollars pour son propre magasin, il aimait vraiment ce dessert. Rien de tout cela n'avait jamais eu à voir avec le moindre sentiment qu'il aurait pu avoir pour moi. J'ai toujours été rien de plus que la cause caritative de sa famille.

Pendant longtemps, j'ai pensé que je n'étais pas spécial. Je n'étais qu'une personne qu'une riche famille avait considérée comme un compagnon de jeu pratique pour son fils homosexuel. La seule chose qui me différenciait des autres, c'était la chance. Ma mère avait eu la chance d'être nommée gouvernante chez les Lyons. Et leur fils homosexuel avait mon âge et était solitaire.

Mais mon histoire ne pouvait-elle pas être plus intéressante que cela? Le vampire avait dit que son maître lui avait demandé de faire croire à ma mère qu'elle était enceinte. Cela signifiait qu'elle n'était pas enceinte. Cela ne signifiait-il pas aussi que je n'étais pas le fils de ma mère?

Si c'était vrai, l'affectation de ma mère chez les Lyons n'aurait-elle pas été planifiée? Chaque étape de ma vie faisait-elle partie d'un complot élaboré sur lequel je n'avais aucun contrôle?

Me sentant partir en vrille, j'ai regardé le soleil couchant par la fenêtre du métro. J'avais besoin d'aide pour comprendre ce qui se passait. Remy restait ma meilleure option.

Je n'avais aucun doute sur le fait qu'Eris me détestait. Alors même qu'elle regardait Rémy, je voyais son loup épier mes moindres faits et gestes. Elle pouvait sentir les sentiments que j'éprouvais pour Rémy, même si Eris ne le pouvait pas. Ou peut-être que si. Elle avait suggéré de mettre ma tête dans une assiette.

Même si je sentais le loup d'Eris sur le point de bondir et que je savais qu'il ne ressentait pas la même chose pour moi, j'avais toujours besoin de Remy. J'avais besoin de lui parler du vampire et je n'avais pas l'impression que c'était quelque chose que je pouvais aborder devant des crêpes japonaises.

Au fait, l'homme que je croyais être mon père fait partie des morts-vivants. Et je pense que je pourrais être un monstre créé avec ma mère pour détruire votre famille ou peut-être le monde. Pouvez-vous me passer une serviette?

Non, j'ai dû me débrouiller pour lui dire. Cela signifiait que nous devions passer plus de temps ensemble. Et son idée d'ouvrir un centre communautaire n'était-elle pas bonne? C'était généreux et réfléchi. Que ce soit voulu ou non, je ne pouvais pas oublier que c'était uniquement grâce à la générosité de sa famille que j'étais à un an de la fin de mes études.

Si Rémy proposait maintenant d'être aussi généreux envers les autres que sa famille l'avait été envers moi, ne le devais-je pas aux enfants qui, comme moi, n'auraient jamais ce que j'avais eu? Ne serait-ce pas la chose la plus humaine à faire? Cela ne prouverait-il pas que je ne suis pas un monstre?

Les jours suivants, je ne suis pas allé au bureau. Au lieu de cela, j'ai mis mon intérêt personnel en suspens et j'ai fait ce que Rémy m'avait suggéré. En parcourant les arrondissements, j'ai cherché un endroit approprié pour son centre d'action sociale.

Finalement, mes pérégrinations me ramenèrent intangibles aux logements sociaux de Brownsville. C'est là que je suis né et où maman et moi vivions avant qu'elle ne trouve son emploi chez les Lyons.

Alors que je me promenais dans le quartier, je croisais un groupe de gars que je n'avais pas vu depuis l'école primaire. Ils se tenaient devant un bâtiment, buvant des bières, chemises retirées. C'était un milieu de semaine. Mon cœur se contracta en pensant qu'en d'autres circonstances, j'aurais pu être là où ils sont.

Me reconnaissant, leurs visages s'illuminèrent. Après des salutations amicales et une brève conversation, je poursuivis mon chemin.

Un autre des privilèges que me donnèrent les Lyons était de ne pas avoir à cacher qui j'étais. Compte tenu de combien il était difficile de cacher mon homosexualité, j'aurais pu y passer si j'étais resté ici. Enfant, j'avais entendu parler de gars battus presque à mort pour avoir dragué le mauvais gars. La famille de Remy m'avait sauvé de cela.

Continuant ma promenade à travers l'ancien quartier, mes sens étaient submergés par les dures réalités de ce lieu. Les enseignes décolorées, les bruits moteurs qui résonnent dans les rues étroites, l'odeur des poubelles pleines. C'était le jour et la nuit comparé à l'endroit où je vis maintenant dans le New Jersey, et encore moins au quartier de Remy à Brooklyn.

Continuant sur l'Avenue Pitkin, mes pensées revinrent à tous les défis que maman avait dû relever pour m'élever seule. Je ne pouvais jamais réprimer la colère qui montait en moi chaque fois que j'y pensais. Cela n'aurait pas dû être ainsi. En y réfléchissant davantage, je compris exactement où Remy devait mettre son centre communautaire.

Avec cette décision prise, une vague d'anxiété m'a submergée. Non seulement j'allais devoir dire à Remy où et pourquoi, mais il s'attendrait à ce que je travaille avec lui pour le construire. J'ai eu des sentiments mitigés à ce sujet.

D'une part, cela me permettrait de lui demander son aide. D'autre part, l'idée de travailler aussi étroitement avec lui, de sentir son odeur de cuir viril tous les jours, me donnait des fourmis dans les jambes. Rien que d'y penser, j'avais l'impression qu'un étau se refermait autour de mon cœur.

Mais je devais mettre mes sentiments de côté. Au delà de tout, Ce centre d'entraide était plus important que ce que je subissais personnellement. Je le devais aux enfants comme moi. Vivant dans cet environnement rude, ils méritaient les mêmes opportunités que celles que les Lyons m'avaient offertes. Ainsi, avec une nouvelle détermination, je me suis juré de surmonter ma douleur égoïste et de faire face à Remy avec ma proposition pour son centre.

Le lendemain, je suis entré dans le bureau de Remy, animé par l'anxiété et la résolution. Déterminé à ne pas me laisser distraire par les sentiments, je le fus tout de suite. Pour un instant, j'avais oublié à quoi il ressemble dans une chemise blanche impeccable avec les manches retroussées. Devait-il vraiment exhiber ses avant-bras tatoués de la sorte? Personne ne méritait d'être aussi séduisant. Ce n'était pas juste.

En levant les yeux de son grand bureau en acajou, un sourire radieux illumina son visage.

«Dillon! C'est bon de te voir. Es-tu ici parce que tu as considéré ma proposition?»

Est-ce pour cela que j'étais là? C'est vrai, c'était ça. J'ai acquiescé.

«Oui! As-tu pris ta voiture pour venir travailler aujourd'hui?»

Remy affichait un air perplexe. «C'est ce que j'ai fait. Pourquoi?»

«Pourrais-tu nous conduire quelque part? Il y a un endroit que je veux te montrer.»

Remy acquiesça, la curiosité dans ses yeux. En marchant vers sa voiture noire luxueuse, je le guidai vers Pitkin Avenue à Brownsville. En arrivant devant un bâtiment abandonné à deux étages, aux vitres brisées et envahi de mauvaises herbes qui grimpaient le long des murs de briques, Remy contempla le lieu, confus.

«C'est ici?» dit-il en levant les yeux vers le bâtiment à travers le pare-brise.

Une sueur froide recouvrit ma peau brûlante. Je rassemblais mes forces pour parler.

«Oui, c'est dans ce bâtiment qu'a vécu mon père. Du moins, c'est là que vivait l'homme que je croyais être mon père.»

Remy fronça les sourcils, jetant des regards entre le bâtiment décrépit et moi.

«Mais je ne comprends pas. Pourquoi installer un centre communautaire ici plutôt que dans un ancien

YMCA ou quelque chose du genre? Un lieu avec plus d'espace serait-il pas mieux?»

Je serrai les poings sur mes genoux, rassemblant le courage de continuer. Les larmes inondèrent mes joues malgré mes efforts. Le regard de Remy, empli de compassion, était insoutenable. Quand il tendit la main pour me réconforter, je la rejetai et repris le contrôle de moi-même.

«Non, Remy, écoute-moi.» Ma voix se brisa, m'obligeant à déglutir et à reprendre mon sérieux.

«Il y a quelque chose que je dois te dire à propos de moi.»

«D'accord. Qu'est-ce que c'est?» Remy demanda d'un ton hésitant.

«J'ai grandi en pensant que j'étais le produit d'une liaison. Je pensais que mon père a trompé sa famille avec ma mère noire. Il ne voulait pas me reconnaître et j'ai toujours cru qu'il ne pouvait pas m'accepter parce que…» Je levai mes bras d'un teint caramel. «Parce que j'étais trop foncée.»

Ma voix a vacillé alors qu'un souvenir humiliant me revenait en mémoire.

«Quand j'étais enfant, je venais souvent ici et je restais de l'autre côté de la rue à regarder les fenêtres éclairées de son salon. Je voyais des gens avec lui et je me demandais comment il pouvait si bien traiter sa vraie famille tout en prétendant que je n'existais pas.»

«J'ai même essayé de le confronter à ce sujet plusieurs fois. En l'attendant là où je me tenais toujours, je le regardais s'approcher et appeler son nom. Mes souvenirs s'arrêtaient toujours là. Je n'y ai pas beaucoup réfléchi jusqu'à ce que je décide récemment que j'avais besoin de réponses. L'idée qu'il ne voulait pas de moi hantait mes rêves. Il y a quelques semaines, j'ai donc élaboré un plan. Je n'allais pas me contenter de l'affronter. J'allais obtenir des réponses à la question de savoir pourquoi il ne voulait pas de moi.»

«Oh, Dillon!» dit Remy avec empathie.

«Laisse-moi finir», ai-je insisté. «Après avoir surveillé l'immeuble pendant quelques nuits, j'ai remarqué quelque chose d'étrange. Personne d'autre que lui n'y vivait. C'est un immeuble de trois étages avec des commerces au niveau de la rue et six appartements au-dessus. Mais il n'y avait que lui.»

«Pensant que cela faciliterait ce que j'avais à faire, j'ai réfléchi à la manière d'entrer et à ce que je lui dirais.»

«Tu as réussi?» demanda Rémy, inquiet.

«Je l'ai fait. Et je l'ai fait encore et encore.»

«Qu'est-ce que tu veux dire?»

«Il s'est avéré que je l'avais déjà fait quand j'étais enfant. Je l'avais confronté et il m'avait fait oublier. Même il y a quelques nuits, il m'a fallu trois tentatives, si je me souviens bien, pour me défaire de l'emprise qu'il avait sur moi.»

«L'emprise qu'il avait sur toi?»

«Oui! Il s'avère que l'homme que je croyais être mon père était…»

«Un vampire.»

Dès qu'il l'a dit, j'ai vu apparaître son corps. Il se tenait sur le siège en cuir de la voiture, comme un chien impatient de sortir.

Rémy a levé les yeux vers le bâtiment.

«Il n'est plus là,» le rassurai-je.

«Comment le sais-tu?»

«Parce que si je me souviens de l'avoir affronté, c'est parce qu'il m'est arrivé quelque chose la dernière fois que je l'ai fait.»

«Qu'est-ce qui t'est arrivé?» Rémy se tourna vers moi, inquiet.

«Je ne sais pas. Quelque chose s'est réveillé, peut-être? Tout ce que je sais, c'est que je ne pense pas être humaine», dis-je avec vulnérabilité.

Rémy m'a regardé en fronçant les sourcils. Il n'avait pas l'air de me croire. Puis il a commencé à se pencher vers moi. Je n'étais pas sûr de ce qu'il faisait. Il ne s'est pas arrêté avant d'être à quelques centimètres de moi. En planant au-dessus de moi, il a reniflé. Il utilisait son loup. C'était comme si les deux ne faisaient plus qu'un.

«Tu sens l'humain», me dit-il sans bouger.

Je savais ce qu'il me restait à faire pour le convaincre. Plus exactement, il y avait quelque chose en moi qui savait quoi faire. Alors, fermant les yeux, je me suis détendu et j'ai laissé ce qui était en moi prendre le dessus.

Comme si mes yeux étaient ouverts, je pouvais soudain voir tout ce qui m'entourait. Mais cette fois, c'était Rémy qui était une image faite de lumière alors que son loup était réel. J'ai regardé dans les yeux de la belle bête qui m'a répondu. Nous nous sommes vus et en sa présence, je me suis sentie plus en sécurité que jamais.

Tournant mon attention vers le bâtiment, j'ai montré à son loup ce que j'avais vu. Je ne pourrais pas vous dire comment j'ai fait. Je l'ai fait, c'est tout. Lorsque le loup vit le trottoir menant à l'immeuble transformé en béton recouvert de cendres, il sursauta.

Le loup de Rémy n'aimait pas ce qu'il voyait. Cela l'a rendu anxieux. Cela m'a rendu anxieux aussi. Perdant le contrôle de mon état de relaxation, je revins à mon esprit humain et me retrouvai à nouveau plongé dans les ténèbres.

J'ai lentement ouvert les yeux et j'ai retrouvé Rémy. Je ne pouvais pas dire ce qu'il pensait, mais il avait l'air troublé.

«Tu m'as fait quelque chose,» déclara Rémy.

«Je ne peux pas dire ce que c'est.»

«J'ai montré à ton loup ce que je vois.»

«Oui! C'était quelque chose à propos des ténèbres et de la destruction.»

«Je suppose que tu peux dire ça. Je pense que ce que je lui ai montré, ce sont des traces de vampires. Ils brûlent tout ce qu'ils touchent. En tout cas, celle-ci l'a fait.»

«Et tu dis que ça a commencé quand tu as confronté l'homme que tu pensais être ton père?»

«Oui! Après m'avoir obligé à partir et que j'ai résisté, il m'a poussé contre un mur. C'est là que ça a commencé. Et c'est là que j'ai vu qu'il n'était pas mon père. Il avait fait croire à ma mère qu'elle était enceinte. Et puis un jour, je suis apparu.»

«Tu es un changeant», dit Remy, surpris.

«Un changeant? Qu'est-ce que c'est?»

Rémy se calma.

«Mon père m'a raconté des histoires sur la façon dont les choses étaient avant que les loups ne s'emparent de la ville de New York. C'était dirigé par des vampires. C'est l'alpha de mon père qui a déclenché la guerre avec eux. Il a uni les meutes et beaucoup de sang a été versé. À la fin, les loups ont gagné.

«Mais quand la meute de mon père s'est débarrassée des dernières tanières, ils ont commencé à croire que les vampires ne travaillaient pas seuls.»

«Avec qui travaillaient-ils?» demandai-je dans l'espoir d'obtenir des réponses à mes origines.

«Les loups pensaient que c'était des démons.»

«Des démons? Tu es en train de me dire que les démons existent?»

«Aucun loup n'en a jamais vu. Mais l'un des loups présents a dit qu'il avait eu une vision et que c'était ce qu'il avait vu.»

Je me suis penché en arrière, me faisant lentement à l'idée que je pouvais être un démon.

«Qu'est-ce que je suis? demandai-je en sentant un poids écrasant sur ma poitrine.

«Pas ça», a rapidement répondu Rémy.

«Comment le sais-tu? Le vampire a dit que son maître l'avait envoyé pour contraindre ma mère. Les démons n'auraient-ils pas pu m'envoyer?»

«Tout est possible. Mais placer des bébés dans le monde des humains pour qu'ils les élèvent n'est pas le mode de fonctionnement des démons.»

«Tu veux dire que tu as entendu ça?»

«Oui! C'est ce que font les fae?»

«Les fae?»

«Des créatures qui ont accès à la magie du monde. C'est ce qui donne aux métamorphes leur pouvoir. Tu pourrais être un fae.»

«C'est un peu mieux que d'être un démon», ai-je admis.

«C'est vrai. Mais les fae ont depuis longtemps renoncé à laisser leur progéniture être élevée par des humains. La question est donc de savoir pourquoi tu as été abandonné. Le vampire a-t-il dit quelque chose à ce sujet?»

«Il ne m'a rien dit du tout. Tout ce que je sais, je l'ai pris dans son esprit.»

«Alors, tu peux aussi lire dans les pensées ?» demanda Rémy avec un sourire inquiet. «Est-ce que je dois faire attention à ce que je pense?»

«Je ne peux pas le faire à volonté. J'ai pu le faire avec lui. Et il y a quelques jours, j'ai déjeuné avec Hil. Lorsqu'il est entré, j'ai tout de suite su ce qu'il pensait. Mais je le connais si bien que j'aurais pu le faire sans capacités particulières.»

«D'accord. Prenons un mystère à la fois. Commençons par le fait que si c'est ici que le vampire vivait, pourquoi veux-tu en faire le centre de la communauté?»

«Parce que s'il y a un endroit dans la ville qui a besoin d'être nettoyé avec quelque chose de positif, c'est cet endroit.»

En regardant Rémy dans les yeux, je n'avais pas besoin d'être une fae pour savoir ce qu'il pensait. Il savait que je ne parlais pas seulement de la cicatrice surnaturelle laissée par le vampire. C'était la douleur que j'avais ressentie pendant mon enfance, quand j'avais été rejetée par quelqu'un que j'avais cru être mon père. Je savais maintenant que c'était un vampire et qu'il ne pouvait donc pas l'être, mais cela n'effaçait pas l'agonie que j'avais ressentie à douze ans en étant rejeté par la personne qui était censée m'aimer.

Rémy se tourna vers le bâtiment en face de nous.

«Tu sais, si tu veux, je pourrais juste brûler cet endroit. Tu n'auras plus jamais à y penser.»

«Cet endroit a été suffisamment brûlé. Il faut lui redonner vie».

Rémy acquiesça, apparemment apaisé par mes paroles. «Tu n'es pas un démon. Je peux te le dire», dit-il en me regardant avec un sourire bienveillant. «Je l'achèterai et nous ferons de cet endroit quelque chose de mieux. As-tu réfléchi à la possibilité de m'aider à le créer?»

Alors que je réfléchissais à sa question, un sourire s'est dessiné sur mon visage. «Oui, je l'ai fait.»

Chapitre 8

Rémy

Allongé seul dans mon lit, fixant le plafond, je ne pouvais pas chasser l'histoire de Dillon de mon esprit. Je revoyais sans cesse l'angoisse et la peine dans sa voix lorsqu'il parlait de son enfance. Ça me brisait le cœur.

Cela me fit aussi penser à mon propre père – un homme qui, bien qu'étant un alpha brutal pour ses ennemis, avait toujours été là pour moi et qui m'aimait sans aucun doute. Nos expériences respectives de l'enfance ne pouvaient être plus différentes. Pourtant, une partie de moi pouvait s'identifier à la douleur de Dillon.

Comment le pouvais-je, cependant? J'avais tout ce que le monde dit que tu as besoin – richesse, pouvoir, privilège. J'étais un loup qui aurait pu avoir tout ce qu'il voulait. Dillon n'avait rien. Alors dire que je pouvais m'identifier à sa douleur était plus que risible ; c'était offensant. Et chaque fois que cette pensée traversait mon esprit, elle était suivie par une vague de culpabilité.

Malgré cela, ce sentiment était là, une sensation que moi, un beau et riche loup qui avait grandi avec un père aimant et tout ce que je pouvais désirer, ressentait autant de douleur que Dillon, un gars qui avait grandi pauvre, noir et rejeté. Ce n'était pas juste, mais ça semblait vrai. Comment pouvait-ce l'être?

Il y avait cette démangeaison au fond de mon esprit qui ramenait mes pensées à l'attente de mon père pour ma vie. Ouais, je sais, pleurer sur mon alpha riche et aimant qui était exigeant. Je savais que je n'avais pas le droit de comparer ma douleur à celle de Dillon mais…

En me retournant, enfouissant mon visage dans l'oreiller, j'essayais d'étouffer mes pensées. Comme je le faisais, l'image de l'expression blessée de Dillon me hantait. J'étais sûr de comprendre sa douleur. Comment le pourrais-je néanmoins? J'étais sur le point de refouler mes sentiments comme je l'avais si souvent fait étant enfant quand une idée me vint.

En voyant Dillon déjà dans le bureau quand je suis arrivé le lendemain, mon loup s'éveilla. Malgré notre conversation douloureuse précédente, je ne pouvais pas détourner mon regard de sa peau caramel magnifique et de ses boucles indisciplinées. Mais avalant avec difficulté, je mis mon idée à exécution.

«Je veux te montrer quelque chose,» dis-je, retenant à peine l'ouragan d'émotions menaçant de déborder.

Dillon me regarda avec confusion, puis hocha la tête. Nous quittâmes le bureau et roulâmes en silence vers un quartier défavorisé où je n'aurais normalement pas mis les pieds. Après avoir garé la voiture, nous entrâmes dans une petite épicerie grecque. Lorsque nous fîmes cela, une tête apparut au-dessus des petites allées.

«Leo!» dis-je en m'approchant d'un adolescent maigre qui incarnait la défiance.

«Monsieur Lyon,» répondit-il avec un mélange de colère et de peur.

«Leo, je veux te présenter quelqu'un. Voici Dillon. Il a été le premier lauréat de la bourse d'étude de ma famille. Dillon, voici Leo. J'ai suggéré à Leo qu'il pourrait être le prochain lauréat de notre bourse.»

«Mais, il me fait comprendre qu'il n'en a pas besoin.»

«Je n'en ai pas besoin,» a répondu Leo froidement.

«D'accord,» ai-je riposté sans dissimuler mon agacement. Je me suis tourné vers Dillon. «Tu sais ce que je lui propose. Tu penses pouvoir lui faire entendre raison?»

Dillon fronça les sourcils à ma demande. Comme s'il me jugeait. Pourtant, sans un mot, il se tourna vers Leo.

«Pourquoi crois-tu que tu n'en as pas besoin?»

Léo soupira, croisa les bras de manière défensive et me regarda.

«Tu peux parler librement. Il sait ce que nous sommes», dis-je au jeune loup métamorphe en face de moi.

«Je n'ai pas besoin de son aide pour m'occuper de ma meute. Je suis un alpha. C'est à moi qu'il devrait donner des ordres», avait-il dit en le pensant.

Dillon le fixa sans broncher. «Quel âge as-tu?»

«17 ans.»

«Son père est mort,» ai-je rajouté.

Dillon se retourna vers moi, cynique. «Donc, tu veux que je lui raconte ma triste histoire de jeune sans père?»

Contractant ma mâchoire sous le ton de sa voix, je me suis calmé et répondu, «Fais ce qui te semble le meilleur.»

Dillon réfléchit un moment avant que son expression ne s'adoucisse. Il redirigea ensuite son regard sur le jeune. «C'est bien Leo, non?»

«Ouais,» rétorqua-t-il sur la défensive.

«Eh bien, Leo, quel est ton rêve?»

Leo cracha sa réponse. «Je ne sais pas.»

Le regard de Dillon brillait d'une lueur de sympathie lorsqu'il reprit la parole.

«Je ne suis pas un loup comme toi. Mais quand j'étais jeune, mon rêve était de venir à Paris. Je ne sais pas vraiment pourquoi, mais j'avais vu cela dans les films et j'avais un ami qui y allait tout le temps, donc cela signifiait quelque chose de spécial pour moi, tu vois.

Manger des croissants près de la rivière, dîner en haut de la tour Eiffel… pour un gamin qui vient d'où je viens, avoir la possibilité de faire ces choses signifiait que le pire de ma vie pourrait être derrière moi. Qu'est-ce qui pourrait te signaler que le pire de ta vie est terminé?»

«Je ne me soucie pas de ce genre de choses. Je suis un métamorphe. On prend ce qu'on veut.»

«Tu es un métamorphe qui doit vivre dans l'ombre en respectant les règles humaines.»

«Je n'ai rien à faire», dit-il d'un ton de défi.

Dillon se tourne vers moi. "Remy, qu'arrive-t-il aux loups qui décident que les règles ne s'appliquent pas à eux?

«Ça dépend», dis-je en voyant où il voulait en venir. «En général, leur alpha les remet dans le droit chemin. S'il est l'alpha, les autres meutes se chargeront de régler le problème.»

Léo m'a regardé, surpris. Je pouvais sentir sa peur.

«Alors, tu les tues?» Dillon confirme.

«Nous survivons tous en restant dans l'ombre. Nous n'allons pas laisser un loup solitaire risquer ce que nous avons.»

Dillon se tourna vers Léo. «En d'autres termes, les métamorphes doivent respecter les règles comme tout le monde. Cela signifie que tu as besoin d'un travail. Tu as besoin d'un compagnon consentant. Et tu dois trouver comment être heureux. Tu es comme le reste des humains.»

Leo réfléchit un moment.

« Je vais donc te reposer la question. Qu'est-ce qui te ferait comprendre que la pire partie de ta vie est terminée?»

Léo baissa la tête, semblant vouloir ignorer ce que Dillon avait dit, mais il fut trahi par une lueur qui illumina brièvement ses yeux.

«Qu'est-ce que c'est?» demanda Dillon en voyant l'étincelle aussi.

«Rien!» répondit Leo refusant de montrer sa faiblesse.

Dillon l'a regardé fixement, puis a fermé les yeux.

Au fur et à mesure que je le regardais, quelque chose en lui a subtilement changé.

«Tu aimes les animaux» dit Dillon à la surprise de Leo.

«Quoi?»

«Tu penses qu'il y a beaucoup de sans-abri autour de toi. Tu rêves de leur donner un endroit où vivre. C'est ce qui fait de toi un alpha.»

«Je suis un alpha», répéta Léo.

Dillon ouvrit les yeux.

«Tu l'es peut-être. Mais ce désir que tu as de t'occuper des animaux ne signifie pas que tu dois risquer ta vie pour diriger une meute.»

«Ça ne veut pas dire?» demanda Léo, confus.

«Non. Tu t'intéresses vraiment aux animaux. Et je parle de ceux qui ont toujours quatre pattes», ajouta-t-il avec humour.

«Si j'avais un endroit où ils pourraient vivre, alors…» dit-il avec des yeux adoucis.

«Comme un sanctuaire pour animaux?» Demanda Dillon en cherchant à clarifier.

«Ouais, un de ceux-là. Ce serait cool, non?» dit-il avec un sourire.

«Ce serait bien. Alors, as-tu déjà pensé à devenir vétérinaire? Ils ont de sanctuaires pour animaux et ils les aident. Ils les gardent en bonne santé.»

«Je ne pourrais pas faire ça.»

«Pourquoi pas?»

«Il faut aller à l'école pour ça et je dois m'occuper de ma famille, tu vois.»

Dillon laissa un moment pour que les paroles de Leo s'installent avant de répondre.

«J'aime ton idée. Et c'est un beau rêve, Leo,» dit-il sincèrement. «Je sais qu'actuellement il est difficile de voir au-delà des luttes que tu affrontes jour après jour. Comment pourrais-tu même commencer à penser à l'avenir lorsque chaque jour présente un nouveau défi?»

«Mais, voilà le truc, ignorer l'avenir ne l'empêchera pas d'arriver. Et quand il se présentera, tu peux être au même endroit où tu es maintenant, plein de difficultés et de colère ou les choses pourraient être plus faciles, plus joyeuses. Tu as juste à faire ce choix.»

Dillon fit un pas de plus, sa voix devenant plus déterminée.

«Remy te donne l'option d'améliorer ton avenir. De réaliser ton rêve d'aider les animaux. Peut-être qu'une personne comme lui ne peut pas véritablement comprendre à quel point ta vie est difficile, mais je peux, tout comme je sais que tu peux réaliser ton rêve.» Je peux le voir.

«Alors, crois-moi quand je dis que la dernière chose que tu voudrais faire est de regarder en arrière sur ce moment et ensuite devoir regarder dans les yeux de ta mère en sachant qu'il y avait quelque chose que tu aurais pu faire pour lui rendre la vie plus facile, et que tu ne l'as pas fais.»

Alors qu'il terminait de parler, l'expression de Dillon prit une qualité plus directe. «Tu comprends ce que je veux dire, Leo?»

L'adolescent le fixa pendant un long moment, pesant les mots de Dillon. Finalement, après ce qui semblait être une éternité, il hocha lentement la tête. «Ouais, je comprends.»

La tension s'est dissipée progressivement alors que Leo partait pour réfléchir à tout cela.

Avant de disparaître dans la salle de stockage, il se retourna vers Dillon,

«Tu as dit que tu étais humain, mais tu ne l'es pas, n'est-ce pas?»

Dillon resserra ses lèvres en un sourire.

«Non!»

«Je ne le pensais pas. Tu fais partie des bons», dit-il avant de sortir.

Je ne pouvais pas m'empêcher de sourire à la façon dont les choses s'étaient passées. Je me suis tourné vers Dillon, incapable de cacher mon excitation.

«Ça s'est bien passé, non? Que dirais-tu à retourner chez moi pour une crêpe japonaise? J'ai appris à la faire et je meurs d'envie d'en faire une pour toi. Tu me diras ce que tu en penses.»

Dillon hésita mais finit par accepter, semblant perdu dans ses pensées alors que nous reprenions le chemin de ma maison de ville. Une fois à l'intérieur, je n'ai pas perdu de temps, me mettant à l'œuvre pour préparer la pâte à crêpes. Mes mains bougeaient avec une précision énergique que je ne savais pas que j'avais.

En mélangeant la pâte, je la versai sur une plaque chauffante ronde que j'avais achetée à cet effet. Je l'ai lissée avec ma spatule, j'ai laissé cuire un côté avant de la retourner de l'autre.

Une fois fait, j'ai sorti la glace, les bananes, la crème fouettée et la sauce au chocolat. Les assemblant sur la crêpe et la roulant en cône, je l'ai saupoudrée de sucre et grillée à un brun caramélisé. Elle ressemblait exactement à ce que j'espérais.

«Tiens,» ai-je dit, essayant de paraître aussi décontracté que possible.

Mais alors que je rayonnais de fierté de ma création culinaire, Dillon bouillait de colère. Il fixait mon grand exploit avec des yeux durs comme du granit et je ne comprenais pas pourquoi.

«Tu ne peux pas me voir autrement que comme le cas de charité que tu as sauvé, n'est-ce pas?» cracha Dillon, sa voix empreinte de rancœur.

«Quoi? Non! Bien sûr que je peux. Pourquoi dirais-tu cela?» ai-je répondu, pris au dépourvu par son accusation.

«Parce que tu as profité de moi,» accusa-t-il, ses yeux suppliant pour de la compréhension.

Mon esprit a parcouru nos récentes interactions. «Quand? Comment?»

«Là-bas. Tu as utilisé ce que je t'ai dit sur mon enfance et m'a manipulé pour que j'utilise mes capacités pour obtenir ce que tu voulais,» précisa Dillon, la douleur évidente dans sa voix.

«Ce n'est pas ce qui s'est passé.»

«Vraiment? As-tu jamais considéré que mon passé n'était pas le tien à utiliser comme bon te semble?» s'est heurté Dillon.

«Je…» ai-je bégayé, surprise par l'accusation de Dillon.

«Je ne pense pas,» a-t-il dit, ses émotions bouillonnant juste sous la surface. «Tu ne peux pas me voir. Tout ce que tu vois, c'est le garçon pathétique que personne n'aime.»

«C'est faux. Je ne comprends pas d'où cela vient,» ai-je protesté, mon cœur se serrant à la douleur de ses mots.

«Remy, tu ne peux pas exploiter ma peine,» a exigé Dillon, sa voix tremblant.

«Je ne le faisais pas. C'est tellement loin de ce que j'essayais de faire,» ai-je dit sur la défensive.

«Vraiment?» s'est-il interrogé avec scepticisme.

«Oui. Tu ne comprends pas? C'est à cause de mon père que son père est mort. Son père travaillait pour le mien. Mon père l'a fait tuer. Chaque nuit, je suis au lit à penser à Leo et à toutes les choses que mon père a faites. Cela m'étouffe.»

«Toute ma vie est construite sur la douleur des autres. Elle m'éblouit. J'ai besoin d'aide. Je te demandais de m'aider, Dillon. Ne le vois-tu pas?» ai-je dit avec des larmes roulant sur mes joues. «Je voulais juste que tu m'aides.»

Mon cri du cœur a frappé Dillon de plein fouet. La colère a fondu de son visage. Muet, il m'a serré dans ses bras et m'a gardée jusqu'à ce que ses yeux brillent de larmes.

«Je voulais juste que tu m'aides,» ai-je répété, ma voix étranglée d'émotion.

«Je le ferai,» a murmuré Dillon à mon oreille. «Tu peux compter sur moi.»

Je me suis doucement éloigné de l'étreinte de Dillon, mes joues mouillées de larmes. Je me sentais vulnérable et exposée comme jamais auparavant.

«Je suis désolée,» ai-je murmuré, gêné par ma démonstration d'émotion.

Ne pouvant plus le regarder, j'ai essayé de détourner le regard. Mais avant que je puisse, Dillon a retenu mon menton, ramenant mon regard vers le sien. Nos yeux se sont verrouillés, et je me suis trouvée à me noyer dans sa compassion pure et inébranlable.

Comme nous nous tenions là, l'intensité de notre connexion, et l'air de vulnérabilité persistant entre nous, se sont construits. Mes défenses et mon sarcasme étaient partis. À leur place se trouvait un désir incontrôlable pour lui.

Le pouce de Dillon a doucement caressé la trace de larme sur ma joue, envoyant des frissons le long de ma colonne vertébrale. Ne pouvant plus résister à l'attraction émotionnelle, nous nous sommes rapprochés, nos lèvres se rapprochant.

Ce fut un coup à la porte qui brisa notre moment fragile. Nous ramenant du précipice d'une étreinte passionnée, notre connexion intime s'est évaporée alors que quelqu'un frappait à la porte à nouveau.

«Je dois répondre,» ai-je dit quand il est devenu évident que celui qui frappait ne partirait pas.

«C'est probablement une bonne idée,» a convenu Dillon, aussi secoué par notre presque-baiser que moi.

Me rassemblant, j'ai fait mon entrée dans le salon et traverse jusqu'à la porte. J'étais prêt à décapiter qui que ce soit lorsque je l'ai ouvert et trouvé,

«Eris, que fais-tu ici?»

«J'essaie de te contacter depuis des jours. Tu ne réponds ni à mes messages ni à mes appels. Je suis même allée à ton bureau, mais tu n'étais pas là,» a-t-elle répondu en se frayant un chemin à l'intérieur.

«Pourquoi es-tu ici?» ai-je questionné avec une alternance d'inquiétude et d'irritation.

Elle ouvrit la bouche pour répondre lorsque Dillon est passé par la porte de la cuisine. En le voyant, elle se figea le fixant du regard avec venin. Pendant un instant, j'ai pu sentir une partie de son loup. Mais, aussi rapidement qu'il est apparu, elle l'a balayé et a dit gaiement,

«Nous avons un mariage à organiser. Je ne vais certainement pas faire cela toute seule.»

Mon cœur a sombré à la pensée du gâchis complexe que nos vies étaient devenues.

«Je ne peux pas participer à cela pour l'instant,» ai-je répondu, ma voix tendue.

Sans se laisser démonter, Eris a reporté son attention sur Dillon.

«Pourrais-tu me préparer un verre mon cher?» a-t-elle demandé avec condescendance.

Dillon a hésité, demandant, «Quel genre de boisson?»

Eris a soupiré, feignant le désintérêt. «Peu importe. Du champagne si tu en as.» Puis, avec un rire forcé, elle a ajouté, «Il est cinq heures quelque part.»

Alors que Dillon disparaissait dans la cuisine, je me préparais pour la tirade qu'Eris s'apprêtait à déclencher. Alors que je la regardais, le sourire confiant et décontracté qu'elle portait a disparu. À sa place, un regard mortellement sérieux. Son loup était de retour. Je pouvais le sentir comme s'il était perché juste sous la surface, attendant que je lui tourne le dos pour bondir.

«Remy, permet-moi d'être claire. Si tu ne commences pas à agir comme l'homme que je mérite, mon père pourrait commencer à penser que tu ne tiens pas ta part du marché. Et qui crois-tu qu'il blâmera pour ça?» a-t-elle demandé avant de faire rebondir ses yeux vers la cuisine.

«Est-ce que tu menaces quelqu'un?» ai-je demandé, sentant mon loup prendre le dessus.

Eris, impassible, s'est rapprochée.

«Remy, demande-toi ceci à mon sujet, suis-je ici parce que je le veux? Penses-tu que le but de ma vie était de forcer un alpha-rejeton dans un mariage que ni l'un ni l'autre ne veut? Penses-tu que c'est la vie dont je rêvais petite fille?» a-t-elle demandé sarcastiquement.

«Ce n'est pas le cas. Et maintenant je me bats pour la vie que je veux, tout comme toi. La seule différence est qu'au-delà de moi se trouve un loup prêt à brûler le monde pour obtenir ce qu'il veut. Ton loup enragé est mort. Alors, à moins que tu ne t'alignes sur le programme et que tu ne me rencontres à mi-chemin sur cela, le sang va pleuvoir. Pas le mien. Pas le tien. Mais celui de tous ceux que tu aimes.»

«Tu veux vraiment ça? Au vu de la façon dont tu me regardes, je vais supposer que non. Alors, arrête de mettre en danger tout ce que tu aimes, et aide-moi à préparer notre mariage,» a-t-elle continué avec un calme effroyable.

«Il y a des millions de mariages arrangés qui finissent en véritables contes de fées. Aide-moi à faire du nôtre l'un d'eux… afin que ton ami là-bas n'ait pas à mourir.»

Quand Dillon est revenu de la cuisine avec le verre d'Eris, il a remarqué que mon comportement avait totalement changé. C'était comme si une ombre éteignait mon esprit, le poids des mots d'Eris étouffant mon âme.

Je regardais Dillon en sachant que ce qu'Eris avait dit était vrai. Les hommes qui avaient trahi nos pères finissaient morts. Comme le mien, son père était un loup enragé, une force de la nature qui ne pouvait être arrêtée, seulement endurée.

Je devais protéger Dillon de cette tempête. J'étais prêt à tout pour cela. Alors, effaçant toute trace de l'affection que je ressentais pour lui, je le regardais froidement et lui dis, «Dillon, tu devrais partir.»

Son corps fondait face à mon changement abrupt. De la douleur suintait de ses yeux. Le voir ainsi me dévastait. Mais je devais rester détaché. Je ne pouvais pas laisser Eris savoir combien il comptait pour moi. Je ne pouvais pas lui donner plus de levier.

«Dillon,» répétai-je, ressentant une vive douleur dans ma poitrine en parlant. «Va-t'en. On pourra parler plus tard.»

Alors qu'il hésitait, j'ajoutai, avec une pointe d'acier, «Maintenant!»

C'est alors qu'il baissa les yeux, se tourna vers la porte, et partit me laissant brisé en mille morceaux.

Chapitre 9

Dillon

Le soleil se couchait sur Brooklyn alors que je laissais le pavillon de Remy loin derrière moi. En me dirigeant vers la station de train, mes pas étaient alourdis par le tourment cruel dans ma poitrine. L'air était anormalement frais pour la fin du printemps, mais le froid ne faisait rien pour tempérer la chaleur qui me déchirait.

Pourquoi avais-je laissé Remy me faire ça à nouveau? J'étais tombé dans le même piège, exposant mon cœur vulnérable à la même personne qui l'avait déchiré auparavant. Quelle part cassée en moi continuait à me mettre dans cette situation?

Hil m'avait prévenu à propos de Remy. Il m'avait dit que Remy retournerait à la vie de sa meute, et il l'avait fait. Et bon sang, il allait même se marier.

Hil avait aussi dit que Remy me ferait du mal. Non seulement Hil avait raison à ce sujet, mais après que Remy l'ai fait la première fois, je m'étais retourné et l'avais laissé le refaire. J'étais un idiot qui méritait tout ce qui lui arrivait.

Il n'est pas étonnant que mon vampire de père n'ait pas voulu de moi. Avait-il peur de moi ou a-t-il simplement vu à quel point j'étais différent? Je ne méritais rien de plus que ce que j'ai reçu.

Aussi stupide que je l'étais, cependant, j'avais enfin retenu ma leçon. Plus jamais je ne donnerais à Remy une autre opportunité de me traiter comme il l'avait fait. J'ai compris ; le centre de soutien était important. Il y avait des vies réelles qu'il pouvait affecter. Parler avec Léo me l'avait montré. Et je voulais toujours qu'il m'aide à comprendre ce que j'étais. Je l'aiderais donc

Mais c'était tout. J'en avais fini avec les jeux émotionnels de Remy. A partir de ce moment, nous allions être des collègues. Rien de plus. S'il pensait qu'il pouvait me faire du mal et s'en sortir, il allait apprendre que je pouvais lui faire mal en retour, j'ai pensé qu'une énergie tourbillonnante se développait en moi.

Non, je refusais de lui être nécessaire. Du moins pas de plus. J'avais fini. C'était réellement fini. Et tandis que la réalité de tout cela s'insinuait lentement en moi, au lieu d'exploser comme une bombe surnaturelle, des larmes coulaient sur mes joues.

En montant dans le même train où j'avais décidé de travailler avec Remy, j'enterrai mon enfantine fantaisie. Remy et moi n'étions pas fait pour être ensemble. Nous n'étions même pas destinés à être amis.

J'étais fait pour être seul. Je l'ai toujours été. Et tandis que la lueur des oranges brûlées reculait derrière les imposants immeubles du centre-ville, je m'affaissai dans le siège du train et pleurai.

Le lendemain matin, je me réveillai avec un sens renouvelé de détermination. J'avais passé toute la nuit mentalement à me préparer à affronter Remy, à lui montrer que je pouvais être aussi froid et détaché qu'il l'avait été la veille. Alors que je me douchais et m'habillais, ma résolution se renforçait. J'avais hâte à la confrontation.

Arrivant au travail, j'entrai prêt pour la journée, la tête haute. Étonnamment, la porte du bureau de Remy était fermée. La pièce était silencieuse et immobile. Il n'y avait aucune trace de lui nulle part.

J'écartai ma déception et je me concentrai sur les tâches à accomplir. En m'occupant de l'arrosage des plantes et du dépoussiérage des étagères, je jetai un coup d'œil à l'horloge toutes les quelques minutes. Assurément, Remy arriverait bientôt, et alors je pourrais mettre mon plan en action.

Mais à mesure que les heures passaient, la peur lancinante dans mes entrailles devenait plus forte. Remy m'évitait tout comme l'homme que je croyais être mon père l'avait fait toutes ces années auparavant. Un éclair de douleur fendit ma poitrine. Cela faisait plus mal que lorsque Remy m'avait demandé de partir.

Lentement, le froid extérieur que j'avais pratiqué s'effritait. Ma résolution autrefois ferme semblait maintenant stupide et creuse. J'étais tout simplement incapable de blesser Remy comme il m'avait blessé.

Avec le vide grandissant en moi, je ne pouvais plus me concentrer. Quand l'après-midi s'effaçait sans signe de Remy, le néant me submergeait. J'y étais en train de me noyer.

Durant les deux jours qui suivirent, Remy restait absent du bureau. À chaque fois que la porte grondait, mon cœur battait un peu plus fort, mais chaque fois, ce n'était pas lui. Je restais seul avec rien d'autre à faire que de fixer son bureau vacant. C'était de la torture.

L'image du bureau vide de Remy me hantait même lorsque je me couchais essayant de m'endormir. La douleur était comme un poids physique sur ma poitrine, une épreuve insupportable impossible à échapper.

J'étais prêt à lui donner tout ce que j'avais, mais il ne le voulait pas. Je m'étais trompé en croyant que son engagement envers l'autre n'était pas réel, mais il l'était. Et après m'avoir fait croire que j'étais spécial pour lui, il m'avait laissé. Maintenant, il ne revenait pas.

Ce n'était pas ainsi qu'on traitait quelqu'un qu'on aimait. Il ne restait qu'une conclusion. L'homme dont j'étais amoureux depuis mes 14 ans, ne m'aimait pas. Et pourquoi le ferait-il, quand personne ne le faisait?

Je suis rentré au travail chaque jour après cela en m'attendant à ce qu'il ne soit pas là, pourtant blessé à chaque fois qu'il n'était pas là. Il n'y avait personne. Il a fallu deux semaines avant que la porte qui claquait ne soit celle de quelqu'un d'autre que le service d'entretien. Alors, le jour où un homme trapu, habillé de façon formelle, a monté les escaliers, je me suis levé et je l'ai accueilli avec perplexité.

«Puis-je vous aider?» ai-je demandé en me demandant s'il était à la mauvaise adresse.

«Je m'appelle Robert Wendel. Je suis l'avocat de M. Lyon,» a-t-il dit, débordant d'anxiété.

Mes capacités émergentes se sont mises en marche sans que je le veuille. L'homme devant moi n'était pas un loup. Ce n'était pas non plus un humain ou un vampire. Le nom qui me vint à l'esprit était Nymphe. Je ne savais pas ce que cela signifiait, mais je savais qu'il possédait de la magie. Pas quelque chose qu'il pouvait manier, mais suffisamment pour influer sur la chance des gens.

«M. Lyon n'est pas ici,» l'ai-je informé.

«Oui. J'ai des papiers pour vous à signer.»

«Moi?»

«Vous êtes bien Dillon Harris, n'est-ce pas?»

«Oui.»

«Alors ces papiers sont pour vous.»

Fixant l'avocat, j'ai repensé à l'époque où ma mère avait commencé à travailler chez les Lyon. Un homme comme celui-ci était apparu à notre porte. Il avait bien insisté sur le fait que nous ne devions jamais parler de ce que ma mère avait entendu ou vu dans la résidence des Lyon. Les papiers qu'elle avait signés étaient pour un accord de confidentialité, mais la menace sur nos vies si nous parlions de ce que nous avions vu ne devait pas être écrite.

«Ah,» ai-je dit en réalisant dans quelle mesure Remy ne me faisait pas confiance.

Sans poser de questions, j'ai vite signé mon nom où que la nymphe me le demande. Chaque fois, mon cœur se serrait un peu plus. Lorsque la dernière page a été signée, il m'a remis une grande enveloppe de manille.

«C'est à vous.»

«Qu'est-ce que c'est,» ai-je demandé en soupçonnant que c'était ma copie des documents.

«C'est l'acte de propriété du bâtiment pour le centre d'aide.»

Je me suis figé. «Je suis désolé, qu'est-ce que c'est?»

«L'acte de propriété du bâtiment,» répéta-t-il en cherchant cette fois mon regard pour voir si je comprenais. Je ne comprenais pas. «Ce que vous avez signé, c'est les papiers pour une fiducie qui possède le bâtiment. Vous en avez maintenant le contrôle à 51 %.»

Mon esprit a été bouleversé. «Je suis désolé, je suis confus. Qu'est-ce que cela signifie?»

«Cela signifie qu'en grande partie, le bâtiment vous appartient. Une partie de l'accord est que les taxes du bâtiment seront payées par la famille Lyon pour les 10 prochaines années. Donc vous n'avez pas à vous en préoccuper. Et vous pouvez en faire ce que vous voulez. Ce qui est, je suppose, de créer le centre d'aide que vous avez proposé à M. Lyon, correctes?»

«C'est correct,» ai-je confirmé toujours incertain de ce qui se passait. Remy avait-il fait cela pour des raisons fiscales? Était-ce une machination de la vie en meute? «Donc, je peux faire ce que je veux avec ça?»

«N'importe quoi.»

«Si je voulais le vendre?»

«Vous pourriez.»

«Et juste pour que je sois au courant, combien vaut-il?»

«Je ne peux pas vous le dire de but en blanc. Mais j'ai inclus l'évaluation de la propriété dans votre paquet,» a-t-il dit en désignant mon enveloppe.

J'ai regardé ce qui était dans ma main comme si elle contenait un serpent prêt à mordre. Mon cœur a battu la chamade à l'idée de ce qui se trouvait à l'intérieur. L'ouvrant doucement, j'ai plongé la main à l'intérieur et je l'ai sorti. Parcourant les pages, j'en ai trouvé une avec des chiffres dessus. L'évaluation n'a pas été difficile à trouver. Il était écrit que le bâtiment que Remy venait de me donner valait 1,5 million de dollars.

«Ah,» ai-je exhalé, incapable de respirer.

«M. Lyon m'a également demandé de vous donner cela,» a dit son avocat, captant à peine mon attention.

Il tenait une carte de visite. «Il m'a dit que vous avez un rendez-vous avec cette personne,» a dit la nymphe de manière énigmatique.

«Quand?» ai-je dit presque trop abasourdi pour prendre la carte.

«Je pense qu'il voulait dire maintenant.»

Sortant du bureau, je me suis précipité à l'adresse sur la carte de visite ne sachant pas ce que je trouverais. Quand je suis arrivé, une femme élégante s'est présentée.

«Salut, je m'appelle Melanie. Je serai votre styliste personnelle. M. Lyon m'a demandé de vous habiller comme un représentant de la famille Lyon,» a-t-elle expliqué comme pour ne pas blesser mes sentiments.

J'ai réfléchi un instant et j'ai ensuite regardé ce que je portais. Sachant que je devrais m'habiller professionnellement pour Remy, j'étais allé à un magasin discount. Les vêtements que j'avais achetés là-bas étaient de la bonne taille et ils me convenaient.

Mes vêtements avaient toujours été l'une des choses qui me faisait me sentir comme le favori de Hil quand nous sortions. Il s'habillait comme le fils d'un patron de la mafia milliardaire, et je m'habillais comme

Waldo. Il n'y avait aucun moyen de cacher le gouffre qui existait entre nous.

«Cela vous dérange?» demanda Melanie en voyant mon hésitation.

«Pas du tout,» ai-je répondu alors qu'une vie d'insécurité s'élevait de mes épaules.

Se faire mesurer et essayer des vêtements coûteux était un peu intimidant au début. Après tout, la plupart des costumes coûtent presque autant qu'une petite voiture. Et si je l'accrochais à quelque chose? Je serais endetté pour le restant de mes jours.

Mais après quelques heures, je dois admettre que c'est devenu amusant. Une vie de complexes a fondu comme neige au soleil alors que je me contemplais dans le miroir. Et en sortant avec pour 20 000 dollars de costumes de designer, je ne pouvais pas m'empêcher de penser que Remy essayait de me dire quelque chose… Mais quoi?

En arrivant au bureau le lendemain dans une tenue à 3 000 dollars, je dois admettre que c'était plutôt agréable. Je m'attendais à ce que personne d'autre ne le voie jusqu'à ce que j'allume mon ordinateur et que je sois inondé de notifications de calendrier.

Au fur et à mesure que la journée se déroulait, des architectes, des designers et des experts en construction ont défilé dans le bureau.

Chacun me traitait comme un roi. C'était surréaliste. Puis, lorsque je ne pus plus supporter, je demandai à l'un pourquoi ils se comportaient ainsi.

«Mr. Lyon nous a dit qu'il paierait tout ce que vous choisirez et a souligné qu'il était vital que nous vous rendions heureux,» expliqua doucement l'architecte. «À ce propos, nous vous avons apporté une sélection de pâtisseries de chez Dominique. Voudriez-vous en déguster une pendant que nous discutons des plans pour la refonte?»

«D'accord,» répondis-je, toujours incapable de comprendre ce qui se passait.

L'immeuble, les vêtements, tout le monde me flottait ; pourquoi Remy faisait-il cela? Il avait clairement indiqué qu'il ne voulait pas être avec moi. Était-ce sa tentative de me montrer toutes les raisons pourquoi? Était-ce pour me montrer qu'il pouvait faire tout cela pour moi alors que je ne pouvais rien faire pour lui? Je ne comprenais pas.

La semaine suivante passa dans un flou d'engagements et de décisions. Fatigué et incertain du but de Remy, je continuai à prendre des décisions pour le centre d'aide comme si je le possédais. Il semblait n'y avoir aucune fin aux personnes à qui je devais parler. Et même si mes réunions se terminaient à 18 heures, que nous ayons terminé nos discussions ou non, je passais encore le reste de la nuit au bureau à chercher tous les mots qu'ils ont utilisés que je ne comprenais pas. J'étais complètement vidé quand je rentrais en train à la maison.

Tout cela continuait jusqu'au jour où je suis retournée au bureau et j'ai vu que mon premier rendez-vous était après les heures de travail. J'ai compris que c'était le moment. Lorsque j'entrerai dans cet endroit, je trouverai Remy. Il m'attendrait, avec son sourire diabolique et aussi charmant que jamais.

Comment réagirais-je? Oui, les vêtements et le bâtiment étaient géniaux. Cela changeait la vie. Mais je ne lui avais rien demandé.

Tout ce que je voulais, c'était qu'il m'aime. Qu'il me tienne et me dise qu'il serait là pour moi. Je ne pouvais pas lui pardonner toutes les choses qu'il avait faites simplement parce qu'il m'avait offert quelques cadeaux. Je ne pouvais pas. Et il allait le découvrir ce soir.

Alors que ma journée se terminait, je me préparais à voir Remy pour la première fois en plusieurs semaines. Je renforçais ma détermination. Il n'allait pas aimer ce que j'avais à dire. Cela pourrait en réalité mener à notre fin. La fin définitive. Celle dont nous ne pourrions pas revenir.

Et, même si je savais que cela pourrait être le cas, je ne pouvais pas nier combien cela ferait du bien de le revoir. Il était un salaud complet d'avoir fait ce qu'il m'avait fait. Mais, il me manquait. La façon dont il me regardait me faisait me sentir vue. Remy avait une manière de me faire sentir comme la personne la plus importante au monde. C'était une drogue difficile à arrêter.

En approchant de l'adresse, il s'est avéré que c'était un complexe d'appartements chic dans le centre de Brooklyn. M'avait-il invité dans son nid d'amour? Tout ce qu'il m'avait acheté était-il une façon de me séduire? Étais-ce tout ce que j'étais pour lui – une aventure?

En sortant de l'ascenseur dans l'un des appartements les plus somptueux que j'ai jamais vu, je regardais autour de moi pour trouver celui que j'étais sûre m'attendait.

«Remy?» demandais-je à une pièce vide.

En faisant lentement le tour de l'endroit, ébahie par sa beauté, il ne me fallut pas longtemps pour repérer la table à manger en bois flotté et la note posée dessus. Mon nom me faisait face. Je l'ouvrit en la ramassant, je reconnus l'écriture.

«Considère ceci comme un avantage du travail. Plus de trajets en train tard dans la nuit. Profite bien de ton nouvel endroit. Remy»

Continuant ma tournée, je suis entré dans la chambre. La vue de la ville était à couper le souffle. En ouvrant le placard, je trouvai une garde-robe pleine de vêtements neufs. Il y avait de tout, pour tous les événements.

C'était ça. Il n'y avait pas de surprise supplémentaire. Il n'allait pas venir. Pas ce soir. Ni jamais de nouveau. C'était vraiment fini entre nous. Réalisant cela, je suis sortie sur le balcon, j'ai abandonné le reste de mon espoir et j'ai pleuré.

Dormir dans le lit le plus confortable au monde était étrange. On pourrait penser que cela vous ferait vous endormir plus rapidement. Mais qui pourrait le faire, distrait par des pensées sur le confort?

Avec un emploi du temps léger le matin, j'ai décidé de faire la grasse matinée. J'étais maintenant à quelques pâtés de maisons du bureau plutôt qu'à 88 kilomètres du New Jersey. C'était comme un nouveau monde. Il en allait de même pour mon attitude envers la vie. Ces dernières semaines, j'avais versé une vie de larmes. J'étais prêt à avancer.

Pour une raison quelconque, Remy m'avait donné un immeuble. Mais pas n'importe quel immeuble. C'était celui où vivait le vampire que j'avais pris pour mon père qui m'avait rejeté. Remy ne savait peut-être pas être un petit ami de rêve, mais il connaissait une chose ou deux sur la justice poétique.

«Remy m'a donné un immeuble,» dis-je quand cette réalité m'a frappé de nouveau.

Attrapant quelque chose dans mon réfrigérateur bien garni, j'ai décidé de faire un détour avant le travail. J'allais visiter mon nouveau chez moi. Descendant du train, je tournai le coin avec le bâtiment en vue.

Regardant les rénovateurs entrer et sortir, je me rappelai que j'en avais le contrôle majoritaire. C'était insensé.

Comme je l'avais fait tant de fois étant enfant, je m'arrêtais en face de la rue et la contemplais. J'avais tant de souvenirs douloureux associés à cet endroit que je ne pouvais pas tous les compter. Peut-être qu'au lieu de la transformer en centre d'entraide, j'aurais dû la vendre. Je ne sais pas ce qui m'a pris de suggérer que cela pourrait être un endroit où je devrais me rendre tous les jours.

Cela m'a rappelé une autre chose que je devais faire : je devais commencer à penser à embaucher du personnel. Après tout, Remy ne m'avait pas demandé de l'aide à cause de mes compétences en management. C'était parce que j'étais le pauvre et meilleur ami noir de son petit frère.

J'y ai réfléchi une seconde. Remy ne m'avait pas demandé d'aide malgré ce que j'étais. Il l'avait demandé à cause de cela. Dans ce cas, être pauvre et noir était mon avantage.

Remy m'avait un jour dit que lorsque l'on embrasse sa véritable identité, on est récompensé. Aurait-il pu avoir raison?

Certainement, il ne m'aurait pas offert tous ses cadeaux si je n'avais pas été qui je suis. Plus j'avais à prendre des décisions concernant la conception du centre communautaire, plus mon avis semblait important. Je suppose que ce n'est pas spécifiquement mon avis. Cela serait l'avis de quiconque n'a pas grandi avec une cuillère en argent dans la bouche.

Sérieusement, à quoi pensaient ces concepteurs? Un centre de paintball? Oui, c'est exactement ce dont les habitants de Brownsville avaient besoin, une façon de se tirer dessus pour le plaisir. Rien de mal ne pourrait jamais découler de ça.

Non, ce centre serait pour les enfants. Au rez-de-chaussée, il y aurait des salles tranquilles où les enfants pourraient simplement s'asseoir et se détendre, parce qu'un véritable lieu sûr ressemble à cela. Au premier étage, il y aurait des tuteurs et des conseillers. Au deuxième étage se trouveraient les ressources pour les LGBTQ.

Pour cela, on pourrait inviter des mentors à venir parler. Chaque soir de la semaine pourrait être des réunions de soutien, que ce soit pour les gays, les bisexuels, les trans, ou les femmes en relations abusives.

«Dillon?» quelqu'un dit, attirant mon attention. «C'est bien Dillon?»

«Oui,» dis-je, fixant d'un air absent le jeune homme à la peau sombre devant moi.

Ayant été absent du quartier depuis aussi longtemps, entendre mon nom me rendait nerveux. Ma vie avait changement énormément depuis que j'avais 13 ans. Pour un, je ne prétendais plus être hétéro. Cela n'avait pas d'importance dans mon université au New

Jersey. Mais les communautés noires et pauvres n'étaient pas exactement le comble de l'acceptation.

«C'est James. Ou plutôt, Jimmy. Nous sommes allés à l'école ensemble,» dit le gars un peu plus âgé.

«Jimmy! Bien sûr!» dis-je énergiquement.

Il sourit.

«Tu n'as aucune idée de qui je suis, n'est-ce pas?»

Je ris, embarrassé. «Je suis désolé.»

«Non. Ne t'inquiète pas pour ça. Nous ne nous connaissions pas vraiment à l'époque.»

«Oh, d'accord,» dis-je, confus. «Mais nous sommes allés à l'école ensemble?»

«On l'a certainement fait,» dit-il avec un sourire qui laissait entendre autre chose.

Je le regardai à nouveau. Non, je ne me souvenais pas de lui. Mais il était mignon, et son sourire signifiait quelque chose. Baissant ma garde, je me suis détendu.

«Avions-nous les mêmes cours ou quelque chose du genre?» dis-je avec un sourire flirtant en espérant qu'il le remarquerait.

«Non, j'avais deux ans de plus. Mais je me souviens de toi.»

«Et pourquoi ça?»

«Eh bien, un, tu étais mignon. Très mignon. Tu l'es toujours,» dit-il, confirmant mes soupçons. «Et deux, tu étais le premier garçon avec lequel j'ai… osé flirter.»

«Sérieusement,» ai-je demandé, sans m'y attendre.

Il rougit. «Oui, tu étais toujours si… je ne sais pas, confiant à l'époque. Tu avais l'air de toujours savoir qui tu étais. J'avais des pensées et j'avais peur de ce que je pourrais être. Toi, tu étais juste toi, et tu l'acceptais.»

J'ai ri. «Je suis content que ça ait semblé être le cas. Mais je peux te garantir que ce n'était pas ça.»

«Peut-être. Mais, je dois dire, penser que tu l'étais m'a donné de l'espoir, tu sais? J'ai pris beaucoup de décisions en me basant sur le gars que je pensais que tu étais.»

«Wow,» dis-je, ne flirtant plus désormais avec lui. «Merci.»

«Non, mec, merci à toi,» dit-il avec reconnaissance. «Alors, que fais-tu maintenant? Tu as déménagé du quartier, n'est-ce pas? C'était il y a quelques années.»

«Oui. Ma mère a trouvé un travail. Nous avons fini par déménager plus près de celui-ci. Et toi? Tu vis toujours ici?»

«Non. Je suis allé dans une université communautaire en Virginie. Alors, j'y ai séjourné pendant un moment.»

«La Virginie? Pourquoi là-bas?»

«C'est proche du siège du FBI. Je voulais suivre quelques programmes spécialisés qui permettaient une inscription facile.»

Je me suis figé. «Au FBI? Et as-tu… tu t'es inscrit, je veux dire?»

Jimmy a souri fièrement. «Je l'ai fait.»

«Oh, félicitations. Dans quelle division?» ai-je demandé hésitant.

Il s'est penché plus près et a baissé la voix. «La criminalité organisée.»

«Oh!» répondis-je, pensant immédiatement à Remy. «Cool,» ai-je dit, essayant de ne pas paniquer.

«Oui. J'ai pensé, quelle meilleure manière de redonner à la communauté que d'essayer de débarrasser les rues des gangs? Et toi? Qu'est-ce que tu fais maintenant? De l'immobilier?»

Je le regardai nerveusement. «Pourquoi dis-tu ça?»

«J'ai remarqué que tu regardais l'immeuble. On aurait dit que tu vérifiais les lieux. Si je ne te connaissais pas, je m'inquiéterais,» plaisanta-t-il.

«Oh,» ris-je. «Je veux dire, je suppose, en quelque sorte.» J'ai fait une pause pour choisir soigneusement mes mots. «Je travaille avec la personne qui transforme le bâtiment en centre communautaire.»

«Sérieusement? C'est fantastique. Tu sais, si tu veux jamais parler de quoi que ce soit, comme comment éviter que les gangs ne te dérangent ici, vraiment n'importe quoi, tu devrais me passer un coup de fil,» dit-il en flirtant avant de sortir une carte.

Je devais éteindre rapidement toutes pensées qu'il avait à notre sujet. La dernière chose que j'aurais dû faire était de sortir avec quelqu'un du FBI tout en travaillant pour le fils de l'un des plus grands chefs loup de mafia de la ville.

«Je dois être honnête, je me remets tout juste d'une… Comment dirais-tu, une non-relation? Donc je ne suis pas prêt pour quoi que ce soit dans ce sens. Mais il serait peut-être utile de discuter des stratégies de sécurité pour le centre.»

«Bien sûr. Tout ce dont tu as besoin. Fais-le moi savoir. C'était, ah, agréable de te revoir, Dillon,» dit-il, s'assurant que son intérêt était clair.

«Toi aussi, Jimmy. Je veux dire, James. Je te tiendrai au courant,» dis-je, tenant sa carte en l'air tandis qu'il s'éloignait.

Quitte le quartier, je pensais à ma conversation avec Jimmy. C'était incroyable de penser que j'aurais pu avoir autant d'impact sur lui. À cette époque, je me sentais constamment malheureux d'être gay et de ne pas être accepté. Pourtant, Jimmy avait trouvé la force d'être lui-même en m'observant.

«Commentaire?» Demandai-je à haute voix, essayant de comprendre tout ça.

De retour au bureau, j'ai ajouté quelque chose de nouveau à mon calendrier. Il fallait que je commence à embaucher. Les programmes que j'imaginais pour le centre devaient être conçus, et je n'avais aucune idée par où commencer.

Sachant que Remy avait accès à mon calendrier, j'ai décidé de le tester. J'ai bloqué du temps et l'ai intitulé «Commencer Processus d'embauche». J'attendais devant l'écran, espérant une réaction. Quand rien ne se passa, je ris de mes attentes irréalistes et continuai ma journée remplie de réunions.

Après avoir examiné d'innombrables maquettes, puis consulté tous les nouveaux mots que j'avais entendus, j'en avais fini. En rentrant chez moi, je repensai à ma rencontre avec Jimmy. Je ne parvenais pas à me débarrasser de l'idée que j'avais peut-être négligé quelque chose d'important. Alors que je préparais le dîner à partir des tartinades gastronomiques qui remplissaient mon frigo, je repassais notre conversation.

Ce n'est que lorsque je me suis allongé dans mon lit, sombrant dans le sommeil, que j'ai enfin compris. Remy avait dit que l'acceptation de sa vraie nature apportait des récompenses. Et malgré mes luttes personnelles, Jimmy avait été inspiré par ma vraie nature.

Alors que cette pensée m'envahissait, un sourire effleura mes lèvres. Remy avait eu raison. Accepter sa vraie nature apporte des récompenses. Me retournant, je me blottis contre un oreiller et m'endormis rapidement.

En arrivant au bureau le lendemain matin, je trouvai de nouvelles réunions prévues sur mon calendrier. Un flot de chasseurs de têtes, de recruteurs d'emploi et de représentants de sites d'annonces d'emploi remplissaient l'agenda. Comment Remy avait-il réussi à tout organiser en une seule nuit? Il était hors de question que je me permette de ressentir à nouveau quelque chose pour Remy, mais je devais admettre qu'il n'était pas si terrible.

Au fil des semaines, Remy et moi avons pris l'habitude de communiquer indirectement. Je saisissais des demandes dans mon calendrier, et il les faisait se produire, généralement le lendemain. Je ne savais pas pourquoi, mais nos échanges étaient étrangement réconfortants. J'étais presque prêt à croire que je pouvais tout gérer.

Lors d'un déjeuner avec Hil alors qu'il était venu dans la ville pour rendre visite à sa mère, je l'ai informé de mon travail et de tous les privilèges qui l'accompagnaient.

«Remy dit que tu fais un travail fantastique,» déclara fièrement Hil.

Je l'étais peut-être. Mais je ne pouvais m'empêcher de penser que les avantages de Remy étaient une sorte de paiement pour soulager sa culpabilité.

«Merci. C'est gentil d'entendre ça,» dis-je humblement.

«Non, sérieusement! Ce que tu fais est tellement formidable. Est-ce que tu te rends compte de l'effet que tu vas avoir sur les gens? J'adorais mon père. Vraiment. Mais il a fait tant d'erreurs.»

«C'est comme s'il n'avait aucune conscience. Les histoires que Remy me racontait…,» dit-il, sa voix se brisant tandis qu'il retenait ses larmes. «Disons simplement que ce que tu fais signifie beaucoup… pour toute la famille,» conclut Hil avec un sourire ému.

En regardant Hil, j'ai réalisé que ce que je faisais signifiait plus pour sa famille que ce que j'avais envisagé. Je pensais encore que c'était un projet de vanité pour une famille riche. Mais Remy et Hil avaient tous deux fondu en larmes en évoquant l'héritage de leur père.

Qu'avait-il pu faire qui nécessitait un centre communautaire comme pénitence? Et comment se faisait-il que je sois celui qui puisse les aider? J'étais un inconnu qui venait de nulle part.

J'étais tout ce que personne ne voulait être. J'étais trop gay pour le monde hétéro, trop noir pour le monde blanc, trop blanc pour le monde noir, et ma mère était femme de ménage. Le fait que je puisse avoir un tel impact sur une famille qui avait tout n'avait pas de sens.

«Tu avais raison, tu sais,» dis-je à Hil, changeant de sujet.

«À propos de quoi?» demanda-t-il en essuyant ses yeux.

«De tout. Quand je t'ai parlé de ce travail, j'étais si sûr que Remy en avait fini avec le monde dans lequel vous avez tous grandi, pourtant, en quelques jours, il était fiancé à la fille du rival de votre famille.»

Hil détourna son regard tristement, «Oui.»

«Et tu as dit que si je me permettais d'éprouver des sentiments pour lui, il me briserait le cœur.»

C'était à mon tour de retenir mes larmes.

«Oh, Dillon!» s'écria Hil en prenant rapidement ma main pour me réconforter. «Je ne voulais pas avoir raison à ce sujet. Tu ne vas pas me laisser, Hein?»

Je mis un sourire confiant sur mon visage. «Jamais. Je ne te laisserai jamais,» dis-je sincèrement.

Hil serra ma main et sourit.

«A-t-il au moins pu t'aider à comprendre d'où tu viens?»

«Il a dit que j'étais un changeant.»

«Qu'est-ce que c'est?»

«Apparemment, les faes laissent parfois leur progéniture aux humains pour les élever. On dirait que mes parents fae ne voulaient pas de moi non plus.»

«Dillon, ne dis pas ça. Tu sais que tu as beaucoup de gens qui t'aiment. Toute ma famille a une haute opinion de toi. Et ta mère ? Tu lui as parlé de tout ça?»

«Je ne l'ai pas fait et je ne sais pas si je le ferai. Si le vampire a raison, elle pense toujours qu'elle m'a donné naissance. Qu'est-ce que ça lui ferait si je lui disais que l'homme qu'elle pensait aimer l'utilisait juste comme de la nourriture pendant qu'une puissante surcharge la transformait en cible facile pour m'élever?»

«Je ne l'aurais certainement pas formulé comme ça, mais je suppose que je vois ce que tu veux dire.»

«Donc, vous savez que vous êtes un fae. As-tu déjà rencontré d'autres personnes?»

«Non, mais je crois que j'ai rencontré une nymphe. Je ne savais pas qu'elles existaient.»

«Qu'est-ce qu'une nymphe?» demanda Hil, confus.

«Je n'en sais rien. La pensée qui m'est venue à l'esprit quand je l'ai vu, c'est qu'il pouvait faire quelque chose en rapport avec la chance.»

«C'est vrai? C'est vrai! Où l'as-tu vu?»

«Au bureau. C'est l'avocat de Rémy.»

«Est-ce que Rémy sait qu'il est l'avocat d'une nymphe?»

«Je ne sais pas. Je n'ai pas parlé à Rémy depuis que je l'ai vu.»

Hil me regarda d'un air confus. «C'était il y a combien de temps?»

«Ça fait quelques mois.»

«Mais vous travaillez avec Rémy?» Hil m'a demandé d'essayer de comprendre ce qui se passait.

«Oui!»

Hil m'a regardé avec de la douleur dans les yeux. «Laisse mon frère trouver le moyen d'utiliser quelqu'un sans avoir à lui parler. J'en suis désolé, Dillon. De toute façon, tu sais ce qu'il est maintenant.»

«Je le sais.»

«Ce qui ne te tue pas te rend plus fort, n'est-ce pas?»

«Et il fait de moi la personne la plus forte de tous les temps», ai-je acquiescé avec un sourire forcé.

«Oh, Dillon», dit-il en me serrant la main de l'autre côté de la table. «En tout cas, laisse-moi payer pour que nous puissions voir ce sur quoi tu as travaillé si dur.»

«Pas nécessaire, j'ai déjà payé,» dis-je fièrement.

Hil parut soucieux. «Dillon, tu sais que tu n'aurais pas dû faire ça?»

«Je sais. Je voulais le faire. Je gagne de l'argent maintenant. Et si je veux surmonter mes blocages, je dois être celui qui invite pour changer. Laisse-moi faire ça pour toi.»

Hil hésitait toujours.

«S'il te plaît. J'en ai besoin.»

Hil finit par sourire et céder. «D'accord. Merci,» dit-il en me regardant sous un jour nouveau.

Des mois plus tard, alors que l'inauguration du centre de sensibilisation rénové avait lieu le lendemain, je me suis retrouvé à travailler tard dans ce qui autrefois était le bureau de Remy. Seul et plongé dans mes pensées, j'ai été surpris par le grincement de la porte qui s'ouvrait.

Contournant le bureau, je me suis figé en état de choc. Remy marchait vers moi, ses yeux ancrés dans les miens. Je suis resté muet de stupéfaction. Lorsqu'il se trouva à une distance d'un bras, un tsunami d'émotions m'a submergé.

Quand j'ai enfin pu parler, mes mots étaient sans expression. «Je suis en colère contre toi.»

«Vraiment? Je n'arrive pas à imaginer pourquoi. Ta nouvelle position dans la vie te va bien», a rétorqué Remy, son regard dérivant vers ma tenue.

Rougissant légèrement, j'ai jeté un coup d'œil à ma tenue chère puis je l'ai fixé d'un air furieux. «Tu penses que je m'en soucie?»

«Je pense que oui. Du moins un peu», a-t-il admis.

J'ai voulu le nier. Mais au fond de moi, je savais qu'il avait raison.

«Tu t'attends à ce que je te remercie grandement pour ce que tu as fait?» ai-je demandé d'une voix tendue.

«Je ne vais pas mentir, j'espérais un peu», a répondu Remy, son charme revenant lentement.

J'ai fait un pas vers lui. «Eh bien, ce n'est pas le cas. Je suis en colère contre toi.»

«Okay, dis-moi donc. Qu'est-ce que j'ai fait?»

J'ai fait la moue. «Ne me traite pas comme si mes sentiments n'avaient pas d'importance.»

«Je ne fais pas ça. Je sais qu'ils comptent. Et, je suis désolé.»

«Tu m'as quittée. Tu m'as laissé penser que quelque chose se développait entre nous et puis tu m'as évitée… pendant des mois. Tu m'as brisé le cœur.»

Remy a marqué une pause, une douleur se lisant sur son visage. «Je l'ai fait. Me pardonnerais-tu si je te disais qu'il y avait une très bonne raison?»

«Parce que tu devais planifier ton mariage?» ai-je craché.

Remy a détourné le regard pour extraire le poignard de son cœur. «Je suppose que oui.»

«Et tu sais ce qui me rend encore plus furieux?»

Remy, maintenant debout à quelques centimètres de moi, a demandé, «Quoi donc?»

«C'est à quel point tu es un hypocrite.»

«Je suis un hypocrite? Je dois avouer que dans les milliers de fois où j'ai imaginé ce moment, être traité d'hypocrite n'avait jamais traversé mon esprit.»

«Eh bien, tu l'es.»

«Alors éclaire-moi. En quoi suis-je aussi un hypocrite?»

«Tu es un hypocrite parce que tu fais un grand cas des récompenses qui viennent en étant soi-même et puis au moment où tu as le même choix, tu fais le contraire.»

«Tu penses que me retirer est une négation de ma véritable personnalité?»

«Je ne le pense pas. Je le sais.»

«C'est intéressant parce que je pense que ma véritable personnalité est celle de quelqu'un qui fera tout ce qu'il faut pour protéger ceux qu'il aime. Souffrir, endurer, se blesser pour s'assurer que rien n'arrive à ceux que j'aime. Tu dis que ce n'est pas vraiment qui je suis?»

«Ceux que tu aimes?» J'ai demandé d'une voix vulnérable.

«Ceux que j'aime», a clarifié Remy.

J'ai été touchée par ses mots, mais j'ai toujours gardé ma détermination, «Mais tu n'es pas sans cœur.»

«Qui a dit que je n'avais pas de cœur?»

«Toi. Par tes actions.»

«Eclaire-moi, s'il te plaît.»

«Tu penses que tu peux vivre ta vie avec ton cœur enfermé, en niant tout ce dont tu as besoin et désire, mais tu ne peux pas. Tu es doux et vulnérable. Tu es gentil et merveilleux. Je sais que tu penses que tu devrais être ce grand méchant loup métamorphe, mais tu n'es pas comme ton père. C'est une bonne chose. Et comme un sage homme m'a dit une fois, quand tu es toi-même, tu es récompensé.»

Sur ces mots, Remy s'est incliné. Verrouillant son regard sur le mien, il a fermé les yeux et a lentement comblé l'espace entre nous. Alors que son souffle chaud effleurait ma joue, j'ai pu sentir la faible odeur de son parfum, un mélange de bois de santal et d'agrumes qui a fait frissonner ma colonne vertébrale. Mon cœur battait la chamade tandis que mes lèvres fourmillaient d'anticipation.

Comme s'ils attendaient cela depuis une éternité, nos lèvres se sont rencontrées, douces, tendres, comme la caresse feutrée du velours. C'était tout ce dont j'avais rêvé. Mes yeux se sont fermés tandis que je me laissais aller à l'instant. Chaque nerf de mon corps s'est animé alors que je l'embrassais en retour.

Ses doigts ont effleuré ma joue avant de se glisser doucement dans mes boucles et de serrer l'arrière de ma tête. Sentant son toucher, mes bras se sont enlacés autour de son cou. Lorsque son corps chaud s'est pressé confortablement contre le mien, nos corps ont ondulé dans un balancement rythmé.

Alors que notre baiser s'approfondissait, le goût de lui a persisté sur ma langue. Il était aussi sucré que la plus juteuse des cerises et je fourmillais comme la menthe. Avec mon souffle coupé, ma poitrine s'est gonflée d'émotion. Dans son étreinte, j'ai enfin réalisé ce qui était vrai – c'est là que j'appartenais.

«Attends», ai-je dit, me dégageant.

«Tu m'as demandé d'être moi-même. C'est moi et je veux t'embrasser. J'ai toujours voulu t'embrasser. Te regarder jouer avec Hil quand nous étions enfants, je voulais t'embrasser. Je n'ai jamais été quelqu'un d'autre.»

«Je ne peux pas être l'autre femme… ou l'homme… ou la personne», ai-je insisté.

«Tu ne l'es pas. Tu es la seule personne. Tu l'as toujours été.»

«Et Eris alors?»

«Qu'est-ce qu'elle a à voir là-dedans? C'est la louve que je suis forcée d'épouser pour garder tout le monde en vie autour de moi. Ce n'est pas avec elle que je veux être. Certainement pas avec elle que je veux coucher.»

«Mais tu le fais?»

«Faire quoi? Coucher? Avec elle? Ce serait comme mettre mon sexe dans un piège à ours. Ça ne va pas se produire. Ça n'arrivera jamais. Elle pense que ça pourrait. Mais je te dis, ça n'arrivera pas.»

«Quoi, tu ne vas tout simplement plus jamais avoir de relations sexuelles?» ai-je demandé sceptique.

«Ça fait déjà un moment» a dit Remy avec un sourire frustré.

«Depuis combien de temps ça dure?»

«Depuis que j'ai eu des relations sexuelles?»

«Oui.»

«Depuis l'instant où j'ai réalisé que tu étais celui que je veux.»

«Et c'était quand ça?»

Remy a réfléchi. «Eh bien, je dirais depuis l'instant où nous nous sommes rencontrés. Mais officiellement… Te souviens-tu quand Hil a été kidnappé et que je suis venu chez toi pour le chercher?»

«Oui.»

«Dès l'instant où tu as ouvert la porte et que j'ai croisé ton regard. C'est là que j'ai su que je ne pouvais plus le nier. J'étais à toi et j'étais prêt à tout pour te rendre ce sentiment.»

«Oh,» murmurais-je alors que la chaleur me submergeait.

Ne sachant pas quoi faire de moi-même, je demandai, «Viens-tu à l'inauguration du Centre d'Entraide demain?»

«C'est ce que j'avais prévu.»

«Bien.»

«Ça te dérangerait si on faisait quelque chose pour fêter cela après?»

Je m'immobilisai. Que voulait-il dire par fêter? Ce n'est pas que je ne voulais pas qu'il soit là ou fêter cela avec lui. Il n'y avait personne d'autre avec qui je préférerais être. Cette réussite était autant la sienne que la mienne. Même quand il m'avait quittée, il avait été là pour moi. Maintenant, je voulais être avec lui.

«Rien de chic,» consentis-je.

«Je ne peux rien promettre.»

«Tout ce que tu as dit était très touchant. Mais je ne veux pas te donner l'impression que je t'ai pardonné de m'avoir quittée comme ça.»

Remy hocha la tête, comprenant mon hésitation. «Compris.»

«Donc, rien de chic?»

Remy sourit. «Je ne peux rien promettre.»

Chapitre 10

Dillon

Hil et Cali sortirent de l'escalier, me faisant des signes pour attirer mon attention. Je levais les yeux et vis Hil rayonnant, ses yeux brillants de larmes retenues.

«Je viens d'être en haut dans le centre LGBT,» dit Hil, émotivement touché. «Tu as fait un super boulot, Dillon.»

«Eh bien, ce n'était pas que moi,» répondis-je, touché par sa réaction. «D'autres y ont participé. Il faut une quantité incroyable de travail et de collaboration pour réaliser un tel projet.»

Puis, j'ajoutais réticent, «Remy mérite aussi une grande part du mérite.»

Hil me coupa aussitôt. «Ne t'avises pas de donner du crédit à mon frère pour quelque chose dont il ne fait pas partie. Surtout pas après la manière dont il t'a traité.»

Je lâchais prise, sachant que Hil n'avait pas été mis au courant depuis le baiser de la veille. Mais même sans cela, je ne pouvais ignorer le rôle crucial que Remy avait joué dans la réalisation du centre.

Ce n'était pas seulement son idée, mais j'étais un gamin de 21 ans qui ne savait rien de rien. Il avait trouvé les designers, les architectes, les recruteurs, tout le monde. De plus, il transforma la création du centre en un quiz à multiple-choix, il plaça les bonnes personnes à mes côtés qui m'indiquèrent les bonnes réponses.

Je me serais perdu sans lui. En fait non, ce n'est pas vrai. Je n'aurais même pas essayé de le faire au départ. Je n'aurais pas eu la confiance ou la détermination de surmonter mes insécurités. Sans prononcer un mot pendant des mois, Remy avait changé la direction de ma vie.

«En parlant des accapareurs de mérites,» Hil murmura.

«Merde!» s'exclama Cali le voyant.

En me tournant pour regarder Remy, le désir inonda mon corps. Je détestais me sentir ainsi, mais j'avais abandonné l'idée de combattre mes sentiments pour lui. Quoi que fasse Remy, je lui pardonnerais. Parce qu'en dépit de tout, Remy était un homme bien, et rien ne m'empêcherait de l'aimer.

«En effet, merde!» Convenais-je, mais pour une raison toute différente.

J'interpellai Remy, tâchant de maîtriser mes émotions. En s'approchant, il nous salua avec un sourire narquois. «Frérot,» dit-il à Hil, acquiesçant. «Rambo des campagnes,» ajouta-t-il, s'adressant à Cali.

Cali roula des yeux, sa mâchoire se crispant. «Je vais me prendre un verre. Quelqu'un d'autre en veut un? Non? Bien,» dit-il avant de s'éloigner.

«Pourquoi tu le traites toujours comme ça? Tu es vraiment insupportable,» s'écria Hil avant de s'empresser de suivre son petit ami.

«Pourquoi tu le traites toujours comme ça? Tu sais qu'il est bon pour Hil, n'est-ce pas?» demandais-je à Remy.

«C'est le meilleur loup que je connaisse. Il a pris une balle pour mon frère. Je veux dire, Jésus.»

«Alors pourquoi tu le provoques?»

«Ne trouves-tu pas un peu irritant qu'il soit si parfait?» répondit Remy avec un sourire narquois. «Je veux dire, soit tu es une bonne personne ou tu as de beaux cheveux. Fais un choix.»

«Nous savons ce que tu as choisi,» dis-je, caressant ses mèches noires brillantes.

«Oui. Merci!» dit-il résolument.

«Dillon,» dit Jimmy, nous rejoignant.

Me souvenant de qui il était et de qui était Remy, je me crispai. «Oh, Jimmy. Je veux dire, James. Voici Remy, le propriétaire du bâtiment et le financeur du centre d'entraide.»

Remy fronça les sourcils en me regardant, perplexe. «Je ne suis pas le propriétaire du centre. Je pensais que tu savais…»

Je le coupai. «James et moi, nous étions ensemble à l'école. Il travaille maintenant à la FBI.»

Les sourcils de Remy bondirent à son front parfait. «Vraiment?»

«Quelle division encore?» lui demandais-je.

«Surtout la division contre le crime organisé,» dit-il joyeusement.

«Mais tu serais surpris de voir à quel point le crime organisé se mêle souvent au surnaturel.»

«Quoi?», demandai-je en entendant cela pour la première fois. demandai-je en entendant cela pour la première fois.

«Oui, c'est ça. Depuis que ce type a été blanchi du meurtre de sa femme en disant que son enfant était un métamorphe, le FBI le surveille.»

Remy, l'air mal à l'aise, dit : "J'ai entendu parler de cet enfant. Je n'y ai jamais cru.

«Tu devrais», répond Jimmy. «Parce qu'il s'avère que les métamorphes peuvent ressembler à n'importe qui ici. Ils peuvent même te ressembler, Rémy», dit-il en souriant.

«Vraiment?» demanda Remy, se tournant vers moi, stupéfait.

«Heureusement, vous êtes sur l'affaire. Bonne chance. Et je suis ravie d'apprendre que vous allez faire partie intégrante du centre de sensibilisation.»

«J'ai grandi ici. Je sais combien un endroit comme celui-ci est nécessaire.»

«C'est ça!» dit Remy, cachant la panique derrière ses yeux. «Et tu as fait de lui un partenaire officiel du centre?» demanda-t-il en se tournant vers moi.

«Oui,» dis-je en me plongeant dans les yeux de Remy.

«Excellent! Garde tes amis proches. N'est-ce pas?»

«C'est vrai,» dit Jimmy pour la première fois, laissant entendre qu'il savait qui était Remy.

Remy serra les lèvres, essayant de sourire. «Où est Cali avec ce verre?»

«Excusez-nous,» dis-je, suivant Remy qui s'éloignait.

Lorsque nous fûmes hors de portée d'oreille de Jimmy, Remy murmura, «Tu t'es associé avec la division surnaturelle du FBI?»

«Pas avec le département. Avec James. Et, pour être honnête, je pensais qu'il travaillait dans le crime organisé.»

«D'accord. Parce que c'est tellement mieux. Et que tout ce qu'il découvrira en utilisant ceci comme base d'opérations ne quittera sûrement pas cette pièce,» répliqua Remy, véritablement ébranlé.

«Remy, tu voulais un centre communautaire où cela aiderait les gens. C'est ici. Et s'associer avec quelqu'un comme Jimmy est un mal nécessaire. Aurais-tu préféré que cela soit un dealer de drogue d'un des gangs locaux? Parce que ce sont mes deux options.»

Remy se calma. «Je ne remets pas en question tes décisions, Dillon.»

«Cela sonne comme si tu le faisais.»

«Ce n'est pas le cas. Crois-moi, je pense que tu as fait un travail incroyable. Cet endroit n'aurait jamais existé sans ton dur labeur et tout ce que tu as fait. Merci, Dillon. Tu es incroyable.»

Je laissai son compliment s'imprégner et un sourire rayonna depuis la partie la plus profonde de moi-même.

«J'apprécie que tu dises ça.» Je regardai dans ses beaux yeux reconnaissants. «Et je reconnais aussi à quel point tu as travaillé dur pour cela. Personne d'autre ne le voit, mais moi si.»

Remy voulait me prendre dans ses bras. Je pouvais le sentir. Au lieu de cela, sa main remonta touchant mon bras.

«J'apprécie cela,» dit-il sincèrement. «Et, je suppose que je ne suis pas le seul qui aime vivre dangereusement,» dit-il avec un sourire.

Je souris en sachant que c'était vrai. «Je suppose que non.»

«Au fur et à mesure que la journée avançait, je présentais Remy à tout le monde. À chaque présentation, j'avais de plus en plus l'impression de présenter mon petit ami. Je savais qu'il ne l'était pas, et il ne le sera jamais. Mais, c'était l'énergie entre nous.»

La façon dont son loup me regardait ne faisait qu'aggraver les choses. C'était comme si Remy imaginait me jeter sur un lit, me retourner, et prendre ce qu'il voulait.

De plus, l'homme utilisait toutes les excuses qu'il pouvait pour me toucher. Enfin, je faisais la même chose, mais je n'étais pas celui qui planifiait mon mariage ; lui l'était. J'étais celui qui était trop fou pour arrêter de tomber amoureux d'un homme qui planifiait son mariage. Donc, j'avais le droit.

Debout devant tout le monde après que Hil a insisté pour que je fasse un discours, je réfléchissais à ce que je devrais dire. En regardant ma mère, qui avait été en conversation avec la mère de Remy, cela me vint à l'esprit.

«Je tiens à remercier tout le monde d'être ici,» commençais-je. «Aussi, je voudrais remercier tous ceux qui ont accepté de travailler et de faire du bénévolat pour le centre. Je suis né très près d'ici. Je voyais ce bâtiment presque tous les jours. Je n'aurais jamais pu imaginer qu'il deviendrait un endroit qui pourrait améliorer la vie des enfants.»

Je marquai une pause en baissant la tête, me souvenant comment je regardais les lumières en haut, espérant que mon père m'accepterait.

«Je pense qu'il est important pour tout le monde ici de savoir que je suis gay. Je suis sûr que beaucoup d'entre vous l'ont déjà deviné,» dis-je en riant.» Je ne suis pas très doué pour le cacher.» Ils rirent à nouveau. «Mais, je pensais qu'il était important de le dire. En grandissant dans ce quartier, je n'ai pas toujours cru que je pourrais.»

«Je veux que cet espace soit le premier de nombreux endroits dans cette communauté où les gens peuvent se sentir à l'aise pour dire ça. Quelqu'un m'a dit une fois que lorsque tu embrasses ta véritable identité, tu es récompensé. Eh bien, je suis gay, et je suis métisse, avec une mère noire et un père blanc qui ne voulait rien avoir à faire avec moi.» J'ai fait une pause.

«Du moins, je pense que je suis métisse. Je suis métisse, n'est-ce pas, maman?» demandai-je à ma mère qui me regardait fièrement.

«Pour autant que je sache», dit-elle sous les rires de la foule.

En vérité, je n'en étais plus très sûr, étant donné que j'étais un changeant. Mais comme les gens me traitaient comme si j'étais mixte, je suppose que cela n'avait pas d'importance de savoir si j'étais humaine ou non.

«Ce sont ces choses qui m'ont façonné. Dans le passé, je leur ai échappé. Maintenant, je les embrasse. Je veux que ce centre soit un endroit où chacun se sent en sécurité en étant lui-même. Tout le monde, quel que soit son statut. Parce que je crois que si tu es vrai envers toi-même, la vie te récompensera,» dis-je en regardant Remy.

En me retirant sous une salve d'applaudissements, je fus félicité par tout le monde, commençant par Hil.

Les larmes aux yeux, il m'a regardé différemment.

«Est-ce que le fait d'être mixte joue vraiment un rôle aussi important dans ta vie que le fait d'être gay?» m'a-t-il demandé, surpris.

Je me suis mis à rire. «Oui, c'est vrai. Peut-être plus.»

«Je ne le savais pas.»

«Parce que tu n'as jamais demandé.»

«Je suppose que je t'ai toujours vu comme un humain. C'était mal?»

«Vu que je ne le suis même pas, qui sait?» Je soupirais. «Mais oui, que je sois humain ou non, je n'ai pas le droit d'oublier à quoi je ressemble.»

«Oh, Dillon,» dit-il, me tirant dans une étreinte. «Ai-je été un bon ami pour toi?»

«Hil, tu as été le meilleur ami que je puisse demander. Merci pour tout ce que tu as fait pour moi.»

«Je ne pense pas que j'aurais survécu à ma vie sans toi,» répondit Hil, la voix tremblante.

«S'il te plaît ne pleure pas. Si tu le fais, je serai le prochain, et je n'aurai jamais fini aujourd'hui,» plaisantai-je.

Hil me lâcha et rit. «Vas faire ce que tu as à faire. Tu gères cela,» dit-il, me guidant.

Quand les choses commençaient à se calmer, la seule personne à qui je n'avais pas parlé était Remy. Je l'avais gardé à l'œil à tout moment. Il avait gardé son charmeur habituel. La plupart des dames âgées et tous les gays à qui il parlait tombaient amoureux de lui, parce que, bien sûr, ils le faisaient. Qui ne le ferait pas? Et après que tout le monde sauf l'équipe de nettoyage soit parti, Remy s'approcha de moi, rayonnant.

«Tu as été incroyable aujourd'hui,» dit-il, avec son loup me donnant ce regard encore une fois.

«Merci.»

«Tu sais, quand je t'ai suggéré de faire ça, je ne pensais pas vraiment que tu le ferais.»

Je le regardai, choqué. «Tu ne croyais pas en moi?» demandai-je, frappant son bras.

«Non, je veux dire que je savais que tu en étais capable. Je ne pensais pas que tu le ferais. La seule raison pour laquelle j'avais suggéré cela était une excuse pour te regarder tous les jours.»

«Eh bien, cela ne s'est pas produit,» dis-je, acerbe.

«Non, ça n'est pas arrivé.»

«Non.»

Je pouvais voir ses pensées tourbillonner. J'étais sur le point de lui demander à quoi il pensait quand il demanda,

«Es-tu prêt pour ta surprise maintenant?»

Une vague d'excitation me traversa.

«Qu'est-ce que c'est? As-tu préparé un dîner chic pour moi sur le toit?» demandai-je, cherchant des indices.

«Non. Mais cela aurait été une bonne idée,» dit-il sérieusement.

«Euh, je pensais simplement partager une barre de chocolat avec toi dans ma voiture.»

Ma bouche s'ouvrit.

«Tu as dit que tu ne voulais pas que je fasse quelque chose de chic, n'est-ce pas?»

«Non, tu as raison. C'est ce que j'ai dit,» j'ai acquiescé, pas sûr s'il plaisantait.

«Alors, veux-tu manger cette barre de chocolat maintenant?»

Je regardai autour de moi, me demandant si c'était une blague. Ne voyant pas une équipe de caméras surgir, je reportai mon regard sur Remy.

«Euh, d'accord?»

«Super,» répondit Remy, me guidant vers la sortie. «Ne te méprends pas, c'est une délicieuse barre de chocolat. Je l'ai trouvée dans une boutique spécialisée. Je pense qu'elle te plaira.»

«D'accord,» dis-je, le suivant de l'autre côté de la rue jusqu'à sa voiture élégante.

Une fois installé, il demanda : «Es-tu prêt pour ça?»

«Je suppose,» répondis-je, essayant de cacher ma déception.

Remy se pencha à travers mon giron et ouvrit la boîte à gants. Elle était vide.

«Merde!» s'exclama-t-il les yeux fermés. «Je l'ai laissé sur le comptoir. J'arrive pas à croire que je l'ai oublié. Je suis vraiment désolé,» dit Remy sincèrement. «Ça te dérangerait beaucoup si on allait le récupérer? Si tu ne te sens pas à l'aise d'aller chez moi, je pourrai te l'apporter demain.»

Remy ne plaisantait pas. Il était sérieux. Après tout ce qu'il avait dit sur la célébration, c'est tout ce qu'il avait trouvé. Si j'avais su, j'aurais fait quelque chose avec Hil. Combien de fois Remy devra-t-il me décevoir avant que j'apprenne?

«Je veux dire, on peut aller le chercher maintenant,» dis-je, ne cachant plus ma déception.

«On n'est pas obligé,» dit-il, voyant mon expression.

«Non, je n'ai rien d'autre de prévu,» dis-je de manière pointue.

«Super,» dit-il avec un doux sourire. «Je te promets que ça en vaudra la peine.»

«Cette barre de chocolat a intérêt à être vraiment délicieuse,» murmurai-je, ne le regardant plus.

«Elle le sera,» dit-il, démarrant sa voiture et s'éloignant.

Tandis que nous roulions, je fixai la vitre de la passagère, perdue dans mes pensées. Comment avais-je pu tomber à nouveau pour lui? Il n'était rien d'autre qu'un chagrin d'amour. C'était de ma faute. J'étais vraiment pathétique.

«On est arrivé,» dit Remy, me sortant de ma transe.

En levant les yeux, nous n'étions pas chez lui. Nous étions à un aéroport, mais pas à LaGuardia ou JFK, un réservé aux avions privés. La voiture était garée à dix mètres d'un jet.

«Qu'est-ce qui se passe?» demandai-je, confus.

Remy me regarda avec la même confusion. «Oh! Tu pensais que je faisais allusion à mon appartement à New York. Non.» C'est alors qu'il esquissa son premier sourire. «Ça te va quand même?»

Je ne savais pas quoi penser. «Je…»

«Juste oui, ou non,» dit-il, plongeant son regard au plus profond de mes yeux.

«Oui.»

Le mot avait déjà franchi mes lèvres avant même que j'ai eu le temps d'y réfléchir.

«Très bien,» dit-il, sortant de la voiture et remettant les clés à un voiturier.

S'arrêtant pour me tendre la main en bas des escaliers, je regardai l'avion. Il n'était pas petit.

«Remy, qu'est-ce qu'il se passe?»

«On va chercher cette barre de chocolat. Tu m'avais dit que tu ne voulais pas que je fasse quelque chose de chic. Alors, je fais simple,» dit-il, ne cachant plus son sourire malicieux.

Un sentiment de chaleur m'envahit en me rendant compte que Remy était celui que je pensais qu'il était. Souriant, je pris sa main et montai les marches. L'intérieur était une cabine luxueuse décorée de sièges en cuir beige élégant et d'un éclairage d'ambiance. Malgré sa taille, elle donnait une impression d'intimité et de convivialité. Alors que je m'installais dans l'un des sièges moelleux, Remy me murmura à l'oreille.

«Mets-toi à l'aise.»

«Je suppose que tu ne vas pas me dire où nous allons», lui demandai-je pendant qu'il bouclait sa ceinture de l'autre côté du couloir.

«On va chercher la barre de chocolat,» répliqua-t-il, clairement fier de lui.

Une fois en l'air, je regardai par la fenêtre. Nous étions rapidement entourés d'eau. Je ne savais pas quoi penser. Heureusement, je n'ai pas eu beaucoup de temps pour ça. Une fois l'avion stabilisé, une hôtesse de l'air installa une table devant moi. Une fois qu'elle fut stable, Remy prit la place de l'autre côté.

«Je suppose que tu dois avoir assez faim maintenant. J'espère que ça ne te dérange pas que j'ai organisé le dîner.»

«Pas du tout,» lui dis-je avant qu'il ne donne le signal à l'hôtesse.

Je n'avais pas pris beaucoup d'avions, donc je n'avais pas beaucoup d'expérience avec la nourriture d'avion. Mais je n'avais aucune idée qu'elle pouvait être si bonne. Nous avons eu une salade nommée d'après un empereur, un steak nommé d'après un joueur de basketball, et pour dessert, une glace nommée d'après un État. Est-ce que tout ce qui était servi dans un avion était nommé d'après quelque chose?

«Je ne sais pas, tu te rapproches dangereusement de la violation de la règle 'pas chic'.»

«Ça? Non, c'était juste ce qu'ils avaient en arrière. Crois-moi, s'ils avaient des hot-dogs, nous en aurions mangé. S'il y a bien une chose, c'est que je respecte toujours les règles,» dit-il, de manière charmante.

Je ris. «Ouais, bien sûr. Cite un moment dans ta vie où tu as choisi de suivre les règles.»

Remy dû y réfléchir, mais il avait une réponse. Il en trouva quelques-unes. Et s'ensuivit la plus longue conversation que j'avais jamais eu avec lui. En le regardant, je n'aurais jamais deviné à quel point il pensait profondément.

«Alors, comment c'était de grandir comme tu l'as fait?» demandai-je.

«Quel aspect? Tu veux dire, avoir accès à une réserve inépuisable d'argent parce qu'elle était cachée dans chaque récipient de notre maison? Tu veux dire, travailler pour mon père qui était aussi le parrain de la mafia le plus redouté de New York? Ou tu veux dire devoir me prouver chaque jour face aux loups qui pouvaient littéralement sentir ta peur?»

«Parle-moi des filles,» lui dis-je, sachant que depuis toutes les années où je le connaissais, il n'en avait jamais mentionné une seule.

«Pourquoi voudrais-tu parler de ça?»

«Je ne sais pas. Peut-être que ça m'excite,» suggérai-je en flirtant.

«Pourquoi ne me parles-tu pas de tes filles?» dit-il, se penchant en avant avec intérêt.

«J'ai eu une très bonne relation de longue durée avec ma mère. Et… Voilà, j'ai fini.»

Remy a ri. «Pas même une?»

«Beurk, non.»

«Eh bien, si tu en as l'occasion, je recommande les femmes.»

«Pourquoi faire? Pour tenir mon baume à lèvres? Parce que c'est la seule chose pour laquelle j'en aurais jamais besoin.»

Remy a ri de nouveau. «Donc, tu n'es pas du genre 'à l'actif'?»

«Est-ce que je ressemble à un mec 'à l'actif'?»

«Non,» a-t-il avoué. «Est-ce pour cela qu'il ne s'est jamais rien passé entre toi et Hil? Parce que vous êtes tous les deux passifs? Ou, est-ce que quelque chose s'est passé?»

«Entre Hil et moi? Non!» Ai-je dit avec emphase. «Ce serait comme avoir des relations sexuelles avec mon frère.»

«D'accord,» a dit Remy, visiblement soulagé.

«Mais n'évite pas la question, Monsieur Sournois. J'ai demandé à propos de tes copines. Je sais qu'il y en a eu beaucoup.»

Remy avait l'air mal à l'aise d'en parler.

«Que veux-tu que je dise?»

«Y en a-t-il eu une de spéciale?» Ai-je demandé, cachant la terreur que sa réponse pouvait me provoquer.

«Non.»

«Personne?»

«Non, en fait.»

«Pourquoi pas?»

Remy a pris une profonde inspiration.

«Je suppose qu'il y a beaucoup de raisons. L'une d'entre elles était que je ne me sentais jamais à l'aise d'entraîner quelqu'un dans mon monde. C'était beaucoup demander à quelqu'un, même s'il s'agissait d'un loup. Alors, je ne permettais à aucune d'entre elles de se rapprocher trop.»

«D'où l'offensive de charme.»

«Que veux-tu dire?»

«Tu es très charmant, Remy. Ne prétends pas que tu ne le sais pas. Mais c'est comme la façon dont tu te moques toujours de Cali, n'est-ce pas? C'est parce que tu ne veux pas révéler qui tu es vraiment, à savoir un gars doux et attentionné.»

«Qu'est-ce que tu essayes de faire, me faire tuer? Parce que dans le monde où j'ai grandi, c'est ce qui arriverait au loup que tu viens de décrire.»

Mon cœur se brisait pour Remy.

«Comment c'était de grandir en pensant cela? Ça a dû être un supplice.»

Les yeux de Remy se sont détachés des miens. Pour la première fois, j'ai vu son vrai moi, celui qui se protégeait pour sa survie et le détestait. Son charme avait disparu. Ses défenses étaient tombées. C'était juste lui, le gars que j'avais entrevu depuis que j'avais 14 ans.

«Ce n'est pas agréable,» a-t-il avoué, montrant la tension due au poids qu'il portait.

«Je suis désolé,» ai-je dit, me penchant à travers la table et lui demandant sa main.

Fixant mes mains, je ne pensais pas qu'il allait les prendre. Mais à contrecœur, il l'a fait. Et pendant un moment, j'étais assis avec l'homme que j'avais toujours su qu'il était enfoui en lui. C'était une version de Remy que j'aimais.

Nous sommes restés en silence pendant un moment avant que l'assistant ne nous propose des boissons, brisant l'ambiance. C'était bien, car cela a permis à notre conversation de reprendre. Quand elle l'a fait, Remy m'a parlé de ses passe-temps et de ses programmes de télévision préférés. Nous avons même parlé de notre style de sous-vêtements préféré. Le sien était le caleçon. Miam! Le mien était le bikini.

«Sympa,» a-t-il dit avec assez de suggestion pour me faire rougir. «Il faut que tu les montres pour moi. Peut-être que tu me feras changer d'avis.»

«Peut-être que je le ferai,» ai-je dit, sentant l'alcool et voulant ses grandes mains partout sur moi.

Au moment où l'avion a commencé à descendre, il faisait déjà noir à l'extérieur. Combien de temps s'était-il écoulé?

«Où sommes-nous?» Ai-je demandé en voyant les lumières de la ville en dessous de nous. En examinant le paysage, j'ai soudain su. «Paris! Nous sommes à Paris!»

«Vraiment?» A demandé Remy, d'un air innocent.

«C'est la Tour Eiffel!» Me suis-je exclamé.

«Tu es sûr que ce n'est pas Las Vegas?» A-t-il demandé, taquin.

J'ai rapidement tourné mon regard vers la fenêtre. En le faisant, l'avion a viré, me donnant une meilleure vue.

«C'est l'Arc de Triomphe… et le Louvre,» ai-je dit en me retournant vers lui, tout excité.

«Alors je suppose que nous sommes à Paris,» a-t-il déclaré décontracté.

Je le regardais comme un enfant à Noël. J'étais sans voix. Il était juste là, ravi de lui-même. Je ne pouvais pas décider si je voulais le gifler ou lui arracher ses vêtements et le chevaucher à cru.

À l'atterrissage, une voiture nous attendait à l'aéroport. Sur le chemin de notre destination, je ne pouvais pas arrêter de regarder tous les sites qui défilaient.

«Quelle heure est-il?» ai-je demandé, remarquant les rues vides.

Remy a regardé sa montre.

«5h30 du matin.»

Je me suis retourné vers la fenêtre. Je n'arrivais toujours pas à croire ce que je voyais. Ce n'était pas ma première fois à l'étranger. J'avais rejoint Hil et sa famille pour un voyage aux Bahamas quelques années auparavant. Mais comme c'était si proche, ça ne semblait pas étranger. Ça l'était. Je perdais presque la tête de merveille.

Lorsque nous sommes arrivés à un incroyable bâtiment en pierre et que nous sommes entrés dans un parking souterrain, le soleil commençait à se lever. En prenant un ascenseur à un appartement avec un plafond de douze pieds, des fenêtres murales, et un balcon bordé d'arbres pouvant accueillir 20 personnes, nous sommes entrés.

«Le voilà!» a dit Remy, attirant mon attention sur la barre de chocolat sur la table basse. La table était entre les deux plus grands canapés d'angle que j'avais jamais vus.

En le récupérant, Remy m'a montré l'emballage rouge.

«Ça s'appelle un côte d'Or. En veux-tu un morceau?» a-t-il demandé avec perfidie.

«Je veux dire, nous avons fait tout ce chemin ,» ai-je déclaré avec un sourire.

Remy l'a déballé et a cassé un morceau du chocolat.

«Ferme tes yeux,» a-t-il dit en s'approchant de moi.

Je l'ai fait.

«Maintenant, ouvre la bouche. Je veux juste que tu te concentres sur l'odeur et la saveur. Rien d'autre.»

Lorsqu'il leva le chocolat à mes lèvres, le chocolat était la dernière chose que je focalisais. Au lieu de cela, je me suis perdu dans la sensation de la respiration chaude de Remy sur ma peau, et le parfum de son eau de cologne légère emplissant mes narines. L'anticipation qu'il créait me rendait folle.

Lorsque le chocolat a touché ma langue, sa richesse, sa douceur veloutée a fondu. L'explosion de saveurs dansait dans ma bouche avec le parfait équilibre de douceur et d'amertume. C'était une symphonie de sensations.

«Wow,» ai-je chuchoté, les yeux toujours fermés.

«Tu aimes?» a demandé Remy doucement.

«C'est incroyable.»

«Tu peux ouvrir les yeux.»

Alors que je le faisais, je trouvais Remy qui me fixait, perçant de désir. L'intensité de son regard m'envoyait des frissons dans tout le dos. Je ne pouvais que le dévisager.

«Nous pouvons retourner maintenant si tu le souhaites.»

«À New York?» demandai-je, amusé.

«Si tu veux.»

«Je veux dire, nous sommes ici. Ce serait dommage de ne pas explorer un peu Paris.»

«Ce serait un plaisir de te faire découvrir la ville», dit-il avec un grondement dans la voix qui me secouait jusqu'à l'âme.

«J'aimerais ça», lui dis-je, incapable de résister à la moindre de ses requêtes.

«Je vais te montrer ta chambre. Tu devrais te reposer. Il y a beaucoup à voir.»

Entrant par une porte au milieu du couloir, je pénétrai dans une chambre élégante avec des fenêtres du sol au plafond et un éclairage doux qui projetait un halo chaleureux dans la pièce.

«Et toi, où seras-tu?» demandai-je, espérant qu'il réponde 'ici'.

«Ma chambre est au bout du couloir», dit-il, me laissant sans souffle. «Tu trouveras dans le placard des vêtements de rechange. Il devrait y avoir tout ce dont tu as besoin.»

«Et si j'ai besoin de toi?» demandai-je, plongeant mon regard dans ses yeux sensuels.

«Tu sais où me trouver», dit-il, me faisant fondre tandis qu'il s'éloignait.

J'étais prêt à exploser en le voyant partir. Je n'avais jamais désiré personne autant. Une partie de moi voulait le poursuivre dans le couloir et le chevaucher comme un étalon. M'aurait-il empêché? Pouvais-je me retenir?

Heureusement, je n'ai pas eu à le découvrir. Disparaissant dans sa chambre, il ferma la porte. C'était suffisant pour briser l'emprise qu'il avait sur moi. Lorsqu'il était parti, je me retirai dans ma chambre.

«Comment en suis-je arrivé là?» me demandai-je avec le cœur palpitant.

En regardant autour de la pièce pour me recentrer, je ne pouvais m'empêcher de remarquer le luxe : le tapis luxuriant, les meubles robustes et la vue sur le balcon fermé. Mon souffle se retint lorsque je pris le tout en compte.

Me dirigeant vers le placard, j'ouvris lentement les portes. Dès que je le fis, je fus enveloppé par le parfum du cèdre. Il submergeait mes sens. En fermant les yeux et en m'égarant, cela me détendit.

En ouvrant les yeux, plus calme, j'explorai les vêtements devant moi. Il y avait quelque chose pour toutes les occasions. En passant mes doigts dessus, tout semblait coûteux. La laine des costumes ,la soie des chemises, même les pantalons décontractés étaient d'une douceur inattendue. Plus que cela, tout était à ma taille.

En me tournant du placard vers le lit, j'étais tout aussi impressionné. Non seulement il était si grand qu'il me faudrait grimper dessus, mais le drap flottait au-dessus du matelas comme pour envelopper un guimauve. Il semblait incroyablement confortable. Et, incapable de résister, je sautai dessus en sentant le vent chatouiller mes oreilles tandis que la couette s'installait autour de moi.

Je ne pensais pas qu'il serait possible de m'endormir avec toute l'excitation qui coursait en moi, mais je me trompais. Tandis que mes muscles se libéraient et que mon esprit lâchait prise, l'épuisement du grand opening, du vol en avion et du décalage horaire prenaient le dessus. Alors que mes paupières devenaient lourdes, je ne l'ai pas combattu. J'étais arrivé à l'endroit que j'avais toujours voulu voir. Et avec mon cœur qui se remplissait, j'ai laissé partir mes pensées et me suis laissé succomber au sommeil.

Lorsque je me suis réveillé, la première chose que j'ai ressenti fut une vague de panique. Combien de temps s'était écoulé? En sortant du lit en courant, je quittai ma chambre en direction de celle de Remy. Entendant une cuillère dans une tasse de café, je changeai de direction. En réentrant dans le salon, je trouvai Remy assis sur le canapé près du balcon, plongé dans un livre. En levant la tête et me voyant, il me dévisagea, inquiet.

«Dillon, qu'est-ce qui ne va pas?» Il demanda, son loup prêt à se précipiter vers moi.

«J'ai dormi tout la journée», dis-je, en proie à la détresse. «J'ai tout manqué!»

Remy me sourit avec une chaleur dans ses yeux qui fit fondre mon anxiété.

«Détends-toi, Dillon. Rien d'important ne se passe à Paris avant midi», me dit-il, apaisant mon cœur. «Nous avons encore toute la journée devant nous.»

Je laissai échapper un souffle tremblant, un peu embarrassé pour ma surenchère. Remy rit.

«Ne ris pas. J'étais inquiète», lui dis-je, sincèrement.

«Je sais que tu l'étais. C'est ce qui rend la chose drôle», dit Remy avec un air diabolique.

Je soufflai à ses moqueries et en retour, il tendit ses bras.

«Ah! Viens ici», dit-il en m'appelant vers lui.

Peut-être que j'étais encore embrumé. Peut-être que quelque chose d'autre se passait. Mais dans tous les cas, en voyant ses bras grands ouverts, je m'y blottis. Collé contre lui, il me tint. J'aurais pu rester là pour toujours.

«Deux questions», dis-je lorsque l'excitation d'être à Paris me ramena à la réalité.

«C'est-à-dire?»

«Premièrement, tu lis? Deuxièmement, depuis quand tu lis?»

Je levai les yeux vers Remy qui souriait. Retournant la couverture du livre dans ses mains, il dit, «Oui, je lis, et j'ai toujours lu. Ma sieste a été plus courte que la tienne alors j'ai décidé de prendre un café et de voir si je pouvais avancer dans ma liste de lecture française.»

Je fixai Remy.

«Comment se fait-il que je ne t'ai jamais vu lire avant?»

«Tu ne m'as pas vu faire beaucoup de choses. Par exemple, savais-tu que je prends aussi des douches?»

«Je t'ai vu faire ça», lui dis-je tranquillement.

«Quoi? Quand m'as-tu vu prendre une douche? «

«L'attitude décontractée de ta famille envers les portes de salle de bain verrouillées est stupéfiante», lui dis-je en me souvenant de toutes les fois où j'étais entré sur lui et Hil.

Remy rit. «Je suppose que oui. Nous sommes Français.»

«Enfin, plutôt. Je ne sais pas si tu peux prétendre être français en grandissant en Amérique. A mon avis, tu es aussi américain que moi. Et les Américains verrouillent la porte de la salle de bain.»

Remy rit. «Je devrai m'en souvenir.»

«J'ai dit qu'ils le faisaient. Je n'ai pas dit que tu devrais,» précisai-je de manière coquine.

«Oh, et pourquoi ne le devrais-je pas?»

«Je ne sais pas. Et s'il y a une urgence ou quelque chose?» expliquai-je.

«Une urgence? Comme quoi?»

«Et si quelqu'un a besoin de te voir sous la douche? Comment pourrait-il faire si la porte est verrouillée?» demandai-je alors que mon corps se réchauffait.

«Je suppose qu'il devra demander. Tout ce qu'il aura à faire est de demander,» dit-il en plongeant son regard dans le mien.

J'avais du mal à avaler, me demandant si c'était le moment. Il avait été difficile de ne pas penser à notre baiser chaque instant depuis qu'il avait eu lieu. Mais j'avais eu l'inauguration pour me distraire. Après, j'avais été emmené à Paris sur un jet privé. Tout cela était maintenant derrière moi. Devant moi, il y avait Remy avec ses yeux pétillants et ses lèvres douces et roses.

«On devrait aller manger quelque chose,» lui dis-je, appelant toute ma maîtrise de soi.

Aussi désireux que j'étais de lui, et c'était beaucoup, je ne pouvais pas oublier qu'il n'était pas à moi. Qu'il le veuille ou non, il était engagé et je ne voulais pas être cette personne. Je ne voulais pas être son après-pensée.

«As-tu faim?» demanda Remy en desserrant son emprise sur moi.

«Oui,» répondis-je en le sentant s'éloigner et me demandant immédiatement si je n'avais pas fait une erreur en ne l'embrassant pas.

«Je connais le parfait endroit,» dit-il en me faisant signe de me lever. «Tu voulais te doucher d'abord?» il demanda avec un sourire narquois.

«Je devrais,» lui dis-je en me levant.

«Et cette porte de salle de bains sera-t-elle déverrouillée,» demanda-t-il avec insinuation.

En mimant le verrouillage d'une porte, je me suis retourné et je suis parti. Je n'ai aucune idée de pourquoi j'ai fait ça. Bien sûr, je pensais que c'était amusant vu ce que j'avais dit sur les Américains. Mais la dernière chose que je voulais, c'était qu'il pense qu'il ne serait pas le bienvenu dans ma douche.

Ou le serait-il? me suis-je demandé en me retirant dans ma chambre et en entrant dans la salle de bain privée attenante. En me déshabillant, je fixais mon regard dans le grand miroir ovale qui se courbait vers moi de chaque côté. Je regardais mon corps svelte nu. En passant ma main sur ma poitrine, j'imaginais à quoi ressembleraient les grandes mains de Remy contrastant avec ma peau bronzée.

Cela m'a rendu dur. En prenant mon sexe, je l'ai serré en imaginant que c'était Remy qui le faisait. Ma tête est tombée en arrière de plaisir.

Avec les yeux fermés, j'imaginais Remy se penchant et embrassant mes lèvres. Il était doux mais assertif. Et lorsque j'ai ouvert ma bouche, sa langue est entrée.

Nu derrière moi, je pouvais sentir son gros sexe. Il serait encore plus gros que ce que j'avais vu lorsque je l'avais surpris alors que j'étais encore enfant. Et en testant mon ouverture, il glisserait en moi comme si j'étais fait pour lui.

En me masturbant, j'imaginais Remy le faisant alors qu'il me baisait. J'ai gémi de plaisir. Il était si grand. Tout en lui me faisait me sentir si petit.

En me soulevant dans l'air, mes jambes se plieraient autour des siennes. Et en me perdant dans le rythme de ses poussées, il me baiserait de plus en plus fort jusqu'à ce que j'explose.

«Ahh», j'ai gémi, entendant le son résonner dans la grande pièce vide.

Reprenant mon souffle, je me suis penché en avant, soutenu par l'évier. Mon esprit était en effervescence. Je voulais désespérément me blottir dans ses bras. Mais avec le retour du monde réel, ma réalité réémergeait.

En ouvrant les yeux, la première chose que j'ai vue était mon reflet dans le miroir. Le garçon en quête d'amour que je voyais m'a rendu triste. Depuis longtemps, personne ne l'avait aimé. Il avait eu des aventures avec des garçons à l'université, mais il n'avait jamais été plus qu'un corps chaud pour eux.

Il n'y avait eu que deux personnes qui avaient prétendu se soucier de lui davantage. Mais à part Hil et ma mère, personne ne le faisait. Je pourrais me perdre dans les rues de Paris et ne jamais revenir, et seules deux personnes me manqueraient.

En regardant les traces de mon plaisir, je l'ai vite nettoyé et me suis dirigé vers la baignoire indépendante avec sa douchette attachée. Alors que l'eau traversait mes boucles épaisses jusqu'à mon cuir chevelu, j'ai repensé à ce que je venais de penser.

Pourrais-je disparaître et ne jamais revenir? Cela aurait pu être vrai avant hier, mais je venais d'ouvrir le centre communautaire. Était-ce encore vrai?

Alors que l'eau chaude enveloppait mon corps, je pensais à ce qui se passerait si je disparaissais et ne revenais jamais au centre. Oui, j'avais mis en place toutes les personnes nécessaires pour le faire fonctionner sans moi, mais j'avais encore des responsabilités. Les gens comptaient sur moi. Que je revienne ou non, cela avait de l'importance.

J'ai laissé cette pensée tourner dans mon esprit. C'était une nouvelle façon de me voir. Pendant longtemps, je ne comptais pour personne. Pas même la personne que je croyais être mon père ne se souciait pas de savoir si je vivais. Mais ce n'était plus le cas. J'étais nécessaire… et cela faisait du bien.

Remy m'avait offert cela. Le travail, les vêtements, l'appartement de luxe, rien de tout cela ne pouvait rivaliser avec ce cadeau. Et il ne savait probablement même pas ce qu'il avait fait.

En terminant, je me suis essuyé et me suis habillé. Quand je suis retourné au salon, c'était juste à temps pour le voir sortir de sa chambre. Comment se faisait-il qu'il y avait soudainement quelque chose chez lui qui le rendait encore plus séduisant? Il avait été magnifique avant, mais maintenant, tout ce que je pouvais faire, c'était mordre ma lèvre et espérer qu'il ne remarque pas l'érection naissante dans mon pantalon.

«Tu as l'air rafraîchi,» dit-il en me fixant amusé. «Comment était la douche? Bien?»

«Ouais,» dis-je, luttant pour parler.

«Super! Comme tu peux probablement le deviner, ma porte était déverrouillée, tu sais, en cas d'urgence. Je suppose qu'il n'y a pas eu d'urgence.»

J'ai ri comme un garçonnet de dix ans. Il a remarqué et a ri à gorge déployée. J'ai dû me ressaisir. J'étais peut-être idiot, mais je n'avais pas à le montrer.

«Je veux dire, l'endroit n'était pas en feu donc…» essayais-je de dire, pour me redonner un peu de dignité sans succès.

«Va-t-il falloir que je mette le feu à cet endroit pour t'y faire entrer? Très bien. N'oublie pas de me rappeler d'acheter des allumettes plus tard.»

J'ai ri en réponse. Ok, à présent, il s'amusait à me faire rire exprès. Éprouvait-il un plaisir malsain à me voir me ridiculiser moi-même? Quel imbécile, quel sublime imbécile irrésistible.

«Nourriture,» dis-je, changeant de sujet avec le seul mot que je pouvais prononcer.

«C'est bien! Encore une fois, je connais l'endroit parfait,» me dit-il avec un sourire.

Comme je l'avais dit, ce mec était un imbécile. Parce que l'endroit qu'il a choisi était un café avec vue sur la rivière. Assis à l'extérieur, nous partagions des toasts français et un panier de croissants tout en savourant nos cafés. C'était comme dans un film. Et à chaque seconde qui passait, je tombais de plus en plus amoureuse de lui.

En quittant le café, Remy m'a conduit sur les célèbres Champs-Élysées, où il a insisté pour que nous fassions du shopping. J'ai pensé qu'il parlait pour lui-même, jusqu'à ce que nous entrions dans la boutique la plus luxueuse que j'ai jamais vue et il a dit,

«Trouvons quelque chose d'audacieux pour toi. Tu t'habilles toujours de façon si conventionnelle. Tu as besoin de quelque chose qui attire tous les regards. Ils doivent te voir comme je te vois,» a-t-il dit en me guidant à travers une boutique haut de gamme sur l'Avenue Montaigne qui a fait pleurer mon portefeuille.

«Ceci,» a-t-il dit, choisissant un blouson et un pantalon sur un portant.

«Pas de chemise?» Ai-je demandé, regardant la sélection autour de moi.

«Avec un corps comme le tien?» s'est-il amusé. «Ce serait du gâchis. Va,» a-t-il dit, me poussant.

En essayant cette tenue et d'autres, puis en les lui présentant, je me suis sentie comme un nounours. Chaque fois qu'il passait sa main le long des coutures pour vérifier la coupe, mon cœur battait la chamade. Il devait savoir ce qu'il me faisait, n'est-ce pas?

Rester là sans pouvoir le toucher en retour était une torture. Et la façon dont il me regardait quand il trouvait une tenue à son goût me faisait imaginer qu'il me pousserait dans la chambre d'essayage, qu'il me déshabillerait et qu'il prendrait des libertés avec moi.

«Peut-être ces lunettes, pour souligner ton côté intellectuel,» a-t-il suggéré, se penchant pour poser une paire de lunettes de soleil légèrement teintées sur mon visage. Son parfum m'a envahi. Mes genoux se sont affaissés sous le poids de sa respiration sur ma joue.

«Ou ce blouson pour mettre en valeur ta taille fine,» a-t-il continué, englobant mes côtés avec ses mains grandes et puissantes.

En le regardant dans le miroir, son sourire charmant et agaçant m'a fait écho. Oui, il savait exactement ce qu'il me faisait. Eh bien, qu'il aille au diable, je ne cèderai pas. Je résisterai à tout. Je créerai un mur entre nous deux, d'une hauteur de cinquante pieds. Je ne le laisserai pas entrer.

Mais, avec chaque moment que nous passions ensemble, ma détermination s'effritait. À chaque contact, être éloigné de Remy devenait insupportable. J'avançais vers un territoire dangereux et je ne pouvais pas me retenir. Alors, lorsque nous quittâmes les magasins, le soleil lançant de magnifiques éclats de jaune et d'orange à travers les rues de Paris, j'ai glissé mes doigts entre les siens.

C'était suffisant pour apaiser les hurlements douloureux dans ma tête. Pendant ce bref moment, je l'avais. Il était à moi. C'était tout ce que je me permettrais avec l'homme à mes côtés. Et pour l'instant, c'était juste assez.

«C'est l'un de mes endroits préférés,» a dit Remy alors que nous approchions d'un restaurant décontracté, mais animé pour le dîner.

«Qu'est-ce qui est en fait ton préféré?» ai-je demandé, voulant tout savoir de lui.

«Je ne sais pas. C'est sans prétention.»

J'ai ri. «Je pensais que tu aimais le prétentieux.»

«Moi? Tu plaisantes? Tout ce dont j'ai besoin, c'est une bouteille de Château Pétrus Pomerol et un peu d'Époisses de Bourgogne sur un cracker et je ne pourrais pas être plus heureux.» Remy s'est arrêté. «Ok, je l'admet. Mais je le nie toujours.»

«Ah, le pauvre petit riche ne peut pas reconnaître ses privilèges,» ai-je taquiné.

Ça l'a décontenancé. «Je t'ai amené ici pour la soupe à l'oignon. Qu'est-ce qui pourrait être moins prétentieux que ça?»

«Qu'une soupe à l'oignon?» Ai-je demandé, stupéfait. «Comment dire… Tout?»

«Mais nous sommes en France. Ici, c'est tout simplement de la soupe à l'oignon.»

Je l'ai regardé et j'ai secoué la tête. Il était tellement naïf que c'était adorable. Et tandis que je savourais ce qui devait être la meilleure soupe de ma vie, j'étais amusé en regardant le gros bébé assis en face de moi faire le mou.

Il faisait toujours le mou en quittant le restaurant et en allant au dessert.

«Ça va?» ai-je demandé, prenant à nouveau sa main.

«Tu as vu combien de fromage j'ai ajouté à la soupe? Je ne suis pas prétentieux. Je ne pourrais pas être plus simple si je le voulais.»

«Remy, tu as demandé du Gruyère en supplément,» ai-je souligné.

«Et alors? C'est le fromage qu'ils mettent dans la soupe à l'oignon.»

J'ai ri. «Remy, tu es prétentieux. Accepte-le. Pourquoi cela te dérange-t-il même?»

«Parce que je ne veux pas qu'il y ait une distance entre nous.»

«Une distance? Qu'est-ce que tu veux dire?»

«Je ne veux pas qu'il y ait une partie de ma vie dans laquelle tu ne te sens pas à l'aise,» a-t-il dit, entourant mon bras avec sa main.

«Peut-être que c'est bien si nous ne sommes pas exactement pareils. Peut-être que nos différences sont ce dont l'autre a besoin. Et en étant authentiques l'un envers l'autre, nous atteindrons chacun un endroit que nous ne pourrions pas atteindre seuls,» ai-je dit, vulnérable.

«Donc, tu dis qu'il y a un «nous»?» a répondu Remy, avec arrogance.

«Est-ce que tu n'as rien entendu d'autre que ce que je viens de dire?»

«Non! Mais j'ai confirmation qu'il y a un «nous». As-tu dit quelque chose après ça?» a-t-il demandé, satisfait de lui-même.

J'ai levé les yeux au ciel et secoué la tête. «Les hommes!»

«Tu ne les adores pas?» a taquiné Remy.

«À peine!» ai-je plaisanté.

Délectant une variété de desserts, nous avons serpenté dans la pénombre des réverbères, retrouvant notre chemin jusqu'à la Seine. Marchant sur les pavés en bordure du fleuve alors que le bruit de la ville s'estompait en arrière-plan, nous nous sommes perdus à explorer les douceurs. Chacune était meilleure que la précédente. Puis, lorsque tout a disparu, nous étions tous deux repus et silencieux.

«Je n'aurais pas pu imaginer une meilleure journée,» lui dis-je au fil des lumières des lampadaires scintillant sur l'eau ondulée.

«C'est peut-être mon jour préféré, jamais vécu,» admit Remy, ne me regardant pas en disant cela.

«Quel est le problème?» Je lui demandai, attirant son bras contre moi.

«Nous devrions rentrer. Il y a des endroits où je veux t'emmener demain matin et aucun de nous n'a beaucoup dormi.»

«Je ne suis pas certain que le sommeil soit dans mon avenir proche. Es-tu sûr de ne pas vouloir faire un arrêt dans un bar pour une dégustation de vin français?» Demandai-je, ne voulant pas que cette journée se termine.

Il se tourna vers moi. De la tristesse remplissait ses yeux. Je ne comprenais pas. Où était le séducteur insatiable qui m'avait rendue fou toute la journée?

«Non, nous devrions en rester là pour la soirée. Mais, demain,» dit-il mélancoliquement.

«D'accord,» dis-je, cachant ma déception.

Est-ce que ça recommandait? Avait-il réussi à me faire tomber amoureux de lui avant de me retirer brusquement le tapis sous les pieds?

Non. Je ne voulais pas aller là-bas. Il y avait plus à Remy qu'un simple séducteur ou provocateur. Au cours des derniers mois, il avait fait plus pour moi que je ne pouvais en rêver. Si son humeur avait changé, ou s'il avait décidé qu'il ne voulait plus être avec moi, il devait y avoir une bonne raison à cela.

Je ne voulais pas que cela me blesse. Mais je ne pouvais plus douter qu'il se souciait de moi. Je devais le laisser être lui-même.

«Tu n'es pas contrarié, n'est-ce pas?» demanda Remy, me faisant comprendre à quel point je cachais mal ce que je ressentais.

«Remy, même si c'était le cas, attends une minute, ça changera.»

«Tes sentiments et le temps, Hein?»

J'esquissai péniblement un sourire, en reconnaissant la vérité.

Sur ce, Remy passa son bras autour de moi, me serrant étroitement contre lui. C'était un beau lot de consolation. En rentrant dans son appartement somptueux, il tint mon visage entre ses mains et plongea son regard dans le mien.

Une chaleur envahit mon corps. Je ne pouvais pas dire si elle venait de lui ou de moi. En tout cas, je pouvais voir qu'il me désirait autant que je le désirais. Alors pourquoi ne se penchait-il pas vers moi? Pourquoi ne m'embrassait-il pas?

«Bonne nuit,» dit-il, touchant mes lèvres de son front.

«Bonne nuit,» lui dis-je, faisant de mon mieux pour esquisser un sourire avant qu'il ne me lâche et disparaisse dans sa chambre.

J'écoutai silencieusement. Avait-il fermé la porte à clé? Ça ne semblait pas le cas. Était-ce mon invitation? Je ne pensais pas que c'était le cas.

Déçu, je me dirigeai vers ma chambre, me déshabillai et me mis au lit. Je rêvais de Remy. Dans le rêve, il testait la poignée de ma porte. La trouvant déverrouillée, il entra me trouvant nu et endormi.

Incapable de résister à la vue, il s'allongea sur moi et consuma mon corps. Le regardant faire comme si mon corps était celui de quelqu'un d'autre, je désirais plus que tout être avec lui. Et les cris que le couple poussait alors qu'il dominait cette autre femme, me rendaient fou.

Ouvrant les yeux seul dans mon lit, mon cœur battait la chamade. En me retournant pour échapper à la lumière du matin, je constatai que mes draps étaient humides. Mon Dieu, c'était comme si j'étais à nouveau un adolescent de 14 ans rêvant du seul garçon dont on rêve à cet âge.

Remy avait toujours été le seul garçon que je n'ai jamais désiré. J'éprouvais vraiment le besoin de cet homme.

C'est alors que je réalisai quelque chose. Pris ou non, je ne pourrai jamais arrêter de ressentir ce que je ressens pour lui. Je devais l'accepter.

En le faisant, j'ai pardonné à ma mère.

Avant de découvrir que l'homme que je croyais être mon père était un vampire, je voyais toujours des gens à la fenêtre de son appartement. Je pensais que c'était sa famille. Je pensais aussi que j'étais le fruit de sa liaison.

Je ne sais pas exactement pourquoi j'ai pensé cela. Peut-être était-ce quelque chose que le vampire m'a poussé à croire l'une des nombreuses fois où je l'ai confronté. Peut-être pensait-il que cela m'inciterait à ne plus me présenter à sa porte.

Quelle que soit la raison, j'avais grandi en pensant que j'étais le fruit d'une liaison et j'en voulais à ma mère. Cela faisait tout simplement partie de ma réalité. Que ce soit vrai ou non, c'était devenu quelque chose que je devais surmonter. Et maintenant, je l'ai fait. Avec Rémy, je comprenais enfin comment les gens pouvaient tomber amoureux d'une personne déjà engagée dans une relation.

Allongé dans mon lit à me demander quoi faire, je fixais la marqueterie complexe au plafond. Je me perdais dedans. Quand je repris mes esprits, c'était pour penser à partager mon lit avec Remy. J'imaginais nous deux en train de contempler le plafond ensemble. Cela me serrait la poitrine.

Cela faisait trop mal. Je devais me lever. En me levant du lit, je me plantai devant la porte coulissante menant au balcon, laissant la lumière du matin caresser ma peau nue.

En regardant dehors, j'admirais le pont en bois entouré de meubles de patio sectionnels moelleux. Je souhaitais pouvoir m'étendre au soleil en tenue d'Eden. J'aurais pu si plus d'une façade avait été un mur d'arbres.

D'un autre côté, les Français n'étaient-ils pas moins coincés sur la nudité que les Américains? Si quelqu'un sortait sur son balcon et me voyait se prélasser nu, cela le dérangerait-il?

Décidant qu'il valait mieux ne pas le découvrir, j'ai plutôt fait route vers le dressing. En l'ouvrant, j'ai été surpris de trouver les tenues que j'avais essayé la veille ajoutées à la sélection. Quand Remy les avait-il même achetées, encore moins faites livrer ici?

Choisissant celle à laquelle Remy avait le plus réagi, je me suis habillé et je suis allé au salon, impatient de voir sa réaction.

«Bonjour,» dit-il avec un sourire alors que ses yeux parcouraient mon corps.

«Bonjour,» répondis-je, satisfait de sa réaction. «Bien dormi?»

En me souvenant de mon rêve, mes joues rougirent. «Je suppose,» dis-je, le pesant contre l'agitation qu'il avait créée. «Et toi?»

«C'était un peu partagé,» admit-il.

«Pourquoi?»

«Je n'ai pas arrêté de penser à toi toute la nuit,» dit-il, retrouvant son air de séducteur.

Je le dévisageais. «Tu sais, si tu continues à parler de cette façon, tu ferais mieux d'être prêt à assumer, Monsieur,» dis-je, plaçant mon corps à quelques centimètres du sien.

Je m'attendais à ce qu'il m'embrasse. Du moins, j'espérais qu'il le ferait. Mais à la place, il a abandonné son charme offensif et a calmement dit : «Noté.»

J'étais déçu. Cela signifiait-il que sa flirterie n'avait toujours été qu'une façade?

«Je pense avoir une belle journée de prévue,» dit-il en s'écartant nonchalamment. Ma poitrine se serrait en le regardant partir.

«Oh vraiment? Tu veux bien partager?»

«Es-tu le genre à aimer savoir comment une histoire se terminera ou préfères-tu être surpris?»

J'ai réfléchi à cela. C'était une bonne question. Si je savais qu'il ne se passerait jamais rien entre nous deux, aurais-je voulu le savoir?

«Surprends-moi,» lui dis-je, esquissant un sourire.

«D'accord,» dit-il, esquissant à son tour un sourire.

Après avoir rassemblé nos affaires, nous sommes allés dans un restaurant. Notre petit déjeuner était composé de saumon et d'un œuf sur le plat sur un beignet. Wow!

De là, nous sommes allés à un musée appelé Orsay. Il y avait des peintures dont j'avais entendu parler toute ma vie. Van Gogh, Monet, Gauguin étaient jusqu'à présent juste des noms. Mais maintenant, leurs peintures étaient devant nous. Et nous prenions des selfies avec elles en faisant les fous.

Nous avons ensuite traversé l'exposition itinérante du musée. Elle présentait le tableau «Le Cri» dont je suis presque sûr que «Sesame Street» en avait parlé. C'était déroutant de penser que je me tenais maintenant devant lui.

Aussi captivante que tout cela fut, l'heure était bien avancée quand nous avons quitté le musée. Une journée entière avait passé comme l'éclair. Au départ, je me sentais trop habillé et mal à l'aise parmi les touristes. Mais je me suis vite perdue dans l'art. Il y avait tellement plus de beauté dans le monde que je n'avais jamais imaginé.

«Merci de me l'avoir montré,» dis-je à Remy en sortant par la grande horloge et la façade de cinq étages entièrement vitrée qui rappelait Grand Central Station.

«Je pensais que ça te plairait,» dit-il avec un sourire.

«Étant donné que c'était plutôt prétentieux, je présume que c'est l'un de tes endroits préférés?» Je le taquinai.

Remy rougit. «C'est le cas.»

Je souris. «Maintenant c'est aussi l'un des miens.»

Remy me regarda, ému. C'est alors qu'il prit ma main. Il n'avait jamais fait cela auparavant. J'avais pris la sienne, et il m'avait embrassé, mais jamais avant il n'avait fait quelque chose d'aussi intime. J'aimais ça. Je voulais plus.

«Où allons-nous maintenant?» dis-je, ne voulant jamais que cette journée se termine.

«Gâcher la surprise,» dit-il, l'air satisfait de lui-même.

Quand nous sommes arrivés, j'ai dû admettre que son arrogance était bien méritée. Parce qu'elle était là devant nous, l'emblème le plus iconique de la France, la Tour Eiffel. J'étais ébahi.

Elle ressemblait exactement à ce qu'elle était sur les photos. Et avec le coucher du soleil, ses lumières l'illuminaient.

La fixant, une larme coula sur ma joue. Je ne savais pas pourquoi je pleurais, mais je pleurais. Tout était tellement parfait. Sans quitter la tour des yeux, je posai ma tête sur son épaule.

«Merci,» murmurai-je, incapable de dire autre chose.

«De rien,» répondit-il, me serrant dans ses bras.

Je ne pouvais plus le supporter, je devais l'embrasser. J'avais besoin d'être plus proche de lui.

Alors, avec mon cœur qui battait et ma main qui se serrait, j'étais sur le point de le tirer vers moi quand…

«Qu'est-ce que c'était ça? Qu'est-ce qui se passe?» dis-je alors que la Tour Eiffel commençait à scintiller.

«C'est pour nous,» dit-il.

«Quoi?»

«Je leur ai dit de me prévenir quand notre table serait prête. La voilà,» dit-il, en désignant la tour.

«Tu ne l'as pas fait,» dis-je, ne sachant plus quoi croire.

«La voilà,» dit-il, en pointant à nouveau du doigt. «Notre table est prête.»

«Notre table où?»

Il sourit.

Monter en ascenseur jusqu'au restaurant situé à l'intérieur de la Tour Eiffel était déjà incroyable en soi. Cependant, la vue depuis le restaurant était à couper le souffle.

Assis à côté de la fenêtre, Paris scintillait en dessous de nous. Je pouvais à peine décoller mon regard. Quand je le faisais, c'était pour me tourner vers le visage souriant de Remy.

«La première fois que je suis venu ici, c'était en famille quand j'étais enfant,» dit-il en captivant mon attention. «Je ne pouvais pas l'apprécier. Je dois admettre, en le vivant maintenant à travers tes yeux, je commence à voir tout ce que j'ai raté. Je commence à comprendre que le privilège a ses inconvénients.»

J'avais envie de contester mais je ne pouvais pas. A quoi ressemblait la vie quand on prenait des vues comme celle-ci pour acquise? Quand votre vie est tellement incroyable que vous ne pouvez pas apprécier cela, quelle place reste-t-il pour l'émerveillement?

Pour la première fois depuis que j'avais rencontré le magnifique homme en face de moi, je me sentais désolé pour lui. Ce n'était pas méchamment. J'éprouvais plutôt de la sympathie.

Il n'était pas un dieu peu importe à quel point il ressemblait aux sculptures de ces derniers au musée. Il n'était pas non plus un stéréotype de loup métamorphe. Il était un homme plein d'espoirs, de rêves, et de peurs. Peut-être les dieux de la Légende étaient-ils pareils. Peut-être que c'est tout ce que nous sommes tous, peu importe notre pouvoir ou notre argent.

Je tendis la main à travers la table demandant celle de Remy. Il me la donna. Je l'aimais pour ça. Je ne la lâchai pas jusqu'à ce que le serveur apporte notre repas, tous les quatre plats.

«C'était incroyable,» lui dis-je, plus heureux que je ne l'avais jamais été.

«Je suis content que tu aies aimé. C'est la tradition de terminer avec un vin de dessert. Ça te tente?»

J'y ai réfléchi. «Oui. En ai-je vu sur l'étagère à vin chez toi?»

«Bien vu. C'est exact.»

«En fait non, j'ai juste deviné,» avouai-je.

Remy rit. «Bonne supposition. Aimerais-tu rentrer et y goûter un peu?»

«Je pense que ça me plairait,» lui dis-je, ne voulant jamais le perdre de vue.

«Alors nous devrions y aller,» dit-il, les joues rosies.

En sortant du restaurant et en entrant dans l'ascenseur, il prit ma main. Une chaleur m'envahit. Je me sentais électrique. Habillé comme j'étais, il n'y avait aucun moyen de cacher ce qu'il me faisait ressentir. Mon cou et ma poitrine exposée brillaient, sollicitant son toucher. Mon cœur battant appelait son baiser.

Lorsque la brise fraîche de la nuit titilla ma peau chaude, je frissonnai. Je ne pouvais pas penser. Mon cerveau cessait de fonctionner. La seule chose que je pouvais faire était de suivre sa conduite et j'allais le faire. Car mes frissons excitants autour de mes testicules me rendaient dur, je savais que je ne pouvais plus lui résister.

Mon cœur battant à la fermeture de sa porte d'appartement derrière nous, je ne pouvais pas respirer. Quand il se retourna me donnant un regard torride, je le fixais en retour. J'étais sur le point de fondre sur lui.

«Du vin?» demanda-t-il en me laissant pour aller dans la cuisine.

«Oui,» dis-je, essoufflé.

Incapable de bouger, je le regardais. Il se déplaçait sans effort. Attrapant une bouteille et deux verres, il me conduisit au canapé. En m'asseyant, je brûlais d'envie.

«A quoi trinquons-nous?» demanda-t-il, sa voix grave résonnant dans ma perinée.

Je pouffai de rire. C'était tout ce que je pouvais faire. Remy répondit par un rire.

Me tendant un verre, il le remplit. Remplissant le sien, il dit, «Tu sais, Dillon, tu me rends toujours la vie difficile.»

Je marquai une pause. «Comment ça?»

«J'ai toujours su quel était mon destin. J'étais le premier fils et un Lyon. Mon avenir était fixé. Mais dès le moment où je t'ai rencontré, j'ai voulu être une bonne personne. J'ai voulu être digne de toi. Et puis, je devais faire des choses que je savais ne pas l'être.»

«Tu es une bonne personne», fis-je sortir.

«Je ne le suis pas. Et le problème, c'est que je sais que je ne le suis pas. J'aurais pu me retirer de la meute plus tôt. J'aurais pu prendre de meilleures décisions une fois que j'ai réalisé que tu me rendais assez fou pour arracher des portes de leurs gonds. Et maintenant, sachant ce qu'une bonne personne devrait faire, j'ai tellement envie de te tenir dans mes bras que je brûlerais le monde pour t'avoir. Je...»

C'est alors que je l'embrassai. Me jetant sur lui, nos lèvres se rencontrèrent. Mon geste libéra Remy.

Prenant le dessus, je sentis sa force sous moi. Enroulant ses bras autour de moi, il serra l'arrière de ma tête. Me roulant de côté et appuyant mon dos contre le canapé, il resserra nos corps ensemble et ouvrit ma bouche.

Enveloppé par sa chaleur, sa langue chercha la mienne. La trouvant rapidement, il l'invita à danser. Ma tête tournait alors qu'elles tournaient l'une sur l'autre. Et quand son autre main saisit mon cul et pressa, j'hurlai de plaisir.

Je le voulais. J'avais besoin de lui. Enfonçant mes doigts dans son dos, je tirai sur son tee-shirt. Il fallait que je l'enlève. Et quand je le soulevai suffisamment pour qu'il ne puisse l'ignorer, il me relâcha assez longtemps pour l'enlever.

Le reprenant par la tête, il relâcha mes lèvres. Son corps disparut juste un éclair avant de revenir mais cela suffisait. Je pouvais voir que son torse était parfait. Les ripples de ses abdos rivalisaient avec un océan. La sculpture de sa poitrine émiettait le marbre. J'étais ivre de son corps.

Entourant son torse de mes jambes après avoir rallumé notre baiser, il me souleva. Ma peau brûlait à son contact. Je tirais désespérément nos poitrines ensemble, la sensation était tout ce dont j'avais rêvé.

Lorsque la couette moelleuse surgit autour de nous, je me détendis sur le matelas. Escaladant sur moi, il se détacha suffisamment longtemps pour enlever ma veste. Alors qu'il le faisait, il admirait mon corps.

«Beau,» dit-il en me regardant.

Je retenais mon souffle. J'étais devenu accro à son toucher. Me tortillant sous lui, je tirais sur la couette, nécessitant de renouer le contact avec lui. Il me vit me tortiller et sourit.

«Dis-moi que tu me veux,» exigea-t-il.

Je ne pouvais pas parler. Je le désirais. Je désirais tout de lui. Mais rien ne sortit de ma bouche.

Son regard brûlait en moi en attendant qu'il dise, «Dis-le ou non, je vais te baiser,» déclara-t-il, faisant sursauter mon corps.

C'est alors qu'il le fit. Prenant possession de mon corps, il posa ses doigts sur ma poitrine nue. Sa puissance était immense. Il m'épinglait au matelas sans effort. Je ne pouvais pas m'échapper si je voulais.

Avec mes mouvements apprivoisés, il allégea sa touche et traça un chemin sur mes abdos. Il appréciait les creux. Il aimait ce qu'il sentait. Son plaisir était ma drogue.

Sans s'arrêter là, son doigt atteignit la taille de mon pantalon. Je ne pouvais pas respirer. Hésitant, il tira dessus. Qu'allait-il faire, le déboutonner? S'arrêter?

Ce n'était ni l'un ni l'autre. Sans permission, il continua plus loin. Sachant où il allait, mon sexe tressaillit. Je fermai les yeux ressentant chaque sensation.

Il n'alla pas directement dessus. Pressant le tissu autour, je ressentis sa proximité. Je contractai mon sexe voulant qu'il le touche. Il refusa.

Traçant plutôt son contour, mon esprit criait qu'il me prenne. Quand il le fit enfin, c'était avec ardeur. C'était comme si son barrage avait rompu. Il avait fini de jouer. Il prenait ce qui était à lui.

Le serrant et le pressant contre mon corps, je gémis. Je devais sentir sa chair chaude autour de mon sexe. Alors, quand il défit finalement ma ceinture et descendit ma braguette, je fondis dans le lit alors que mon sexe jaillissait.

Ses lèvres enroulées autour de mon sexe, je trouvai le paradis. C'était ce dont j'avais rêvé si longtemps. La bouche de Remy Lyon avalait mon sexe et cela signifiait tout pour moi.

Avec ses mains serrant mes testicules, la pointe de sa langue parcourue le gland de mon sexe. C'était presque insupportable. Me déchirant dans les draps, mes orteils s'étirèrent.

Baissant la tête, il engloutit puis refait surface. En voulant plus, il recommence. Avant et arrière, il danse avec. Il semblait aimer ça autant que j'en jouissais. Et lorsque ses mouvements me portèrent à l'orgasme, il me libéra, nous dénuda tous les deux et glissa sur mon corps.

Avec l'arrière de mes cuisses pressées contre sa poitrine, mes hanches se levèrent. Se penchant pour m'embrasser, il écarta mes lèvres. Sa langue n'était pas la seule chose de lui qui désirait me pénétrer, son gland cherchait mon entrée. Lorsqu'il trouva mon trou, il se posa.

Que faisait-il? Qu'attendait-il? Bloqué sous lui, je ne pouvais pas bouger. J'étais à sa merci. Je le désirais ardemment.

Alors, quand il plaça ses mains de chaque côté de ma tête et poussa, je gémis. Ça faisait mal mais c'était bon. Je l'avais vu nu. Il était grand. Mais en pénétrant en moi, il me paraissait énorme.

J'espérais que Remy soit miséricordieux, mais il ne l'était pas. Il me possédait. Avec son sexe me déchirant, j'ai rencontré le vrai Remy, la partie de lui qu'il avait caché.

Ce Remy était dominateur et implacable. J'aurais voulu me dégager si j'avais pu, mais il ne me laissait pas. J'étais à lui pour faire ce qui lui plaisait. J'étais de l'argile entre ses grandes mains puissantes et il allait me remodeler à son image impressionnante.

En s'enfonçant en moi, je grognais. Je pouvais sentir chaque centimètre. Planté en moi, mon antre épousait le contour de son gland et chaque veine saillante. Mon cul ne m'appartenait plus. Il lui était dévolu. Et maintenant qu'il l'avait, il fit ce qu'il m'avait dit, il me prit.

D'abord lentement, son rythme augmenta. Aussi grand qu'il était, son entrejambe claquait contre mes fesses. Il était profondément en moi, mais ayant pris sa forme, je l'enveloppais comme un gant.

Me perdant alors que des picotements rampaient le long de ma cuisse, mes yeux se révulsèrent. J'éjaculais. À en juger par le son qu'il faisait, lui aussi. Nous venions ensemble et je ne touchais même pas mon sexe. Tout cela se produisait à cause de ses seuls coups de reins.

Respirant plus fort, ma poitrine se resserra avec mes testicules et ma queue pour suivre.

«Hah,» je gémissais.

Je ne pouvais plus me retenir. Il y avait une décharge électrique qui me déchirait. Enfonçant mes ongles dans son dos, je griffais. Il se détacha de moi. Et lorsque mes cris parvinrent à un crescendo, les siens firent de même.

Le jet qui se déchaîna en moi reflétait celui qui nous recouvrait tous les deux. Je n'arrivais pas d'arrêter d'éjaculer. Les soubresauts étaient spasmodiques.

Épuisé, le corps de Remy s'effondra sur le mien. Mon membre continuait à tressaillir. C'était l'expérience sexuelle la plus incroyable de ma vie et je ne voulais pas qu'elle se termine.

Enivré de plaisir, je serrai mon homme dans mes bras. Je ne voulais plus jamais être séparé de lui. Je ne le serais jamais. Je ne le laisserais pas.

Je l'aimais. Je l'avais toujours aimé. Et c'est alors que j'entendis les mots qui me déchirèrent le cœur changeant le cours de ma vie.

Chapitre 11

Rémy

Je n'arrivais pas à croire. Je gisais nu sur l'homme de mes rêves avec ma queue encore dure dans son cul. Combien de fois avais-je fantasmé à ce sujet? Il y avait eu des semaines après notre rencontre où il était la première chose à laquelle je pensais en me réveillant et la dernière chose avant de m'endormir.

Pendant si longtemps, il avait été tout pour moi. Et maintenant, nous y étions. Je l'avais. Il était à moi. Je ne savais plus comment vivre sans lui.

J'étais prêt à partir avec lui. Peu importe où il voulait aller, j'avais envie de l'emmener. J'étais plus qu'heureux de tout laisser derrière moi.

Fuck mes responsabilités, mes obligations. Il n'y avait rien de plus important pour moi que Dillon. Avec lui dans mes bras, ma vie semblait complète.

«Remy!» l'entendis-je dire depuis l'embrasure de la porte derrière moi.

Dès que je l'entendis, ma poitrine se resserra. Mon rêve avait duré aussi longtemps qu'il m'avait fallu pour jouir.

«Qu'est-ce que tu fous, Remy?» dit-elle, me privant de forces.

Rétractant rapidement de Dillon, l'obscurité m'aveugla alors que je me retournais et me retrouvais face à la réalité nu.

«Qu'est-ce que tu fous ici?» dis-je en fixant ma fiancée.

«Qu'est-ce que je fous ici? Et toi? Tu le baisses? Après toutes les fois où tu m'as dit qu'il ne se passait rien entre vous deux, et comment il était juste ton projet de charité…»

Ses mots étaient de l'eau sur de l'acier en fusion. Bouillant, prêt à faire exploser mon loup, je jaillis du lit sur mes pieds. Pointant sur elle, prêt à lui arracher la tête, je grognai : «Je n'ai jamais dit ça. Je ne l'ai jamais appelé mon projet de charité. Jamais!»

«D'accord,» dit-elle en reculant, réalisant qu'elle avait fait une erreur. «Le petit ami de ton frère, ou quoi que ce soit.»

«Je ne t'ai jamais parlé de Dillon. N'ose pas prétendre que je l'ai fait,» dis-je, prêt à faire ce qu'il fallait pour rétablir la vérité.

«D'accord. Tu n'as pas parlé de lui. Mais cela ne te donne pas le droit de t'enfuir quelque part et de lui baiser dans le cul.»

Mon loup se rétracta.

«Je veux dire, regarde-toi. J'entre et te trouve en train de le baiser et tu as l'audace de me dire quelque chose.»

«Je ne te dois rien,» dis-je, déstabilisé par la situation.

«Tu me dois tout! En ce qui te concerne, ta vie et celle de tous ceux que tu aimes sont entre mes mains. Qui crois-tu que mon père tuera en premier quand je lui dirai ça, Hein? Tu penses que ce pourrait être la saloperie où j'ai trouvé ta queue?»

«Ne l'appelle pas comme ça,» dis-je de nouveau, mon loup refaisant surface.

«Ou bien ton frère? Ou ta mère? Ou penses-tu qu'il embauchera simplement quelqu'un pour assassiner toute ta famille? Tu as rencontré mon père. Laquelle de ces choses crois-tu qu'il ne serait pas capable de faire?»

Aussi détestable qu'elle puisse être, je savais qu'elle disait la vérité. Son père était un psychopathe. Je le savais parce que, peu importe combien mon père adorait sa famille, il l'était aussi. Rien n'entravait son chemin pour obtenir ce qu'il voulait et sa vengeance était légendaire.

«Ouais, c'est ce que je pensais,» dit Eris quand elle sut qu'elle m'avait eu.

J'étais prêt à sacrifier ma vie pour n'importe qui qu'Eris avait mentionné, surtout Dillon. Mais je n'étais pas prêt à risquer un cheveu sur sa tête pour me sauver.

Pour les protéger, ma peine devait être perpétuelle. Je détestais ça, mais c'était vrai. Il n'y avait pas d'issue à tout cela sans que quelqu'un ne meurt. Et si j'étais celui qui tuait, je devrais le faire au détriment d'être avec Dillon.

Dillon croyait savoir qui j'étais. Mais ce qu'il ne savait pas… ne pouvait pas savoir, c'est que j'étais un Lyon. J'avais le sang de mon père. J'étais capable de faire ce que mon père avait fait et plus encore. J'en étais sûr.

Je ne m'étais jamais permis d'aller là-bas. Rêver d'avoir un jour une vie avec Dillon m'avait retenu. Je ne voulais jamais franchir la ligne pour devenir un homme avec lequel il ne pourrait jamais être. Et pour me libérer de ma sentence, c'est exactement ce que je devrais devenir.

Avec les portes grillagées se refermant sur moi, deviendrai-je cet homme maintenant? Ce serait si facile. Qui savait même qu'Eris était là? Sans elle, j'aurais l'avantage sur son père. En quelques heures, son empire pourrait être à moi. Je pourrais être l'homme le plus redouté de New York. Et tout ce que ça coûterait serait le regard que Dillon me porte.

Je regardai en arrière l'homme magnifique allongé effrayé dans mon lit. Ses grands yeux, sa peau crémeuse, j'en avais besoin pour respirer. Le prix de ma liberté était trop élevé. En réalisant cela, ma tête s'inclina.

«Voici ce qui va se passer, «commença Eris. «Regarde-moi.»

Sans réfléchir, je me tournai vers elle.

«Comme je ne suis pas un monstre, je vais te donner une heure. Quand cette heure sera écoulée, tu lui diras au revoir et tu ne le reverras plus jamais. Jamais! Tu as bien compris?»

La fixant, je voulais lui briser le cou. Je ne l'ai pas fait. À la place, je détournai le regard, vaincu.

«Bien. Tu vois, je peux être raisonnable. J'ai un cœur. Mais ne confonds pas la pitié avec la faiblesse, car c'est ainsi que les gens se retrouvent morts. Dis-moi que tu as compris.»

J'allais détourner le regard, honteuse, mais je ne l'ai pas fait. Je ne pouvais pas parce que je ne contrôlais plus la situation. Avant que je puisse l'arrêter, mes os se sont brisés. La vague piquante de la fourrure naissante a recouvert mon corps. Il était sorti, et je pouvais entendre tout ce qu'il pensait.

Il ferait ce que je refusais de faire. Il tuerait Eris. Et je ne pouvais rien faire pour l'en empêcher.

Ses yeux rétrécis fixés sur la femme effrayée devant moi, il montra les dents et s'accroupit pour bondir. Bientôt, tout serait fini. Mon loup allait me transformer en l'homme que je m'étais efforcé de devenir pendant si longtemps.

«Ne fais pas ça!» J'entendis une voix bienveillante.

Mon loup connaissait cette voix. Il la désirait ardemment. En nous tournant vers elle, nous avons vu Dillon. Du moins, cela lui ressemblait.

Il avait changé. Il y avait quelqu'un de nouveau derrière ses yeux. Et il s'est redressé, hébété.

«Tu vas la tuer. Si tu le fais, tous ceux que tu aimes mourront. Je peux le voir. Elle ne ment pas. Elle est venue ici avec un plan. Elle savait ce qu'elle trouverait.»

Mon loup s'est retourné vers Eris. Ses yeux écarquillés confirmaient les dires de Dillon. Elle n'avait pas l'air d'avoir été prise en flagrant délit de mensonge, elle était abasourdie par la vérité.

«C'est vrai», dit-elle, effrayée de trouver sa voix. «C'est tout à fait exact. Je savais ce que j'allais trouver. Et j'avais prévu un plan au cas où je ne reviendrais pas.»

En un instant, mon loup a disparu. Allongé nu sur le sol, j'ai dit,

«Tu es folle.»

«Peut-être», a-t-elle répondu, entre aveu et menace.

«C'est bon, Remy. Je pense que je comprends enfin, je comprends tout» dit Dillon en me regardant tristement avec des yeux tristes qui ressemblaient de nouveau aux siens..

«Bien, Il était temps,» dit Eris retrouvant peu à peu sa force. «Je vous laisse maintenant. Et quand ce sera terminé, j'ai hâte de commencer le reste de ma vie avec mon futur mari,»

Ses mots me lacéraient et je ne pus regarder pendant qu'elle sortait. Attendant d'entendre la porte principale s'ouvrir et se fermer, je me retrouvai entravé par les chaînes créées en pensant que je pourrais pour une fois avoir ce que je voulais.

Le silence entre Dillon et moi s'éternisait. J'avais trop honte pour le regarder.

«Ce n'est pas de ta faute, Remy,» dit doucement Dillon.

«C'est entièrement de ma faute,» rétorquai-je.

«Comment? Explique-moi comment tout cela serait de ta faute,» insista Dillon.

Je le regardai, me demandant comment cela pourrait même être une question.

«J'aurais pu faire plus.»

«Plus de quoi?»

«Je ne sais pas. Juste plus.»

«Remy, tu n'as pas demandé à naître du père que tu as, tout comme moi. Nous sommes tous deux des enfants du destin,»

Était-ce vrai? Pourrait-ce être la raison pour laquelle j'avais eu l'impression de le connaître alors que tout ce que je savais, c'était son nom?

La bouche de Dillon s'ouvrit comme pour faire une dernière demande. «S'il te plaît, reste avec moi. Si nous n'avons qu'une heure à passer ensemble, laisse-moi la passer dans tes bras,» dit-il, brisant mon cœur.

Je le regardai depuis le sol. «Je ne veux pas que cela se termine ainsi. Je ne le permettrai pas.»

«Alors, je le ferai. J'y mettrai fin. Non parce que j'ai peur de ce que son père me ferait. Mais parce que j'ai peur de ce qu'il te ferait… et à Hil, à ta mère. Je ne peux pas être la cause de votre souffrance. Je ne peux pas,» dit-il les larmes aux yeux.

«Je ne le permettrais pas…»

«S'il te plaît,» dit-il en me coupant. «Reste juste avec moi. Finissons cette nuit de façon parfaite,» dit-il en essuyant son visage avec le dos de sa main.

Sans dire un mot, Je me suis levé et je me recouchai et serrai son corps nu dans mes bras. Il s'y intégrait parfaitement. Avec ses bras repliés devant lui, mes ailes le recouvraient, faisant de nous un seul être.

Alors que l'heure passait, nous ne parlions pas. Lorsque notre temps fut écoulé, il se détacha gracieusement et chercha ses vêtements. À ma surprise, il semblait accepter tout cela.

«Tu as dit que tu comprenais tout. Est-ce parce que tu l'as vu?»

«En partie», a-t-il admis.

«Pourrais-tu me dire comment elle a su que j'étais ici?»

«La montre», dit-il avec tristesse. «Je l'ai vue payer pour y mettre un traceur.»

«Cette putain de salope», dis-je en me levant précipitamment, en l'arrachant et en la brisant avec un orbe de marbre qui, jusqu'à ce moment-là, n'avait servi à rien.

«Tu viens de détruire deux millions de dollars?»

«Alors, c'était vrai», ai-je demandé à Dillon.

«Oui!» confirma Dillon. «Et elle a payé presque autant pour y mettre le traceur.»

«Eh bien, j'en ai rien à foutre.»

«D'accord,» il a dit en me fixant, tout habillé. «Donc, je suppose que c'est la fin?»

«Est-ce toujours «la fin» entre nous deux?» ai-je demandé avec un sourire.

«Oui. Parce que cette fois, ce n'est pas toi qui le dit, c'est moi,» dit-il en essayant de rassembler son courage. «C'est fini. Je ne veux plus jamais te voir. Plus jamais,» dit-il doucement, brisant mon cœur.

Et sur ces mots, il sortit de ma chambre et de ma vie tandis que je restais nu à le regarder.

La douleur lancinante dans ma poitrine ne cessait pas. Je fixais la porte de ma chambre fermée pendant que le départ de Dillon résonnait à travers la pièce. Les souvenirs de lui ravageaient mon appartement comme son parfum doux et persistant.

Aussi tentant que cela soit de m'apitoyer sur mon sort, de me perdre complètement dans le souvenir de lui, je ne le pouvais pas. Ce n'était pas fini. Cela ne pouvait pas l'être. Mon cœur refusait de l'accepter.

Dans le silence assourdissant de la pièce, un nom traversa mon esprit. Lucien était un loup et avait été la personne qui s'était le plus rapproché d'un ami dans ma jeunesse. Il vivait à Paris mon loup avait besoin de courir.

Attrapant mon téléphone, j'ai composé son numéro désormais rarement utilisé.

«Sacré moment pour appeler, Remy,» la voix froide de Lucien fredonna, éclaircissant la tension serrée autour de ma poitrine.

«Je suis en ville. Ça te dit d'aller courir?»

«Ça fait un moment. Que dirais-tu d'un verre d'abord?»

«Bien sûr. Très bien», dis-je en essayant désespérément d'échapper aux échos des adieux de Dillon.

«Le Bar Diamant?» Lucien a proposé avec une chaleur authentique comme aux bons vieux temps.

«Je serai là», ai-je murmuré en raccrochant.

J'ai enfilé une chemise blanche et un jean sombre et j'ai quitté mon appartement. En entrant au Bar Diamant, j'ai regardé autour de moi. Le bar était enveloppé dans une obscurité veloutée.

En voyant mon cousin pour la première fois depuis des années, j'ai attiré son attention. Nous nous sommes installés à une table dans un coin. Le bourdonnement des conversations autour de nous nous enveloppait dans une solitude apaisante. Dès que je me suis assis, on m'a tendu un verre, j'ai pris une gorgée et j'ai fixé mon vieil ami.

«J'ai entendu dire que tu allais te marier,» a commencé Lucien, faisant tourner le liquide ambré dans son verre.

«Je me suis retrouvé dans une impasse,» ai-je admis avant de prendre une autre gorgée.

Ses yeux verts aiguisés m'ont étudié. Je voyais son empathie briller sous la surface durcie de notre éducation de meute de loups. Voyant mon malaise, Lucien a changé de sujet.

«J'ai quelque chose à faire. Tu veux te joindre à moi? On peut courir après», dit-il, sa voix prenant une tournure mystérieuse.

«Ah oui? Qu'est-ce que c'est?» demandai-je en espérant qu'il s'agisse d'un combat.

«Je vais à une vente aux enchères.»

«Sérieusement, Lucien, de combien de babioles inutiles as-tu besoin?»

Il haussa les épaules et sourit avec un soupçon de malice qui pétillait dans ses yeux.

«D'accord. Allons-y», lui dis-je en avalant le reste de mon verre.

Suivant mon cousin hors du bar et dans la fraîcheur de la nuit parisienne, nous sommes finalement arrivés à la vente aux enchères. En franchissant les lourdes portes métalliques de l'entrepôt, je me suis rendu compte que ce n'était pas comme les ventes aux enchères dans lesquelles il m'avait entraînée par le passé.

Dans une salle faiblement éclairée, la foule qui nous attendait était composée des personnes les plus riches et les plus gâtées de la société française. Bien que je ne connaisse que quelques noms, je les reconnais tous. Tout le monde ici était humain.

En me tournant vers mon cousin pour comprendre ce qui se passait, il semblait tendu. Ses yeux verts sautaient de personne en personne ciblant quelqu'un.

En le regardant avec méfiance, mon loup s'est réveillé. C'était un côté de Lucien que je n'avais jamais vu auparavant. Son intensité silencieuse et son agitation étrange lui donnaient l'impression que son loup était à la chasse.

Le brouhaha de la foule est devenu silencieux au début de la vente aux enchères. Lorsque les premiers articles ont été présentés, j'ai compris au moins une partie de ce qui se passait. Les masques indigènes et les épées séculaires n'étaient pas des pièces qui pouvaient être vendues chez un commissaire-priseur respectable. Parce que même si elles n'avaient pas été volées dans un musée, elles auraient dû être prises de leurs foyers culturels sans l'autorisation des peuples autochtones.

En regardant Lucien alors que les objets devenaient plus intéressants, il ne bougeait pas. La nature insouciante qui était en évidence une heure plus tôt avait disparu. À sa place, une gravité mortelle que je ne reconnaissais pas chez mon ami. Et lorsque les exclamations de surprise concernant le dernier prix de la nuit ont empli la salle, je pouvais sentir le loup de Lucien qui se battait pour sortir.

En me tournant vers le pupitre des enchères, je l'ai vu. Le dernier article de la vente aux enchères était un tigre du Bengale. Tournant en rond dans sa cage, il semblait aussi dangereux qu'effrayé.

Je n'arrivais pas à détourner les yeux de lui, il était stupéfiant. Sa majesté était dévastateur , déplacé dans le monde louche dans lequel il s'était retrouvé. Et en me tournant vers Lucien pour connaître ses pensées, j'ai vu que mon cousin s'était concentré.

A chaque nouvelle offre, ses yeux se fixaient sur l'enchérisseur. Je pouvais pratiquement voir son calcul mental. C'est pour ça qu'il était venu. Il était là en mission.

Sous le poids de ma prise de conscience, l'enjeu me parut soudain incroyablement élevé. Alors que le bruit de la salle s'étouffait, le commissaire-priseur a annoncé le nom du gagnant. C'était quelqu'un avec qui mon père avait traité. C'était un chef de la mafia humaine notoirement cruel, qui connaissait le monde surnaturel et gardait comme trophées des morceaux de métamorphes qu'il avait tués.

J'eus un regard instinctif vers Lucien. L'éclat dans ses yeux brûlait plus fort.

«Il l'achète pour le tuer et le transformer en un tapis,» gronda Lucien, ses yeux verts s'assombrissant de détermination. «Que dirais-tu de m'aider à le dérober?»

Entendant ses mots, mon loup fit les cent pas.

«Et si nous l'obtenions, qu'en ferais-tu?» Demandai-je, incertaine de la direction que cela prenait.

Il afficha un sourire narquois, verrouillant son regard sur le mien. «Qui n'aime pas les tapis?»

Je ris, incertain s'il était sérieux.

Non seulement nous avions grandi au sein de la meute, mais nous étions issus d'une lignée d'alpha qui régnait encore sur le monde souterrain français. Le sang-froid était le prix d'entrée du leadership dans notre meute.

Alors, était-ce une blague de la part de mon ami d'enfance? Ou m'introduisait-il à un côté de lui que je ne voulais pas connaître?

Aussi troublante que soit sa proposition, une partie de moi admirait son audace. Plus encore, il y avait dans ses yeux une flamme à laquelle mon loup réagissait.

«Très bien, je suis de la partie,» dis-je finalement.

La surprise sur le visage de Lucien était inestimable. Je ne savais pas à quoi il s'attendait que je réponde, mais en me fixant, il rayonnait.

Comprenant tout ce que le sourire de Lucien suggérait, je repensais à ce que j'avais accepté de faire. J'étais sur le point d'aider mon ami à voler un tigre à un parrain rival de la mafia. Ensuite, si nous survivions à cela, je devais le convaincre de donner la bête à un zoo au lieu de pendre sa tête sur son mur. Rien de tout cela ne serait facile.

Écoutant Lucien détailler son plan, mon loup a resurgi. Ce n'était pas une blague qu'il avait improvisée sur le moment. Il était mortellement sérieux. Non seulement il connaissait le plan du bâtiment mais il avait mémorisé chaque porte et chaque alarme.

Avait-il travaillé ici pour recueillir des informations? Parce que Lucien était préparé. Et tout ce que j'avais à faire était de suivre son exemple et d'aider à pousser la cage lorsque le moment viendrait.

S'infiltrant dans les couloirs de l'entrepôt, le plan de Lucien se déroulait comme un brouillard croissant. Nous nous collions aux murs et nous faufilions sous des alarmes complexes. Après avoir quitté une fenêtre, nous nous sommes jetés sur un balcon qui semblait trop éloigné. Ayant vécu une vie de moments palpitants, celui-ci les surpassait tous.

De retour à l'intérieur et submergé d'adrénaline, le plan de Lucien avait fonctionné. C'est ce que je croyais jusqu'à ce qu'un faux pas déclenche une alarme. Nous nous figeâmes, prêts pour la transformation. Mon esprit se mit à tourner à toute vitesse. Étions-nous pris? Les secondes s'égrainaient en une éternité avant que l'alarme ne soit soudainement coupée.

Lucien poussa un soupir de soulagement, un demi-sourire se dessinant sur son visage. Je secouai simplement la tête, mon estomac se contractant de tension. Cette imprudence, cette hésitation entre la vie et la mort était agonisante.

Il suffit de quelques secondes pour confirmer mes craintes. Alors que nous descendions les couloirs, un grand homme habillé d'un tuxedo bon marché arriva dans notre direction. Il était venu enquêter sur l'alarme et tandis que sa veste s'agitait à son côté, je vis qu'il était armé.

Avant que je puisse réagir, Lucien intervint, débordant de charme. Parlant en français, il tissa un récit élaboré de papiers égarés et de livreurs absents. Il alla même jusqu'à produire une pièce d'identité pour prouver ses dires. Sa performance était impressionnante.

L'agent de sécurité, rassuré mais agacé que nous n'ayons pas respecté le code vestimentaire, demanda mon identité pour confirmer notre histoire. Ouvrant la bouche pour parler, Lucien me coupa.

«Oh, c'est mon nouvel homme. Pas encore d'identité pour lui. Il est frais émoulu. Plein d'enthousiasme mais ne sait pas distinguer sa droite de sa gauche.»

Son charme et son sourire éclatant finirent par fléchir l'agent de sécurité. Lorsque Lucien en eut terminé avec lui, il nous conduisit vers le tigre.

Alors que la confiance s'instaurait devant l'homme qui gardait la cage, Lucien s'en chargea aussi.

Au final, c'est l'agent de sécurité qui insista pour que le garde nous remette le tigre. C'était un chef-d'œuvre.

Riant alors que nous poussions la cage dans le couloir sombre, je dis : «C'est plus facile que d'entrer dans les clubs américains quand nous étions enfants.»

«C'est plus facile quand on a l'air d'avoir des couilles,» répondit Lucien d'un ton accusateur. «Mais ne porte pas la poisse, Remy. Ce n'est pas terminé,» dit-il, son attention toujours concentrée.

«Au fait, comment comptes-tu sortir ceci d'ici? En métro?»

Il sourit, puis pointa du doigt une camionnette sans particularité qui se trouvait sur le parking.

«C'est bien. Elle est à toi ou on la vole aussi?» Demandai-je, perplexe.

Sans un mot, Lucien fit le tour de la camionnette au fur et à mesure que nous nous approchions et ouvrit les portes arrière. Baissant des rampes métalliques, il me fixa attendant que je fasse ma part.

«Donc, tu m'as amené comme simple force de travail?» Plaisantai-je.

«Je ne t'ai pas pris pour ton intelligence,» rétorqua Lucien.

«Connard.»

«Américain.»

«Comment oses-tu?» Prétendis-je d'être offensé, mes yeux plissés prêts à me battre.

Résistant autant que je pouvais, je finis par éclater de rire. C'était notre échange habituel. Sa familiarité était la bienvenue au milieu de l'absurdité de ce qui se passait. Et je ne veux pas seulement parler du tigre qui observait ma main sur la cage comme une saucisse.

Riant avec moi, Lucien descendit et m'aida à pousser la cage dans le fourgon. Alors que nous nous éloignions, mes pensées se tournèrent vers l'animal à l'arrière. C'était à mon tour d'accomplir une mission. Je devais le convaincre de lui donner à un zoo au lieu de l'idée folle qu'il avait en tête.

Je songeai à faire appel à sa fierté puis à sa conscience. Mais avant que je n'ai pu dire un mot, il s'arrêta dans une ruelle et coupa le moteur. Dès que le calme s'installa, un petit homme d'origine africaine s'approcha du fourgon.

«Lucien,» déclara-t-il, «où est-il?»

«À l'arrière.»

«Montre-moi», insista l'homme avec un accent africain.

Je suivis Lucien hors du fourgon, faisant le tour pour arriver à l'arrière. Ouvrant les portes, la bête agitée rugit.

«Elle est magnifique. Je promets de l'aider à retrouver sa capacité à se métamorphoser.»

Les yeux de Lucien rencontrèrent brièvement les miens.

«Tiens ta parole et je n'aurai pas à venir te chercher.»

Le petit homme leva les yeux vers mon cousin bien bâti, sans se laisser intimider.

«Ne t'inquiète pas. Je ne manquerai pas de le faire. Il est l'un des nôtres.»

Dès que Lucien eut dit cela, j'inspirai à la recherche de cette faible odeur qui accompagnait souvent les métamorphes. Elle était là.

«Bien!», dit Lucien en tendant les clés du van à l'homme pour qu'il les prenne.

Assez près pour les prendre, l'attention de l'homme s'est brusquement reportée sur moi. "Il m'a regardé, intrigué. Il a empoché les clés et est revenu avec un petit objet.

«Puis-je?» demanda-t-il en le tenant entre nous.

Je l'ai regardé de plus près.

«C'est un os?» demandai-je, confus.

«C'est un sangoma.»

«Qu'est-ce que c'est?»

«Considère-le comme un sorcier africain.»

«Qui garde des os dans sa poche?» demandai-je, troublé.

«Les os me relient aux ancêtres de mon peuple.»

«Il les lit comme les sorciers lisent les cartes de tarot et les feuilles de thé.»

«Je vois. Et tu veux lire en moi?» lui ai-je demandé.

«Si tu me le permets.»

Je regarda Lucien.

Il haussa les épaules.

«D'accord», ai-je acquiescé, amusé.

L'homme à la peau sombre sortit une poignée d'os de sa poche et s'agenouilla. Les jetant devant lui, il les toucha en notant leur position les uns par rapport aux autres.

«On dit que tu es amoureux…»

J'allais être impressionné quand il a ajouté,

«…d'une prophétie.»

J'ai étouffé mon rire par respect.

«Je vois.»

«Tu ne sais pas de quoi je parle, mais tu le sauras. Quand ce sera le cas, tu seras stupéfait.»

«J'ai hâte d'y être», dis-je en l'humiliant. «Lucien, on ne devait pas faire quelque chose ce soir?»

«Tu veux courir», dit le petit homme en ramassant ses os. «Mais tu ne peux pas fuir. Mes ancêtres l'ont prévu.»

J'ai regardé Lucien en me demandant ce que je devais dire ensuite.

«Nous te remercions pour ta lecture», répondit Lucien en se préparant à partir. «Tiens ta promesse avec le métamorphe.»

«Je rétablirai son ordre naturel», dit l'homme en nous regardant calmement.

«C'est bien. Allons-y», dit Lucien en m'entraînant.

Quand nous avons été assez loin dans la ruelle pour que l'homme qui montait dans la camionnette ne puisse pas nous entendre, j'ai demandé,

«Qu'est-ce que c'était?»

«Tu connais les sorcières. Il y a toujours une prophétie dont elles parlent. Mais c'est la première fois que j'entends parler d'une personne amoureuse d'une sorcière. C'est occasionnel ou c'est pour le long terme?» plaisante-t-il.

«Moi? Me contenter d'une seule prophétie? Tu me connais mieux que ça», dis-je en souriant.

Lucien rit.

«Mais sérieusement,» commençai-je. «Comment as-tu su que le tigre était l'un des nôtres? Je n'ai pas pu le sentir. Même pas de près.»

«Longue histoire.»

«J'ai le temps.»

«Je croyais que tu avais dit que tu voulais courir», dit Lucien en changeant de sujet et en se dépêchant d'avancer.

Le rejoignant alors qu'il remontait la ruelle, je regardai mon ami d'enfance. Il n'était plus la personne que j'avais connue.

J'avais grandi avec Lucien. Pendant un certain temps, nous étions pratiquement inséparables. Il connaissait tous mes secrets et je connaissais les siens. Je lui avais même dit que j'étais sorti avec des hommes.

«Parfois, j'aime changer de décor», lui avais-je dit en minimisant la chose.

«Tu es français,» avait-il répondu sans ciller.

Mais c'était avant. Rien de ce que je savais de lui ne m'aurait préparé à cette soirée. S'était-il transformé en une sorte de sauveteur métamorphe? En considérant la complexité de son plan, cela ne pouvait être son premier coup.

Était-ce là le vrai Lucien? Était-ce cela qui lui procurait son plus grand bonheur? Peut-être n'avais-je jamais connu mon cousin. Était-ce de ma faute? Était-ce aussi ma faute s'il ne me connaissait pas?

Des semaines passèrent, et l'absence continue de Dillon semblait s'incruster de plus en plus profondément dans mon âme. Les moments volés, les cadeaux qui l'avaient fait sourire, et la croyance que nous finirions ensemble, tout était fini. Il ne me restait que les amers rappels de ce que nous avions et aurions pu être.

Évidemment, Eris ignorait comment je me sentais. Tout ce qui comptait pour elle, c'était de planifier notre mariage. Elle devait savoir que tout était faux, non? Que j'étais là seulement pour sauver la vie de tous ceux que j'aimais?

Peut-être qu'elle s'en rendait compte et qu'elle était une meilleure actrice que moi. Elle avait déjà dit qu'elle n'avait pas plus de choix que moi dans ce mariage. Mais la façon dont ses yeux pétillaient lorsqu'elle choisissait les couverts et les centres de table me faisait douter.

Assis à ma table de salle à manger à côté de Eris, avec notre organisatrice de mariage qui formait la sentence que je devrais exécuter, je remettais à nouveau en question toutes les décisions que j'avais prises. Alors que je le faisais, Eris tendit la main vers la mienne. Ses doigts effleurèrent à peine les miens avant que je ne retire ma main subitement.

Ce n'avait pas été intentionnel. Je devais être entièrement concentré pour obliger mon corps à agir contre ses désirs et aujourd'hui mon esprit était ailleurs. J'avais simplement réagi.

En levant les yeux vers Eris, j'ai capté l'éclat de douleur dans ses yeux. Pourquoi? Plus que quiconque, elle savait que ce que nous avions était un mensonge. J'essayais de faire de mon mieux. J'essayais de faire ce qui était juste.

Elle ne voyait donc pas l'effort que je faisais? J'étais là, n'est-ce pas? A aucun moment je ne l'ai tuée, elle ou son père, pour m'en sortir. Alors quel droit avait-elle de se sentir blessée par quelque chose que je ne pouvais pas contrôler?

Des heures plus tard, lorsque la préparation du mariage avait enfin pris fin, je me suis retrouvé seul avec Eris. Nous avions déjà été dans cette situation. Je n'avais jamais eu à demander à Eris de partir. Elle l'avait toujours fait sans qu'on le lui demande. Mais quelque chose la rendait différente cette nuit. Cette fois, alors qu'elle était assise en face de moi, je vis une lueur dans ses yeux.

«Je veux faire quelque chose pour toi,» dit-elle avec un sourire.

«Tu veux me donner une autre montre?»

La mâchoire d'Eris se contracta avant de se détendre. «Non. C'est mieux. Tu vas aimer ça.»

«Vraiment?»

Elle secoua la tête avant de se lever. En cherchant la télécommande du système son, elle l'alluma. La musique qui jouait ne provenait d'aucune de mes playlists. Elle l'avait programmée. Que faisait-elle?

Alors que la musique lente et sensuelle s'écoulait des haut-parleurs, elle baissa les lumières. Elle créait une ambiance. Pour quoi faire? Lorsqu'elle se plaça à une longueur de bras devant mon fauteuil, je le découvris.

Eris n'avait pas un mauvais corps. Loin de là. Ses courbes délicates, les lignes subtiles qui traversaient son ventre, elle était le rêve de tous les garçons de 14 ans. Et la façon dont elle bougeait ses hanches en rythme avec la musique m'inspirait des pensées. Je ne pouvais y résister. Même un homosexuel apprécierait ce que je voyais.

En la regardant, il n'y avait aucun doute sur ce qu'elle faisait. Elle en avait marre d'attendre que je fasse le premier pas, alors elle me séduisait. Étrangement, ça fonctionnait plutôt bien.

Dans le temps, avant que Dillon ne devienne mon univers, les femmes comme celle en face de moi étaient mon échappatoire. Dans une autre époque et un autre lieu, Eris et moi, nous aurions pu prendre beaucoup de plaisir ensemble.

Attrapant mon verre, je pris une autre gorgée alors qu'Eris passait son t-shirt par-dessus sa tête. Elle portait un soutien-gorge à peine visible. Dieu qu'elle était belle. Objectivement parlant, cette femme était hot. Je pris une autre gorgée, et avant de me pencher en avant et de faire quelque chose que je pourrais regretter, je considérais mon verre.

Combien en avais-je eu? J'en avais certainement pris un pour m'aider à passer à travers les préparatifs du mariage, mais combien après cela? Est-ce que c'était juste un? Je n'avais pas rempli mon verre.

En repensant à la nuit, je me souvenais qu'Eris m'avait demandé si j'avais besoin d'un autre. J'avais dit oui à contrecœur. Après cela, mon verre n'a jamais été à moitié plein. Combien en avais-je bu sans le savoir, sept? Huit? À quel point étais-je ivre?

Je me tournais vers Eris qui était maintenant nue à part deux morceaux de tissu transparents couvrant ses tétons et ses seins gonflés. Ouais, elle était putain de canon. Il n'y avait aucun doute à ce sujet. Mais est-ce que je voulais cela?

Est-ce que je voulais que cette femme me baise comme son père l'avait fait pendant beaucoup trop longtemps? Non. Alors quand elle s'est agenouillée devant moi, caressant mon torse comme une chatte, je me suis raidi. Ma bite dure pourrait lui donner la mauvaise impression, cependant. En se frottant contre elle et en la serrant, elle s'est excitée.

«Rejoins-moi,» a-t-elle dit en se levant et en se déhanchant jusqu'à ma chambre.

Sans quitter des yeux, elle a enlevé ce qui restait de son soutien-gorge et l'a laissé tomber. Ouais, elle avait de beaux seins. Et en sortant de ce qui restait de sa culotte, elle s'est appuyée contre le chambranle de la porte, entièrement nue.

«Tu peux m'avoir de la manière que tu veux,» dit-elle avant de disparaître à l'intérieur.

La voulais-je? Est-ce que je voulais quelque chose d'elle? Comment serait ma vie si je disais simplement oui?

Chapitre 12

Dillon

Les marches grinçaient sous mon poids alors que je descendais à la cuisine décorée kitsch de Cali. L'odeur du bacon et des gaufres m'attirait. Je pouvais les sentir depuis ma chambre.

Pouvez-vous imaginer ma surprise quand je suis entré et que j'ai trouvé Hil à la cuisinière? Il cuisinait tout lui-même. Réglant le bacon avec une main, il empilait une montagne de gaufres avec l'autre.

«Qui l'aurait cru?» J'ai taquiné, essayant d'éclaircir mon propre état d'esprit en entrant. «Hil Lyon, le petit prince de la mafia qui est devenu chef.»

C'est Cali qui a rit le premier. Ses épaules secouées lorsqu'il versait le café dans un ensemble dépareillé de tasses. «Vous auriez dû le voir quand il est arrivé pour la première fois.»

«Oh, je peux deviner. Hil, avez-vous dit à Cali quand je suis venu et que vous avez décidé que vous vouliez des œufs brouillés?»

«Oh mon Dieu!» Hil a gémi.

Avec toute l'attention de Cali, je me suis lancé dans l'histoire.

«Ma mère était sortie pour faire du shopping pour quelque chose. Je ne sais pas quoi.»

«Elle avait besoin de crème fraîche pour préparer les tortellinis favoris de mon père.» Hil a levé la tête amusée par une pensée. «Et maintenant, je sais ce que tous ces mots signifient.»

«Tortellinis?» Cali taquina.

«Crème fraîche. Je me souviens qu'elle nous avait dit ça et que je pensais, qu'est-ce que le poids a à voir avec ça? Était-ce de la crème pour les gens dodus?»

«De toute façon,» J'ai interrompu. «Hil avait décidé qu'il allait nous faire des œufs. Alors, il en a pris deux dans le frigo et les a mis au micro-ondes parce que c'était la seule chose qu'il savait faire.»

«Les micro-ondes cuisent les choses et je voulais que les œufs soient cuits. Alors je les ai mis dans le micro-ondes,» expliqua Hil

«Oh non!» s'exclama Cali.

«Oh oui,» J'ai confirmé. «Ma mère a ensuite dû passer le reste de la journée à nettoyer des œufs explosés sur tout.»

«Elle n'a pas fait nettoyer Hil?» Demanda Cali.

«Le prince?» J'ai taquiné.

Hil a regardé ailleurs, gêné. «J'aurais fait si on me l'avait demandé. Ça me faisait mal.»

«Non, chéri, ma mère voulait que ce soit propre. Si elle t'avait demandé, tu serais toujours en train de travailler dessus aujourd'hui.»

«Et qui aurait fait ce magnifique petit déjeuner?» Cali inséra comme un bon petit ami.

«Je vous déteste tous les deux,» plaisanta Hil, lançant un torchon à Cali.

J'observais l'interaction entre Hil et Cali. L'envie tordait mes entrailles. Ils riaient. Ils se taquinaient. Ils étaient heureux.

J'effleurais la table usée du bout des doigts alors que mon esprit revenait à Remy, la cause de mon chagrin. Son absence résonnait dans le vide que je sentais. Le poids de cela m'épuisait.

«Je déteste ce qu'il t'a fait, Dillon,» murmura Hil après un silence.

«Qui?»

«Tu sais qui. Remy aurait dû être mieux.»

«Je ne te laisserai pas le blâmer, Hil,» J'ai répondu, mes mots tranchants plus que je ne l'aurais voulu. Perplexe devant l'expression de Hil, j'ai poussé un soupir, passant une main dans mes boucles lâches.

«Tu m'as averti exactement de ce qui se passerait si je me laissais tomber amoureux de lui. Tu me l'as dit et j'ai choisi de l'ignorer. Alors ce qui s'est passé, est autant ma faute que celle de Remy. Si ce n'est plus.»

Jouant avec les couverts, j'évitais le regard empathique de mes deux amis. Cali a frappé ses mains ensemble, me fusillant du regard. «Non, Dillon. Et je suis désolé de le dire de ton frère, Hil, mais cet homme est un con et un trou du cul.»

«Alors, tu dis qu'il peut aller se faire voir?» Demanda-je après quelques réflexions.

Cali s'est figé en pensant à ce que j'avais dit avant de se détendre dans un rire. Hil et moi nous sommes joints à lui.

«Ouais, il peut aller se faire foutre,» Cali a précisé.

«Mais, si je pouvais faire ça, pourquoi quitterais-je ma maison?» Une voix a demandé attirant notre attention vers la porte d'entrée.

«Remy?» J'ai dit tout de suite, englouti par toutes mes émotions douloureuses.

Traversant la cuisine d'un pas vif et saisissant la chemise officielle de Remy entre ses poings, Cali était furieux.

«Tu as du culot de te présenter ici après la connerie que tu as faite,» Cracha Cali.

Je ne l'avais pas revu depuis que je l'avais laissé nu dans sa chambre à Paris. Pourtant, le voilà, encadré par le soleil du matin. Ses larges épaules remplissaient l'embrasure de la porte de la cuisine, et malgré l'étreinte menaçante de Cali, ses yeux sombres rencontrèrent les miens.

Il avait l'air… dévasté, comme si une tempête avait meurtri son esprit. C'était bien loin de son attitude généralement posée. Même sa chemise habituellement impeccable lui tombait négligemment sur les épaules.

«Ne monte pas sur tes grands chevaux, campagnard. Je suis juste venu parler à Dillon,» dit-il, sans sa combativité habituelle.

«Non,» cracha Hil, se plaçant devant moi comme pour me protéger du regard de Remy. Lorsque Hil reprit la parole, sa voix débordait de colère. «Non, tu as perdu ce droit.»

Le refus catégorique de Hil a percé la façade de Remy. Son expression généralement maîtrisée s'adoucit. Un éclat de tristesse brillait dans ses yeux. «Hil, tu ne comprends pas,» Commença Remy, la rudesse dans sa voix tirant sur mes cordes sensibles.

«Quoi? Que tu as fait ce que tu devais faire parce qu'Armand nous avait plus ou moins subtilement menacés de nous tuer tous?» Dit Hil froidement.

«Non, que je ne suis pas notre père,» Remy corrigea.

«Quoi?» Hil demanda, déstabilisé.

Remy soupira.

«Notre père aurait juste réglé quelque chose comme ça. Il aurait pris quelques hommes et déclenché une guerre faisant couler le sang dans les rues,» dit Remy, les sourcils froncés.

«Je sais que tu penses que je suis comme lui aussi. Et peut-être qu'un moment j'y ai cru aussi. Mais ce n'est pas moi. Je ne peux pas faire ça. J'aimerais pouvoir protéger les gens que j'aime comme lui, mais je ne suis pas lui. Je ne suis pas notre père.»

Avec cette confession, Cali lâcha Remy et recula. Libres, les deux frères se fixaient. Je ne pouvais pas dire ce que chacun pensait.

Je savais ce que cela signifiait pour moi. Remy reconnaissait ce que j'ai toujours su à son sujet. C'était un homme bien qui n'avait jamais voulu de la vie qui lui était imposée.

«Remy, personne ici ne veut que tu sois notre père», interrompit Hil, brisant le silence alors qu'il serrait l'épaule de son grand frère.

«Tu n'as aucune idée de ce que j'ai sacrifié pour cette famille, Hil. Pourtant, aussi souvent que j'y ai pensé, il n'y a qu'une seule chose que je regrette.»

«Quelle est-elle?» demandais-je, attirant son attention.

Remy laissa son frère pour se planter juste devant moi.

«Je regrette de ne pas t'avoir dit ce que je ressentais plus tôt», déclara Remy, rempli d'émotion.

Mon souffle se bloqua.

«Dillon, je suis amoureux de toi depuis si longtemps. Depuis le moment où je t'ai rencontré, je ne pouvais jamais en avoir assez. Chaque fois que tu venais traîner avec Hil, je me demandais si tu me voyais. Donc, quand je t'avais si près, quand j'avais tout ce que j'ai toujours voulu entre mes bras, j'étais le plus heureux possible.»

«Quand tu m'as quitté, j'ai essayé de vivre sans toi. Je savais qu'en le faisant, je garderais tout le monde ici en sécurité. Mais c'était trop demander. Je ne peux pas rester loin de toi, Dillon. J'ai besoin de toi. Je suis ici pour te dire que si tu m'accueilles, je ne te quitterai plus jamais.»

J'ai essayé de contrôler mes émotions, tentant de contenir la vague débordante qui menaçait d'exploser.

«Remy,» commençais-je doucement, «je t'ai quitté pour une raison. Tu dois être avec Eris. La vie de tout le monde en dépend. Et même si ce n'était pas le cas, je ne peux pas être l'autre homme. Si je le pouvais, je le ferais pour toi. Mais je ne peux pas. Je suis désolé!»

«Mais c'est pour ça que je suis ici,» Remy expliqua. «Je sais que je ne peux pas simplement abandonner Eris. Mais je ne peux pas non plus vivre sans toi,» Remy déclara, ouvrant son cœur. «Alors je suis venu pour te demander encore une fois ton aide. Je n'ai pas toutes les réponses comme mon père. Et je ne suis pas lui, je ne peux pas faire ça seul. J'ai besoin de l'aide des personnes que j'aime. Et je t'aime.»

Chaque mot de Remy était comme un baume pour mon âme blessée. Il m'aimait. Lâchant un souffle que je ne réalisais pas avoir retenu, je me suis rendu à lui.

«Je t'aime aussi, Remy,» avouais-je.

Avec ces mots, Remy glissa sa main derrière mon cou et m'attira vers lui. Un plaisir indescriptible m'envahit comme une cascade. Ses lèvres familières étaient mon refuge. Sentant leur chaleur alors qu'il ouvrait ma bouche, je me suis perdue en lui. Et quand sa langue entra à la recherche de la mienne, je ne voulais plus qu'elle parte.

Une électricité circulait entre nous. Comment ai-je pu penser que je pourrais rester loin de lui? Je ne pouvais pas. Et lorsque nos deux langues dansèrent et que son autre main trouva mes fesses, l'instant fut brisé par la réaction de mon meilleur ami en me voyant embrasser son frère pour la première fois.

«Devons-nous partir?» Demandait sincèrement Hil.

Mordillant ma lèvre alors qu'il se retirait, nos deux fronts se touchaient tandis que nous retrouvions la réalité. Plongés dans le regard de l'autre, nous avons ri.

«Encore une fois, devons-nous partir?»

«Non, ne partez pas,» dit Remy en redressant la tête. «J'aurai aussi besoin de votre aide.» Il se tourna de Hil vers Cali. «Et de la tienne aussi,» ajouta-t-il avec vulnérabilité.

Cali le fixa.

«Je pense toujours que tu es un connard,» conclut Cali.

Remy rit. «C'est ma meilleure qualité,» plaisanta-t-il.

«Mais tu m'as aidé à retrouver Hil,» admit Cali, ses yeux s'adoucissant. «Alors, je t'aiderai avec ça.»

«Nous t'aiderons tous les deux,» acquiesça Hil. «Il est temps pour le reste d'entre nous dans cette famille de se mobiliser aussi. Ce n'est pas tout à toi. Nous sommes ensemble là-dedans.»

Un soulagement envahit Remy. «Merci. Vous ne savez pas à quel point cela signifie pour moi. Alors, des idées brillantes?»

Je réfléchis, mon esprit foisonnant de possibilités. «Penses-tu qu'Armand ait quelque chose qui pourrait le mener à sa perte?»

«N'est-ce pas le cas pour tout le monde?» rétorqua Remy avec un sourire narquois. Voyant nos visages vides, il ajouta, «Suis-je en faute ici? Oui, il y a une forte chance qu'Armand ait quelque chose qui pourrait le renverser. Ce que cela pourrait être et où nous pourrions le trouver, je n'en ai aucune idée.»

«Tous les parrains de la mafia ne suivent-ils pas le même plan?» se moqua Cali.

«Certainement, mais j'ai rendu mon exemplaire à la bibliothèque. Si ce n'était pas ces fichus frais de retard…,» répondit Remy avec sarcasme.

«Comme je l'ai dit, connard,» conclut Cali.

«Et comme je l'ai dit, meilleure qualité,» taquina Remy en revenant vers l'homme que j'aimais.

«Sérieusement, pensez-vous qu'il a quelque chose que nous pourrions utiliser contre lui?» répétai-je lentement, formant une idée.

«Encore une fois, oui. Mais ce n'est pas comme si j'étais son ombre. Ça pourrait être n'importe quoi et n'importe où. Je ne saurais pas par où commencer. «

«Et si quelqu'un savait?» demandai-je.

«Eris? Il n'y a aucun moyen qu'elle m'aide à faire tomber son père. Elle est vraiment furieuse contre moi en ce moment.»

«Qu'est-ce qui s'est passé?» J'ai demandé, incapable de m'en empêcher.

«Disons simplement que je l'ai quitté à un moment inopportun. «

«Pourquoi?»

«Parce que quand tu te rends compte que tu veux passer le reste de ta vie avec quelqu'un, tu veux que cela commence immédiatement,» Remy dit, touchant mon âme.

«Cali, pourquoi ne me dis tu jamais des choses comme ça?» Hil a demandé à son petit ami.

Cali gémit et regarda Remy. «Salaud.»

«Baiseur de frère,» répondit-il sans rater un battement.

«D'accord, vous deux,» dis-je en terminant les choses avant qu'elles ne commencent. «Je pense à Jimmy.»

«L'agent du FBI?» demanda Remy, surpris.

«Tu es ami avec un agent du FBI?» demanda Hil, confus.

«Oh, pas seulement FBI. Il travaille dans la division du crime organisé surnaturelle,» expliqua Remy, heureux de trouver quelqu'un qui pourrait comprendre.

«Tu es ami avec un agent du FBI qui travaille sur le crime organisé surnaturelle?» dit Hil, laissant Cali me questionner.

«Il est un ami d'école primaire. Nous avons grandi dans le même immeuble. Je suis tombé sur lui quand je cherchais un lieu pour le projet de Remy,» j'essayai d'expliquer.

«Et puis il lui a demandé d'y participer au conseil du centre communautaire,» dit Remy, savourant un peu trop cela.

«Tu as invité un agent du FBI à siéger au conseil du centre communautaire?» demanda Hil, stupéfait.

«C'est ce que j'ai dit!» Remy ajouta, joyeusement.

«Il y a beaucoup de gangs dans le quartier. Il a offert de m'aider à faire du centre un espace sûr. «

«Tu ne vois pas comment ça aurait été une décision discutable, sachant qui payait pour tout?» Hil insista.

«Pas toi aussi, Hil. Écoute, j'ai fait ce que je pensais être le meilleur pour tout le monde. Et, pour l'anecdote, il n'a pas mentionné la partie surnaturelle lorsqu'il m'a dit où il travaillait» dis-je en commençant à regretter ma décision. «But, si tu veux que je le retire du conseil, je le ferai.»

Voyant que je commençais à transpirer, Remy intervint.

«Non, non. Je suis sûr que quelle que soit la décision que tu ais pris ,c'était la bonne. Et ils offrent des visites conjugales en prison, n'est-ce pas? Ce n'est pas comme si 10 à 20 ans de séparation pouvaient nous séparer. «

Craquant sous la pression, je criai. «Je suis désolé. Je vais le retirer immédiatement.»

«Nous te taquinons,» expliqua Remy avec un sourire. «Hil, dit à Dillon que tu te moques de lui.»

Quand Hil ne répondit pas, Remy le répéta. «Hil, dis à ton meilleur ami que c'était une blague.»

«C'était une blague,» dit-il à contrecœur.

Je regardai Remy dont les yeux passaient de son frère à Cali.

«D'accord, tout le monde, je ne vais le dire qu'une seule fois. Je ne suis pas mon père. Je suis un homme d'affaires légitime. Notre famille est maintenant complètement nette. Il n'y a rien sur quoi l'ami du FBI de Dillon puisse nous attraper, peu importe combien Dillon le souhaite.»

«Remy?»

«Je plaisante!»

«Enfoiré!»

«Bouseux.»

Hil nous regarda. «Maintenant que nous avons écarté cette partie de la matinée, qu'y a-t-il ensuite, Remy?»

«Qu'est-ce que tu veux dire?»

«Tu as retrouvé Dillon. Tu l'as reconquis. Qu'est-ce qui se passe maintenant?»

«Trouver un plan, je suppose,» dit Remy, incertain.

«Eh bien, tu as dit que tu as besoin de notre aide pour le faire. Et si tu restais ici avec nous?»

«Avec nous?» Cali protesta rapidement.

«Dillon est déjà ici. Il restera dans sa chambre.» Hil se tourna vers nous deux. «D'accord?»

Je regardai Remy. «Tu es le bienvenu pour rester. Il nous faudra quelques jours pour élaborer un plan. «

«Tu proposes que je reste à Hicksville?»

«S'il va manquer de respect à notre ville comme ça…»

«Je plaisante. Qu'est-ce qui rend les bouseux incapables de prendre une blague? Est-ce à cause de la consanguinité?»

Cali, chargea en direction de Remy et attrapa son chemise. Il avait l'air de vouloir se transformer. Rémy l'a regardé en souriant.

«Il essaie de te provoquer,» expliqua Hil.

«Ça marche,» dit Cali.

«Ne le laisse pas.»

«Et Remy, tu as dit que tu as besoin de notre aide. Cela inclut Cali. Alors, sois gentil!»

«D'accord, d'accord. Je serai gentil. Je suis sûr que vous avez une charmante ville remplie de gens charmants.»

L'intensité de Cali fondit, finalement il le laissa aller.

«Et je suis sûr que seulement la moitié d'entre vous partagent le même père,» ajouta Remy, sans pouvoir s'aider lui-même.

La tête de Cali tourna vers Remy mais cette fois, il ne réagit pas. Il le regarda simplement.

«Remy?» je grondai.

«D'accord, un quart d'entre vous.»

«Remy!»

«Il y a seulement tellement…»

«Remy, tu as besoin de son aide.»

Il soupira et se ressaisit.

«Ceci,» dit-il en désignant le Bed & Breakfast. «C'est… charmant. Vraiment charmant. Tu devrais être fier d'avoir grandi dans un lieu pareil. Hil et moi n'avons pas eu cette chance, et je suis sûr que nous en avons souffert.»

Remy se tourna vers moi.

«Es-tu heureux?»

«Je le suis,» dis-je à nouveau, surpris par son côté plus doux.

«Merci,» répondit Cali, soudainement confus et désarmé. «Toi, euh, tu veux du petit-déjeuner? Ton frère est vraiment doué en cuisine.»

«Vraiment?» demanda Remy avec surprise et délice. «C'est une de ces choses que je devrai voir pour y croire,» dit mon homme avant de s'asseoir à la table et de devenir pour la première fois une partie de notre groupe.

Après avoir apprécié l'impressionnant petit déjeuner de Hil, Cali fit la vaisselle pendant que nous quatre réfléchissions à un plan. Remy a qualifié les idées de Hil et les miennes de ridiculement naïves, bien qu'il n'ait pas manqué de faire un compliment lorsqu'elles venaient de moi. Et mon homme qualifia les idées de Cali de sociopathes, mais pour être juste, elles l'étaient.

«Nous pourrions simplement bombarder l'endroit et en finir,» a proposé Cali tout en lavant une assiette.

«Et c'est une option,» a répondu Remy avant de me mimer «Est-ce qu'il est sérieux?»

J'ai regardé Hil pour la réponse. Les yeux de Hil passaient de l'un à l'autre avec une expression qui disait qu'il ne savait pas.

«C'est ce qu'il nous a fait,» a précisé Cali. «N'est-ce pas ce que font les gens comme lui?»

«Bien sûr. L'histoire de la bombe dans le coffre,» a rappelé Remy en nous rappelant ce que le sbire d'Armand avait fait en essayant de tuer Hil. «Alors disons que nous plantons une bombe chez lui et que nous le tuons. Nous aurions tué un homme. Toi, avec ton air de 'Oh zut' de province, tes s'il vous plaît et merci, tu crois que tu pourrais vivre avec ça?»

«Pourquoi devrions-nous nous soucier de ce qui lui arrive?» Cali a demandé amèrement.

«Ok,» Remy a dit en se sentant mal à l'aise. «Je sais qu'il t'a tiré dessus…»

«Ouais, il m'a tiré dessus,» a rétorqué Cali avec venin.

«Je sais qu'il t'a tiré dessus,» a répété Remy en essayant de le calmer. «Mais, tu ne pourrais pas vivre avec toi-même si tu faisais partie de ça. Oui, Armand est une ordure qui ne mérite pas de vivre. Mais, tu ne veux pas être la personne qui fait ça arriver. Crois-moi.»

Un nœud dans mon estomac s'est formé en écoutant la supplique de Remy. Pendant ce temps, une vérité déchirante se faisait jour en moi. Il en était de même pour Hil et Cali.

«Je n'ai jamais tué personne!» Remy a crié, sentant tous les regards sur lui. «Jésus! Qu'est-ce que vous pensez tous de moi?» a-t-il demandé avant de se lever et de partir furieusement à l'extérieur.

J'ai regardé Hil et Cali alors qu'ils me regardaient tous les deux en retour. Remy avait raison. Nous y avons tous pensé.

«Je suppose que je devrais lui parler,» a dit Hil avec appréhension.

«Non. Je vais le faire,» ai-je dit, espérant que le temps que nous avions passé ensemble faciliterait la conversation.

En sortant de la cuisine et de la maison d'hôtes, j'ai repéré Remy assis dans sa voiture. Je m'attendais à moitié à ce qu'il parte, mais il ne l'a pas fait. Il est juste resté là derrière le volant. Alors je l'ai rejoint.

«Se faire penser ça était beaucoup plus facile quand je m'en foutais,» Remy a confié une fois que ma porte a été fermée.

J'ai pivoté sur le siège pour le regarder et j'ai posé une main sur son genou.

«Comment c'était de grandir comme tu l'as fait? Ça n'a pas dû être facile.»

«Notre père se souciait de deux choses, sa famille et sa meute. Je n'ai jamais douté une seule fois qu'il nous aimait. Il le disait constamment. Mais, mon père n'était pas un homme bon. Je l'ai vu faire des choses à d'autres personnes pour lesquelles il brûlerait en enfer s'il existait.»

«Comme quoi?» ai-je demandé avec hésitation.

«Tu ne veux pas savoir.»

«Tu as raison. Je ne veux pas. Je préférerais penser à ton père comme à l'homme qui a bien traité ma mère et qui a payé mes études universitaires. Ton père n'a jamais été que gentil avec moi et j'aimerais croire que c'était ce qu'il était.»

«Et c'est comme ça que tu devrais te souvenir de lui.»

«Non, ce n'est pas le cas.»

«Pourquoi pas? Il est parti maintenant. Qu'est-ce que cela change?»

«Cela compte parce que tu ne devrais pas avoir à porter le poids de ce que tu as vu tout seul.»

Remy m'a regardé, se radoucissant. «Tu ne pourrais pas le supporter. Les choses que j'ai vues…»

«Tu sais, je ne suis pas aussi impuissant que les gens le pensent. Je suis mince, mais je suis plutôt fort.»

Remy a souri. «Je le sais. Tu es la personne la plus forte que je connaisse. Mais tu as tes propres problèmes à gérer. Au moins j'avais un père, aussi fou était-il. Tu as dû t'élever toi-même.»

«J'avais ma mère,» ai-je rapidement ajouté en me sentant sur la défensive.

«Oui, mais tu n'avais personne pour t'apprendre comment être un homme.»

Cela m'a rendu silencieux. En tant que gay, grandir sans père a toujours été un sujet sensible pour moi. Quand j'étais enfant et qu'il devenait évident pour tout le monde ce que j'étais, j'ai entendu une amie de ma mère dire que si elle n'amenait pas un homme dans ma vie, je deviendrais gay.

Ma mère est immédiatement venue à ma défense en disant qu'il n'y aurait rien de mal à ce que je sois gay.

Elle a dit qu'elle serait fière de moi de toute façon. Cela l'a fait taire.

Mais, l'ayant entendu quand j'étais enfant, l'idée que j'étais gay parce que je n'avais pas de père, a persisté. C'est peut-être même la raison pour laquelle j'ai commencé à observer le vampire de l'autre côté de la rue.

Depuis, j'ai appris que le fait d'aimer les garçons est plus une question de génétique qu'autre chose. Et voir à quel point Hil est gay avec un père comme le leur, m'a beaucoup aidé. Mais, les choses qu'on entend tôt sont difficiles à éliminer. Cela reste dans l'arrière de mon esprit même aujourd'hui.

«Tu as raison. Je n'avais personne pour m'apprendre ce que c'était d'être un homme. Mais est-ce que savoir ce que ton père t'a appris a rendu ta vie meilleure?»

Remy a baissé les yeux pensivement.

«Peut-être pas. Écoute, je n'ai pas voulu dire quelque chose…»

«Tu ne l'as pas fait,» ai-je dit en sachant qu'il ne l'avait pas fait. «Je suis juste en train de te dire que je veux être là pour toi. Je veux t'aider à porter ce qui te pèse. Je suis assez forte. Je peux le supporter. Et je ne veux pas que tu te sentes seul. Pas tant que je suis là,» ai-je dit en serrant son genou.

Remy m'a regardé en réfléchissant. Quand sa décision a été prise, il a dit, «J'ai vu une fois mon père amputer un vampire.»

«Que veux-tu dire?»

«Je veux dire qu'il a commencé par couper chacun de ses doigts avec un sécateur avant de s'attaquer à ses membres à la scie à main.»

Le choc et la nausée m'envahirent. «Je ne comprends pas. Pourquoi?»

«Les vampires ne sont pas autorisés à pénétrer sur le territoire des loups.»

«Et il a juste coupé ses membres comme punition?»

«Et il m'a forcé à regarder,» avoua Remy, la douleur dans les yeux.

«Quoi?»

«Ce n'était pas seulement moi. C'était toute la meute. Je pense qu'il voulait qu'on voie de quoi il était capable si quelqu'un le contrariait. Et je sais que c'était un vampire, et donc mort, mais il a crié comme s'il était encore en vie.»

Je dus me reprendre alors que je digérais l'information.

«Ça va?» demanda Remy en touchant mon genou.

«Donne-moi une seconde,» lui répondis-je sincèrement.

Il le fit et ce fut suffisant pour commencer à assimiler ce que j'avais entendu.

«Donc, tu vois, quand Hil ou toi pensez que je suis comme mon père, ça signifie quelque chose d'un peu différent pour moi.»

«Je comprends,» dis-je avec compassion. J'ai marqué une pause. «J'espère que c'est la chose la plus terrible que tu aies vu ton père faire?»

Remy rit. «Pourquoi ne pas en rester là pour aujourd'hui? On parle d'une vie de choses. J'ai eu le temps de les digérer. C'est peut-être un peu trop à entendre d'un coup.»

«C'est compréhensible,» dis-je, soulagé de ne pas avoir à entendre davantage.

Remy se tourna et fixa le bâtiment colonial coloré devant nous.

«A quoi penses-tu?» demandai-je, effrayée à l'idée de ce que j'allais entendre.

«Tu avais raison. Parler t'a aidé.» Il se tourna vers moi. «C'est beaucoup, tu sais. Mais je me sens un peu plus léger,» dit-il en souriant.

«Je suis content,» dis-je en feignant mon enthousiasme.

«Je n'aurais pas dû te le dire, n'est-ce pas? Je t'ai traumatisé,» dit-il avec regret.

«Non,» dis-je avant de baisser la tête, sachant que c'était un mensonge. «Je veux dire. Oui, c'est beaucoup. Mais c'est ça, le partage du fardeau. Ça signifie que personne n'a à tout porter. On partage la charge. Et, je suis assez fort. Je peux le supporter. Même si, je ne suis peut-être pas encore prêt à retourner à l'intérieur,» dis-je en forçant un sourire.

Me regardant pendant une seconde, Remy tourna la clé et démarra la voiture.

«Où allons-nous?»

«Je pense qu'on peut se prendre le reste de la journée. Il y avait quelques endroits dans le coin que j'avais repérés quand je planifiais comment récupérer Hil.»

«Tu veux dire quand tu l'as enlevé?»

«Pomme de terre, frites.»

«Ce n'est pas la même chose.»

«Eh,» dit Remy en haussant les épaules avant de démarrer.

Nous avons roulé pendant ce qui me sembla être 30 minutes et nous nous sommes finalement arrêtés sur le côté de la route.

«Où sommes-nous?» dis-je en regardant à travers le pare-brise une mer d'arbres devant nous.

«Savais-tu qu'il y a plus de cascades dans cette région qu'ailleurs dans le pays?»

Je me tournai vers Remy, surpris. «Comment sais-tu cela?»

«J'ai dû passer des jours ici à attendre le meilleur moment pour approcher Hil. J'avais beaucoup de temps libre.»

«Alors tu as fait des recherches sur la ville?»

«J'ai fait une recherche sur Google.»

«Et ensuite? Tu as fait de la randonnée?»

«Ton ton me donne l'impression que tu ne comprends pas combien de temps j'avais à tuer.»

Je m'appuyai en arrière dans mon siège et y réfléchis.

«Alors, après que Hil t'ait surpris garé devant leur maison, tu es parti et tu as fait quoi?»

Remy y réfléchit. «J'ai probablement pris un petit déjeuner au diner. J'ai peut-être fait une randonnée que j'avais repérée sur mon application de randonnée.»

«Tu as une application de randonnée?»

«Je l'ai téléchargée quand j'étais ici. Il y a tellement de randonnées ici.»

«Donc, si je comprends bien. Après avoir fait croire à Hil que quelqu'un était ici pour le tuer, tu faisais une promenade dans la nature?»

«Premièrement, il y avait bien quelqu'un ici pour le tuer et ce n'était pas moi. Deuxièmement, tu ne sais pas à quel point ces sentiers sont magnifiques. Je vais te montrer. Viens, allons-y,» dit-il en tapotant ma jambe et en sortant de la voiture.

En suivant Remy dans les bois, je dus admettre qu'il avait raison. J'avais résisté à faire tout cela quand Hil l'avait suggéré parce que, tu sais, les insectes. Mais, je n'avais jamais vu un endroit aussi beau de ma vie.

Les arbres luxuriants qui s'étendaient à perte de vue, le ruisseau babillant que nous croisions à plusieurs reprises, m'apaisaient. Et quand, après un kilomètre, on est arrivé à un étang alimenté par une cascade, j'étais prête à m'asseoir et à tout prendre.

«Je ne savais pas que des endroits comme celui-ci existaient,» avouai-je, submergé par tout.

«J'ai pensé la même chose.»

«Mais tu te moques constamment de Cali pour être d'ici?»

«Oh, le fait d'être d'un bel endroit ne l'empêche pas d'être un plouc. Les deux peuvent être vrais,» dit Remy avec un sourire diabolique.

Je ne voulais pas, mais j'ai ri.

«Cali est un bon gars,» ai-je précisé.

«Je sais, je sais. Il est parfait. Jamais il n'a regardé son père démembrer ancien humain. Je comprends. Il est mieux que moi.»

«Il n'est pas mieux que toi. Il n'est pas aussi mauvais que tu le fais croire. Tu sais qu'il pourrait finir par être ton beau-frère, n'est-ce pas?»

«Et j'en serai heureux. J'aurai juste à inventer quelques autres blagues sur les ploucs pour varier un peu. Mais c'est ce qu'on fait pour la famille,» dit-il avec un sourire narquois avant de défaire les boutons de sa chemise.

«Qu'est-ce que tu fais?»

«Tu pensais que je t'avais emmené ici pour te montrer les arbres? On est ici pour te déshabiller,» dit-il avec un sourire malicieux.

Je ris, ne sachant pas s'il était sérieux. Il s'est avéré qu'il l'était. J'ai regardé Remy se déshabiller complètement puis plonger tête première dans l'eau. J'étais stupéfait.

«Viens, l'eau est parfaite.»

J'ai regardé autour de moi en me demandant si Remy avait perdu la tête.

«Tu plaisantes? Nous sommes au milieu de nulle part. Nous pourrions être dévorés par un ours ou quelque chose du genre.»

«Je crois que tu as occulté l'aspect le plus important de ce que tu viens de dire. Nous sommes au milieu de nulle part. Il n'y a personne à des kilomètres à la ronde,» dit-il en s'avançant dans l'eau.

«C'est bien ça, donc il n'y aura personne pour m'entendre crier.»

«Exactement. Il n'y a personne pour t'entendre crier,» dit-il, d'un air satisfait d'avoir fait valoir son point.

Mon cœur battait la chamade en fixant l'homme que j'avais désiré toute ma vie. Il était magnifique. Avec ses pommettes saillantes et sa mâchoire ciselée, on aurait dit qu'il avait été créé en marbre.

«Vas-tu me rejoindre?»' demanda Remy de manière suggestive.

«Je ne devrais pas,» dis-je en proie à la confusion.

«Mais le feras-tu? J'apprécierais tellement que tu le fasses», dit-il d'une voix séduisante.

Les yeux ardents de Remy s'ancrèrent dans les miens. J'avais l'impression de ne plus être maître de moi-même. Je devais le rejoindre. Je devais être près de lui. Alors, me levant et retirant mes vêtements, je le fis.

«Cette eau n'est pas parfaite. Elle est glaçante!» M'exclamai-je en émergeant.

«Alors laisse-moi te réchauffer», dit Remy en m'attirant vers lui.

Trouvant un endroit où il pouvait se tenir debout, Remy me serra dans ses bras. Sa chair nue contre la mienne. Je pouvais sentir chaque parcelle de lui, son torse musclé, son ventre plat et son sexe de plus en plus dur.

«Je, euh, je ne veux pas te donner de fausses idées», lui dis-je en perdant peu à peu le fil de mes pensées.

«Et quelle idée serait-ce?» dit-il, ses lèvres assez proches de mon oreille pour que je sente son souffle ardent.

«Que je veux que quelque chose se passe entre nous.»

«Je ne ferais jamais plus que ce que tu voudrais que je fasse. Qu'est-ce que tu veux que je fasse, Dillon?» Demanda-t-il, me donnant des frissons dans le dos.

En un éclair, mon sexe se durcit. Se contractant contre son ventre, il le sentit.

«Qu'est-ce que tu veux que je fasse, Dillon?»

Si nous n'avions pas été dans l'eau froide, j'aurais transpiré.

«Je veux que tu…»

«Que quoi?»

«Que tu m'embrasses,» dis-je en tremblant.

En pressant sa joue contre la mienne, nos mentons se touchèrent. C'était suffisant pour qu'il rapproche ses lèvres des miennes. Sentant sa chair chaude se presser contre moi, je ne réagis pas. Je ne sais pas pourquoi, mais je me sentais timide. C'était comme si c'était ma première fois. Et sans que j'ai à le lui demander, il devint mon professeur volontaire.

Doucement, écartant mes lèvres, je sentis sa langue toucher la mienne. Cela faisait scintiller mon esprit. La caressant et la poussant, elle invitait la mienne à se joindre à la sienne. Lorsque nos deux langues dansèrent, sa domination sur moi fut évidente. J'étais à lui, à disposer comme il le souhaitait, et je le voulais totalement.

Perdu dans notre baiser, je fus de nouveau conscient de la sensation de son sexe dur frottant contre le mien. Mon sexe n'était pas petit mais la sensation du sien, plus grand, me privait encore plus de ma volonté.

Sa main droite enveloppa mon derrière. Son doigt effleura légèrement mon ouverture. Il l'utilisa pour guider mes hanches.

«Que veux-tu d'autre que je fasse?» demanda-t-il à nouveau, murmurant à mon oreille.

Je ne répondis pas.

Il frotta son sexe contre le mien, me remplissant de pensées.

«Dis-moi ce que tu veux», insista-t-il en dérogeant ma résistance.

«Je veux…»

«Qu'est-ce que tu veux dis moi?»

«Je veux…» recommençai-je, instantanément enivré par la pensée.

«Dis-le moi,» ordonna-t-il. «Je veux t'entendre le dire.»

«Je veux que tu me fasses l'amour» dis-je en sachant que c'était vrai.

Immédiatement, me soulevant dans son bras, je m'accrochai à lui. Avec mes bras autour de son cou, ma timidité avait disparu. Alors qu'il nous menait vers la cascade, j'embrassai ses lèvres. Je ne savais pas où il m'emmenait, mais tant que j'étais avec lui, je m'en fichais.

Pénétrant dans la cascade, l'eau nous enveloppa. La sensation était intense. Mon cœur battait à tout rompre. Alors que nous nous tenions là, je pouvais sentir son gland pénétrer entre mes fesses. Il cherchait mon orifice et je voulais qu'il le trouve. Quand ce fut le cas, je détendis mes jambes, sentant son gland se presser contre moi. C'était enivrant.

En voulant plus, je remuai les hanches pour essayer de le faire entrer en moi. Je ne sentais que la pression. Laisser tout mon poids s'appuyer sur son sexe, je suppliai en silence de le sentir «pénétrer». Il ne le fit pas. C'était l'eau. Le frottement était trop intense.

C'est alors que, mon derrière toujours blotti dans son bras, nous passâmes sous la cascade pour arriver de l'autre côté. L'écho des éclaboussures me fit comprendre que nous étions dans une grotte. L'étang était moins profond ici.

Me sortant de l'eau, Remy me déposa sur le doux sol de la rive. Ne voulant pas rompre notre baiser, je m'accrochais aussi longtemps que je le pouvais. Ça ne dura pas longtemps. Et une fois le contact rompu, il saisit l'arrière de mes genoux et releva mes fesses dans l'air.

La sensation de la langue de Remy sur mon orifice était électrique. Je n'avais jamais rien ressenti de tel. Si je ne l'avais pas déjà été, j'aurais repris de l'érection. Me tortillant sous sa caresse, mon orifice s'ouvrit pour lui. Et lorsque le bout de sa langue titilla l'intérieur de mon ouverture, nous savions tous les deux que j'étais prêt.

Glissant son corps le long du mien, il plaça mon tendon d'Achille contre son épaule et se pencha pour embrasser mes lèvres. Sa langue pénétra à nouveau ma bouche. Elle était la bienvenue.

Alors qu'il écartait mes lèvres, son gland toucha mon ouverture. En enroulant ma langue autour de la sienne, mon esprit virevolta lorsque son gland la pénétra.

La douleur me submergea. Sa taille me faisait mal jusqu'à ce qu'il soit en moi. Mes entrailles se resserrèrent autour de son sexe.

Il s'introduit lentement en moi, je reste figé sentant chaque centimètre de lui. C'était tellement bon que j'aurais pu pleurer. Avec son bassin contre mes fesses et son sexe enfoui en moi, il se retire doucement. Mon homme n'est pas seulement épais, mais il est long. Ça a pris une éternité pour que sa tête se retire.

Mais quand il le fait, il se repositionne sur moi et se repousse à l'intérieur. Remy me baise. Je n'étais pas prêt pour ça mais je ne voulais pas qu'il s'arrête. Il me remplit complètement. Mes yeux se convulse de plaisir. Et quand il prend ma bite dure dans sa main et me masturbe au rythme de sa baise, je perds le contrôle.

«Ahhh,» je gémis lui disant que je suis proche.

«Ouais,» il gémit me donnant la permission de jouir.

Il me baise plus fort, je hurle. Il n'y a personne autour donc je peux. Je laisse tout sortir de moi.

«Oui! Oui!» criai-je.

«C'est ça. Je veux l'entendre.»

«Baise-moi. Baise-moi plus fort.»

Remy obéit immédiatement. Je n'ai jamais été baisé aussi fort de ma vie. S'il ne me maintenait pas, j'aurais glissé. Et quand les picotements ont enflammé mon corps, ils ont dansé à travers moi, se posant sur mes couilles.

«Je jouis, je jouis,» je crie alors que mes orteils se recroquevillent presque au point de se briser.

«Ahhhhhh,» je crie alors que mon corps se crispe douloureusement puis se relâche.

Alors que j'asperge le corps de Remy de mon jus, Remy remplit mes entrailles. Il ne lui a pas fallu longtemps pour s'écrouler sur moi. Il était épuisé. Moi aussi.

Autant sentir son corps toucher la peau sensible de ma bite me faisait frissonner, envelopper mes bras autour de Remy me détendait. Tout était si bon que je pouvais à peine penser correctement. Il était chaud et confortable et il n'y avait nulle part ailleurs dans le monde où je voulais être. Je ne voulais jamais que cela se termine.

«Je t'aime,» murmura Remy dans mon oreille.

«Moi aussi je t'aime,» murmurai-je en retour.

«Je ne veux plus jamais être séparé de toi,» dit-il avec une émotion déchirante.

«Tu es le seul homme que j'ai jamais voulu,» lui dis-je sachant que je ne pourrais plus le quitter même si j'essayais.

On avait l'impression qu'on était restés allongés ensemble pour toujours, mais finalement, il fallait se lever. Sachant qu'il fallait se laver, nous sommes retournés à la baignoire glaciale d'un étang. Sous la douche de la cascade, je ne pouvais pas quitter Remy des yeux. Il devait être l'homme le plus beau du monde et il était à moi. J'étais prêt à me battre à mort pour l'avoir. Remy était devenu mon tout.

En retour à la chambre d'hôtes des heures après notre départ, nous trouvons Cali et Hil sur la terrasse arrière en conversation avec deux gars.

«Ce sont mes frères, Titus et Claude,» dit Cali à notre grande surprise.

Ce n'était pas qu'ils ne lui ressemblaient pas. Ils lui ressemblaient. C'est juste que Claude était noir et qu'il était plus foncé que moi.

Encore à la recherche de la ressemblance familiale, elle était incontestable. Quand ils souriaient, leurs fossettes cratériformes avalaient leur visage. Dieu, ils étaient sexy. Et si j'ai bien compris leur allusion passagère, Titus sortait aussi avec un gars. Incroyable!

«Je pensais qu'ils pourraient nous aider avec ce sur quoi tu travailles,» dit Cali à Remy.

«Pourquoi tu penses ça?» répond Remy en usant de son sourire pour masquer sa colère.

«Ils m'ont aidé à garder Hil en sécurité quand…»
«Quand je suis venu le chercher?»

«Quand on a failli être tué par une bombe,» dit Cali agacé.

«D'accord. Et je leur suis reconnaissant. Mais je suis sûr que ces messieurs ont mieux à faire que… m'aider à déménager,» dit Remy en parlant en code.

«Ce sont mes frères. Si je leur demande de «t'aider à déménager», ils le feront. Et je pensais que tu serais reconnaissant parce que nous avons besoin d'aide.»

«On n'a pas besoin d'aide.»

«Tu penses qu'on peut s'en sortir tous les quatre?» dit Cali en se moquant de Remy.

«Bien sûr que non,» dit Remy sur la défensive. «C'est pour ça qu'on engage des professionnels.»

«Des professionnels pour… t'aider à déménager?»

«Ouais.»

«Tu connais des professionnels qui pourraient t'aider à déménager?»

Remy était sur le point de déployer son charme pour clore la discussion quand il s'est figé. Son charme avait disparu.

«Oui,» dit Remy surpris.

Il se tourne vers moi, «J'en connais un qui peut aider,» dit-il rayonnant.

«Tu fais allusion à qui?» lui demandai-je, ne m'attendant pas à ce qui allait se passer ensuite.

Chapitre 13

Je m'élançais à travers les portes du centre communautaire, impressionné par l'agitation intérieure. Des enfants couraient de salle en salle tandis que des bénévoles offraient du tutorat, cuisinaient des repas et distribuaient des dons. Dillon avait créé quelque chose d'incroyable ici.

Mon regard balayait la foule jusqu'à ce qu'il se pose sur lui. En le trouvant, mon cœur manquait un battement. Il était difficile de croire qu'il était enfin à moi. La seule chose qui nous empêchait encore d'être complètement ensemble était Armand et le fait de le sortir de l'image était l'objectif de la journée.

«Salut toi,» dit Dillon, s'approchant avec un sourire timide qui me faisait fondre.

«Cet endroit a l'air génial. Tu as vraiment créé quelque chose de spécial ici,» lui dis-je sincèrement.

Les joues de Dillon se teintèrent d'une couleur rose à la suite du compliment. «Nous l'avons fait tous les deux. Rien de tout cela ne serait arrivé sans toi non plus.»

Je commençais à protester, mais je me retins. Dillon avait raison mon rôle dans tout cela ne pouvait être nié. Mais son cœur et sa vision étaient ce qui avaient donné vie à cet endroit.

«Est-ce que tout le monde est là?» lui demandais-je, changeant de sujet.

Il acquiesça. «Presque tout le monde. Ils attendent dans mon bureau. Je te préviens, Cali est un peu plus tendu que d'habitude.»

«D'accord, qu'est-ce que tu lui as dit?» plaisantais-je.

«Rien!» déclara-t-il avec ses magnifiques yeux couleur chocolat au lait qui me dépouillaient de mes défenses.

«Tu n'as pas mentionné quelque chose au sujet des duels de banjos, n'est-ce pas? Parce que je garde celui-là en réserve pour moi.»

«Je ne connais pas la référence,» dit Dillon me regardant perplexe.

«Il y a une scène dans ce classique du cinéma appelé «Délivrance» où deux péquenauds kidnappe ce gars et lui disent de crier comme un porc. Crier comme un porc! Crier comme un porc!» j'ai récité en puissant accent péquenaud.

«Remy, la seule raison pour laquelle il est là est pour aider. Peux-tu être gentil avec lui jusqu'à ce qu'il arrête de risquer sa vie pour nous?»

Je baissais la tête sachant que l'amour de ma vie avait raison. «Quand il s'agit de Cali, je ne peux pas m'en empêcher. Il est tellement facile de se moquer de lui.»

«Essaie. Pour moi. S'il te plait,» demanda Dillon, me persuadant ainsi.

«Tout pour toi,» lui dis-je avant de le serrer par les épaules et de l'embrasser. Cela faisait trop longtemps que je ne l'avais pas fait.

«Devrions-nous le faire?» demanda Dillon lorsque je le laissais partir.

«Il n'y a pas de temps comme le présent,» lui dis-je avant de le conduire à son bureau.

En entrant, je regardais autour de moi. Cali se promenait anxieusement pendant que Hil et l'ami du FBI de Dillon, Jimmy, étaient assis sur le canapé.

«Où est ton ami professionnel?» demanda Hil me voyant seul.

«Ouais. Où est ce génie du crime dont tu ne cesses de te vanter,» s'exclama Cali.

Mon regard se tourna vers Jimmy.

«Génie du crime aux jeux de société, tu veux dire,» précisais-je.

«Aux jeux de société?» demanda Cali ne comprenant pas pourquoi je l'avais dit.

«Oui. C'est ce que je t'ai dit, tu te souviens. Il n'y a personne que je connais qui puisse le battre au 'Clue'.»

«De quoi tu parles?» demanda-t-il confus.

Jimmy interrompit Cali. «Écoute, je me fiche des jeux auxquels il est bon. La seule question qui importe, est-ce qu'il peut nous aider à faire tomber Armand?»

«Est-ce la position officielle du FBI?» je demandais tendu.

«Oh,» dit Cali avant de reprendre sa marche.

«Tout ce que le Bureau veut, c'est mettre le plus grand chef du crime loup-garou de New York derrière les barreaux.»

Cali s'arrêta fixant silencieusement Jimmy.

Je répondis, «Loup métamorphe. On les appelle des métamorphes-loups.»

«Les métamorphes-loups. Peu importe», répond Jimmy, agacé. «Le fait est que rendre les rues sûres pour les humains est tout ce qui intéresse le FBI.»

«Bien. Gardons cela à l'esprit,» ai-je dit juste à temps pour mon as secret de faire son entrée.

«Désolé pour le retard,» dit un accent français attirant notre attention. «C'était difficile de trouver un parking qui ne mène pas à mon assassinat,» plaisanta-t-il avec un sourire.

Mon cousin à la mode s'avança et regarda autour de lui. «Ah, les Américains», dit-il, rejetant immédiatement notre équipe hétéroclite.

«Qui diable est-ce?» Cali gronda détestant instantanément tout de lui.

Je souriais. «Le plus grand maître des jeux que tu aies jamais rencontré.»

Lucien haussa un sourcil. «Qu'est-ce que c'est, «maître des jeux?»«

«Lucien, j'aimerais que tu rencontres Jimmy. Il travaille avec le FBI.»

Une lueur de réalisation traversa le visage de mon cousin. «Ah! Maître du jeu, comme, comment dit-on, jeux vidéo? Oui. Bien sûr,» dit-il en serrant la main de Jimmy.

Jimmy nous regarda, peu impressionné par notre subterfuge. «Devrions-nous passer aux choses sérieuses?»

«Oui, nous le devrions,» déclara Lucien en se posant à côté de moi. «Qu'est-ce que nous sommes ici pour faire, encore?»

Jimmy me regarda, agacé. «Il ne sait pas?»

«Bien sûr, il ne sait pas,» dit Cali en reprenant sa marche encore plus tendu.

«Il sait!» je précisais. «Mais, je vais le redire pour que nous ayons tous la même information. Nous sommes ici pour voler des livres à Armand.»

«Des livres?» demanda Lucien perplexe.

«Des livres de comptabilité,» ajouta Jimmy. «Une source du FBI nous informe qu'il garde deux séries de registres financiers. L'un est précis. L'autre est pour l'IRS. Si nous pouvons obtenir les deux, nous pouvons le mettre en prison pour fraude fiscale.»

Hil rit. «Après tout ce qu'il a fait, il va tomber pour fraude fiscale?»

«À moins que tu ne puisses nous trouver une liste de tous ceux qu'il a tués et des armes du crime qu'il a utilisées, la fraude fiscale est la seule chose que nous ayons,» Précisa Jimmy à Hil.

«Alors ce sera la fraude fiscale,» dis-je avec un sourire. «Mais, le problème c'est que nous ne savons pas où il garde les livres.»

«En fait, nous savons où il les garde,» dit Jimmy en me corrigeant. «Ils sont dans le coffre-fort de l'endroit où il se trouve. Il n'est jamais loin d'eux plus de huit heures.»

«Ce qui nous aide,» je réalisais.

«Si tu considères qu'ils sont toujours protégés par des gardes armés comme une aide,» précisa Jimmy.

«Je m'en souviens,» dit Cali touchant inconsciemment sa blessure par balle.

«Nous nous en souvenons tous,» ajouta Hil.

Jimmy regarda autour de lui, confus.

«Nous avons tous eu des accrochages avec Armand auparavant,» expliquais-je à Jimmy.

«Je vois. Et maintenant tu te maries avec sa fille?»

«Pas si je peux l'éviter,» lui dis-je en prenant la main de Dillon.

Les yeux de Jimmy se posèrent sur nos doigts entrelacés avant de revenir vers mes yeux en réalisant. Les yeux de Lucien firent de même.

«Je comprends,» dit Jimmy à Dillon comme s'il mettait les choses en place.

«Ouais,» confirma Dillon.

«D'accord alors. Que faisons-nous?» demanda Jimmy à nous tous.

Nous nous sommes tous regardés jusqu'à ce que nos regards s'arrêtent sur Lucien qui semblait perdu dans ses pensées.

«Ne vous occupez pas de moi. Continuez,» dit Lucien d'un ton désinvolte.

«Tu as quelque chose à partager avec le groupe?» demandai-je à mon cousin avec appréhension.

«Sur ceci? Non. Sur l'organisation de la fête de fiançailles de mon cousin, peut-être», dit-il avec un sourire en coin.

«Fête de fiançailles?»

«Tu ne penses pas que ton meilleur ami laisserait passer cette occasion monumentale sans organiser une fête de fiançailles?» demanda-t-il, offensé.

J'allais lui expliquer que je n'envisageais pas de me marier quand il continua.

«Le seul problème est que je suis en visite depuis la France. Pour le nombre de personnes que la famille de la mariée voudrait inviter, je ne pourrais jamais trouver assez d'espace. Et puis, il y a la sécurité. Si seulement quelqu'un avait un lieu adapté où nous pourrions organiser une fête,» conclut-il avec un sourire entendu.

Jimmy fixa Lucien. «Cela pourrait marcher,» dit-il, abasourdi.

«Génial!» dis-je en commençant à croire que nous pourrions y arriver.

«Comment dit-on, 'meneur de jeu'?» plaisanta Lucien.

«Peu importe», dit Cali, enfin assez détendu pour s'asseoir.

«Je suppose que tu ne vas pas me dire où tu as été pendant la semaine et demie passée,» me demanda Eris alors que nous étions assis l'un en face de l'autre au Le Bernardin.

Je pris ma boisson et en pris une gorgée. «Si seulement j'avais le temps,» ai-je répondu, pour qu'elle comprenne la référence.

«Je vois que tu as jeté la montre.»

«Je n'aimais pas la trace qu'elle laissait,» dis-je en touchant mon poignet.

Eris me regarda avec connaissance. «Je pourrais nier savoir de quoi tu parles.»

«Tu pourrais, mais pourquoi insulter notre intelligence?»

«Ce n'était pas mon idée,» dit doucement Eris.

«Vraiment?» dis-je avec scepticisme.

«Penses-tu vraiment que je sache comment mettre un traceur dans une montre transparente?»

«Non. Mais je suis sûr que tu pourrais trouver quelqu'un qui pourrait le découvrir.»

Eris ne répondit pas. Regardant ailleurs avec culpabilité, elle se tourna vers moi, plus déterminée.

«Remy, pourquoi devons-nous être à l'opposé l'un de l'autre?»

«Parce que ce que tu veux n'est pas ce que je veux, et tu es une psychopathe.»

«Je ne le suis pas,» dit-elle vulnérable.

«C'est certainement pas ce qu'une psychopathe dirait,» dis-je en prenant une autre gorgée.

«Écoute, Remy, j'ai pas autant envie d'être mariée à toi que tu n'as envie d'être marié à moi,» dit-elle en laissant tomber le masque.

«Si c'est le cas, alors annulons tout. Partons, oublions que tout cela s'est passé.»

«Alors, tu préférerais que mon père tue tous ceux que tu connais?»

«Tu as raison. Tu n'es définitivement pas une psychopathe. Qu'est-ce que je pensais?»

«Est-ce que je me trompe? Peux-tu voir un scénario où mon père choisit de s'éloigner tout en te laissant garder ton entreprise ou ta vie? Dis-moi, le vois-tu? Vois-tu quelque chose comme ça arriver?»

J'y ai réfléchi. Elle avait raison et je le savais.

«C'est ce que je pensais. Et envisages-tu un scénario où je ne suis pas mariée à un prince imbécile qui ne se soucie pas de moi?»

J'y ai réfléchi aussi.

«Alors, ce que je fais, je le fais pour survivre. Et je suis désolée que tu aies été le meilleur de mes options véritablement horribles, mais c'est le cas. Alors, tu vas apprendre à vivre avec ça, et tu vas le faire sans me faire me sentir merdique pour le restant de ma vie.»

«Je mérite aussi le bonheur, tu sais. Et si tu nous donnes une vraie chance, peut-être que ce ne serait pas ce que l'un de nous veut, mais peut-être qu'il y a une façon dont on pourrait quand même être heureux,» dit-elle sincèrement.

J'ai baissé la tête en considérant ce qu'elle avait dit. Elle n'avait pas tort. Elle était dans une situation aussi merdique que la mienne. Nous étions tous les deux piégés. Il n'y avait pas à le nier.

J'ai soupiré en résignation.

«C'est un peu pour ça que je nous ai emmenés ici.»

«Quoi?» demanda Eris, confuse.

«Tu as demandé où j'ai été ces derniers jours. C'était un endroit où je pouvais clarifier mes pensées. Tu as raison. Tu avais raison. Ton père ne s'en va pas. Que cela me plaise ou non, c'est ma nouvelle réalité. Soit je l'accepte, soit je meurs en la combattant. Comme toi, je suis un survivant.»

«Alors, qu'est-ce que cela signifie?» Demanda-t-elle avec appréhension.

«Cela signifie que tu gagnes. Je ne vais plus me battre. Il y a un chemin quelque part qui me permet d'être heureux et je vais le prendre.»

«Vraiment?» demanda-t-elle avec suspicion.

«C'est le cas,» dis-je résigné.

«C'est bien,» dit Eris, sceptique.

«C'est comme ça.» Je me suis tourné vers la porte. «Oh. Et à ce propos, il y a quelqu'un que je veux que tu rencontres.»

J'ai fait signe pour attirer l'attention de Lucien.

«C'est qui?»

«C'est Lucien. Il va être mon témoin.»

En me levant lorsque Lucien approcha de la table, je lui ai donné une bise sur chaque joue et lui ai montré une chaise.

«Eris, voici mon cousin, Lucien. Lucien, voici ma fiancée, Eris.» dis-je en m'asseyant.

Lucien la regardait comme s'il avait vu le Christ.

«Remy, tu ne m'as pas dit à quel point elle est belle.»

Eris, fascinée par mon cousin charmant, se laissa fondre sous son regard.

«Il a tendance à oublier ça,» dit-elle en lui tendant la main.

Après qu'il l'ait embrassée comme si elle était le pape, j'ai dit : «Eh bien, c'est assez.»

Lucien me regarda. «Sens-je un peu de jalousie?»

Je me suis tourné vers Eris. «Ne prête pas attention à ce qu'il dit. Il a toujours été attiré par tout ce qui m'appartient.»

«Est-ce que je t'appartiens?» demanda Eris, intriguée.

«Tu le feras,» ai-je répondu.

«Je vois,» dit-elle amusée. «La dernière fois que j'ai vérifié, je n'appartenait à personne, et c'est un plaisir de te rencontrer, Lucien,» dit-elle avec un sourire.

«Le plaisir est tout à moi.»

«D'accord!» dis-je pour briser leur petit moment.

«Tu es jaloux! Qui aurait cru qu'il suffisait de ça?» dit Eris en riant.

«Oui, et bien, comme je l'ai dit, je peux voir un chemin vers le bonheur, et je suis prêt à faire ce qu'il faut pour le défendre.»

«J'aime ce nouveau toi,» Eris a dit, ravie. «Et, si les choses ne marchent pas entre nous deux, peut-être que nous trois devrions y essayer.»

«Ça suffit!» ai-je dit en retenant ma colère.

Eris a ri.

«Remy, détends-toi,» a dit Lucien. «Je suis simplement très heureux de rencontrer la femme avec qui mon cousin favori va passer le reste de sa vie.»

«Oui, j'en suis sûr.»

«Je le suis», a-t-il dit innocemment.

«De toute façon,» ai-je dit en changeant de sujet. «J'ai invité Lucien ici aujourd'hui parce qu'il avait une idée.»

«Oui,» a dit Lucien en prenant la parole. «Je pensais que, puisque Remy ne va se marier qu'une fois, je voudrais lui organiser une fête.»

«Tu veux dire un enterrement de vie de garçon?» a demandé Eris.

«Eh bien, oui. Mais aussi quelque chose de plus formel. Quelque chose où nos deux familles pourraient apprendre à mieux se connaître.»

«Comme une fête de fiançailles?» a confirmé Eris.

«Oui! Comment dit-on? Une fête de fiançailles.»

Eris m'a regardé. «Et ça te va?»

«Ce n'est pas mon idée.»

Eris a plissé les yeux en me regardant.

«Penses-tu que ta famille viendrait?»

«Tu veux dire compte tenu du fait que ton père a tiré sur le petit ami de mon frère et ensuite ruiné les funérailles de mon père?»

«Qu'est-ce que c'est?» a demandé Lucien. «A ruiné les funérailles de ton père…»

«Ce n'est rien,» a répondu Eris. «De l'eau sous le pont. Il s'agit de commencer nos nouvelles vies ensemble. Un nouveau départ.»

«Oui, un nouveau départ,» a dit Lucien avec enthousiasme.

«Qu'en penses-tu, Remy? Ta famille viendrait-elle?»

«Nous avons le choix?»

«Bien sûr. Une fête de fiançailles serait une célébration. Si tu vois vraiment un chemin vers le bonheur, je pense que c'est une étape à franchir.»

J'ai considéré ce que Eris avait dit. «Je n'organiserai pas une fête de fiançailles.»

«Tu n'as pas besoin de le faire. Nous pourrions louer un lieu,» a suggéré Eris.

«Ah!» Lucien a gémi. «Vous les Américains êtes si impersonnels.»

«Et si on faisait ça chez mon père à Long Island? C'est grand mais personnel. Et tu peux sortir sur la plage.»

«Ah, la plage,» a dit Lucien intrigué. «Ça a l'air bien, non?»

J'ai hésité. «Je ne sais pas si je serai prêt pour ça. Il s'est passé beaucoup de choses entre nos deux familles.»

«C'est une raison de plus pour le faire. S'il te plaît, Remy, j'ai pardonné beaucoup de choses et tu le sais. Je le mérite. Fais-moi ce cadeau.»

J'ai regardé Eris avec sincérité. «Tu as raison, tu mérites ça. Je parlerai à ma famille. Tout le monde sera là.»

«Oh Remy, merci,» a-t-elle dit en serrant ma main de l'autre côté de la table. «Je suis tellement excitée.»

«Moi aussi,» lui ai-je dit avant de me tourner vers Lucien qui m'a salué d'un clin d'œil.

Quand le dîner fut terminé, j'ai dit à Eris que j'allais passer un peu de temps avec Lucien puisque j'étais la raison de sa présence en ville et qu'il ne connaissait personne d'autre ici. Autant que je puisse le dire, elle a accepté l'excuse, donc c'est devenu ma méthode chaque fois que nous avions besoin de nous retrouver pour discuter des plans.

«Rappelle-moi encore comment on va entrer dans le coffre-fort,» a exigé Cali, aussi tendu que jamais.

«Remind me of getting into the safe is your job,» ai-je rétorqué.

«Non, mais…»

«Alors pourquoi ne te concentres-tu pas seulement sur ta part du plan et ne gâches pas ça,» ai-je répliqué en le faisant taire.

«D'accord, alors comment tu me le rappelles,» a dit Jimmy en se levant de façon menaçante. «Compte tenu du fait que le FBI finance cette petite entreprise, je pense que le Bureau a le droit de savoir.»

Mon regard a fait la navette entre Cali et Jimmy qui se sont maintenant regroupés contre moi. Une part de moi voulait leur dire d'aller se faire voir mais je devais admettre que les jouets de Jimmy étaient amusants.

«Disons simplement que le travail que j'ai fait pour mon père nécessite des compétences uniques.»

«Alors, tu vas ouvrir le coffre,» a demandé Jimmy de manière abrupte.

Ne faisant pas entièrement confiance à Jimmy, je n'étais pas sur le point de répondre à ça. «Si je rencontre un coffre, ça ne m'empêchera pas d'obtenir ce que je veux.»

L'eyebrow of Jimmy s'est levée de manière suspecte. «Devrions-nous faire un plan de contingence pour tout type d'explosion?»

«Seulement si nous prévoyons aussi de cacher du C4 dans le gâteau. Allons-nous stocker du C4 dans le gâteau?»

Jimmy a regardé Cali, Hil, et Lucien. «Nous le ferons?»

«Non!» ai-je répondu, agacé. «Ne penses-tu pas que ça aurait été quelque chose que nous aurions discuté avant maintenant? Tu penses qu'en préparant un gâteau avec du C4 dedans est quelque chose qu'on sort de son cul deux jours avant le boulot?»

«Remy, puis-je te parler dehors?» a dit Dillon en captant mon attention.

Je me suis retourné vers Jimmy, préférant continuer à le faire passer pour un idiot, mais j'avais du mal à ne pas donner à Dillon ce qu'il voulait.

«D'accord,» ai-je dit en donnant à Jimmy un regard du coin de l'œil.

Suivant Dillon hors de son bureau et sur la rue, il a attendu que la porte se ferme avant de se tourner vers moi.

«Remy, qu'est-ce que tu faisais là-dedans?»

«Tu m'as entendu. Je répondais à un tas de questions stupides.»

«Non, tu ne l'as pas fait. Tu attaquais les gens qui sont ici uniquement pour nous aider à avoir une vie ensemble.»

«Dillon, ils me traitent comme si je ne savais pas ce que je faisais.»

Dillon a secoué la tête avec tristesse dans les yeux. «Remy, ils te traitent comme s'ils ne savaient pas ce qu'ils faisaient. Et ils ne le savent pas. Le plus que Cali ait jamais fait est de t'aider à sauver Hil quand Armand l'a kidnappé. Et jusqu'à maintenant, Jimmy n'a fait que du travail de bureau. Tu dois garder cela à l'esprit quand tu leur parles.»

«Oui, mais…»

«Pas de «mais». Je sais que toi et Lucien avez eu une vie pleine de ce genre de choses. Mais personne d'autre ici n'a vécu ça. Tu dois prendre ça en compte. Nous avons tous terriblement peur que quelque chose ne se passe mal. Armand a déjà tiré sur Cali une fois. Nous savons de quoi il est capable. Aide-nous à avoir confiance en le plan,» Dillon a plaidé avec ses doux yeux marron grands ouverts.

En regardant l'homme que j'aimais, je me suis rendu compte que j'avais un problème. Pour le reste de notre vie ensemble, je ne serais jamais capable de lui dire non. Il me tenait sous son charme.

«Tu as raison. Je ferai de mon mieux. On est bien?» demandai-je affectueusement en lui serrant les épaules.

«Toujours,» répondit-il en me regardant avec une étincelle dans les yeux.

En l'embrassant sous les lampadaires, je me suis rappelé à quel point j'étais chanceux d'avoir un homme comme Dillon à mes côtés. Il était tout ce que je n'étais pas. Il m'aidait à être la personne que j'ai toujours souhaité être.

En revenant vers le centre et le bureau, je m'adressai à tout le monde.

«D'accord, on va revoir ça ensemble. Et on continuera jusqu'à ce que tout le monde ici soit à l'aise avec ce qu'il a à faire,» dis-je en regardant Dillon.

Le sourire qu'il me rendit en réponse fit fondre mon cœur.

«Demain, je proposerai à Eris qu'elle et moi passions la nuit chez Armand pour ne pas avoir à faire face au trafic de samedi après-midi vers Long Island. Sachant que son père ne sera pas là, elle n'aura aucune raison de ne pas être d'accord. Une fois là-bas, et que je serai sûr qu'Eris est endormie, j'utiliserai ce gadget utile,» dis-je en montrant le détecteur de métal sophistiqué que Jimmy avait fourni par le FBI.

«Avec, je chercherai dans les murs de la chambre et du bureau d'Armand son coffre-fort en métal que le detector devrait facilement trouver. Une fois que je l'aurai trouvé, je l'ouvrirai.»

«Mais, les registres n'y seront pas encore,» a souligné Jimmy.

«La maison ne sera pas non plus grouillante de gardes. De cette façon, si ça me prend un peu plus de temps pour découvrir la combinaison, aucun problème.»

«Entendu,» acquiesça Jimmy.

«Et une fois que je l'aurais, j'irai me coucher. Le matin, je prendrais le petit déjeuner avec Eris et j'attendrai l'arrivée du traiteur.»

«C'est à ce moment-là que j'arrive,» intervint Dillon.

«Oui. Parce que si l'équipe de sécurité d'Armand est à la hauteur, avant l'arrivée de quiconque, ils vont procéder à une recherche de micros. Ils ne pourront pas le faire une fois que le traiteur et les organisateurs commenceront à tout mettre en place. Ce sera trop occupé. Ce qui signifie que toi, Dillon, tu peux arriver en tant que membre de l'équipe des organisateurs et planter les micros et les répéteurs dont nous aurons besoin pour communiquer avec la camionnette de Jimmy qui sera garée à un quart de mille de là.»

«Je suis toujours mal à l'aise de ne pas pouvoir venir t'aider si quelque chose tourne mal,» ajouta Jimmy.

«Que peut-on faire? Entrer en courant, les armes à la main? Si tu n'as pas été abattu au moment où tu as posé le pied sur la pelouse, tu as été déchiqueté par les loups. Dans le meilleur des cas, Armand serait arrêté pour t'avoir tué, mais s'en sortirait avec une tape sur les doigts pour avoir défendu sa propriété.»

La mâchoire de Jimmy se contractait.

Je me suis tourné vers Dillon, entendant sa voix dans ma tête. Il n'avait pas besoin de dire quoi que ce soit pour que je m'approche de Jimmy en posant une main sur son épaule.

«Écoute, ça va aller. Tant que tout le monde fait ce qu'il a à faire, nous serons tous entrés et sortis avant qu'Armand ne sache qu'il manque quelque chose. Après ça, tes gens examineront le livre de comptes pour déterminer s'il est légitime. Une fois que ce sera fait, Armand sera arrêté et le FBI le convaincra de ne pas se venger contre nous,» dis-je en serrant la mâchoire.

«Je t'ai dit, ce n'est pas le premier boss de la mafia du FBI. On sait ce que l'on fait. Il ne sera pas assez stupide pour te poursuivre une fois qu'on en aura fini avec lui.»

«J'espère bien,» ai-je répondu ne lui faisant toujours pas confiance.

En répétant les détails du plan jusqu'à ce que tout le monde soit à l'aise avec, j'ai dit bonne nuit et je suis partie avec Lucien.

«Tu sais, il est bien pour toi,» a déclaré Lucien alors que nous rentrions chez moi.

«Dillon?»

«Oui, Dillon,» dit-il amusé. «Il te détend.»

«Tu crois que j'ai besoin d'être détendu?»

«Tu as eu tendance à être un peu intense. Très concentré. Pas beaucoup de réflexion.»

«Je vois. Tu as d'autres choses à reprocher?»

«Tu es sur la défensive?» Dit-il en plaisantant.

J'ai ri.

«Si tu savais ce que j'ai vu… ce que j'ai fait,» dis-je avec un soupir.

«Nous avons tous vu des choses. Nous avons tous fait des choses que nous ne voulions pas faire et maintenant nous devons trouver un moyen de vivre avec. Mais celui-là, il apaise tes eaux.»

«Il le fait,» ai-je admis.

«Tu l'aimes?» Il a demandé en devenant plus personnel qu'il ne l'avait été depuis longtemps.

«Je l'aime.»

«Ça se voit,» Lucien a dit avec un sourire. «C'est une bonne chose.»

«C'est le cas,» répondis-je en connaissant ma chance.

«Et maintenant, parlons de ce plan. Penses-tu vraiment que ce groupe va réussir? Je veux dire, Dillon est super pour toi, mais pourra-t-il poser les micros?»

«Dillon ira très bien.»

«Et le grand type qui a toujours l'air sur le point de se transformer, peux-tu lui faire confiance pour faire ce qu'il doit faire quand viendra le moment?»

«Laisse-moi te dire quelque chose à son sujet. Il n'y a personne dans cette pièce en qui j'ai plus confiance.»

«J'étais dans cette pièce.»

«Mais tu n'as jamais pris une balle pour moi.»

La bouche de Lucien s'est ouverte. «Remy, je t'aime, mais…»

«Ne t'inquiète pas. Je ressens la même chose,» dis-je avec sarcasme. «Mais celui-là, Cali, c'est le genre avec qui tu vas au combat.»

«Et tu es sûr de ça?»

«Je parierais ma vie là-dessus.»

«Et tu vas le faire,» me rappela Lucien. «Tu mises ta vie sur eux tous.»

«Ma vie n'a jamais été entre de meilleures mains,» dis-je en me tournant vers lui avec un sourire.

«Ça doit être agréable,» a dit Lucien en tournant son regard vers le pare-brise.

«Ça l'est,» lui dis-je avant que nous tombions tous les deux dans le silence.

Le lendemain, après avoir convaincu Eris que nous devrions passer la nuit à la maison de plage le soir suivant. J'ai vérifié une dernière fois avec l'équipe avant de partir.

«Tu peux le faire, Dillon. Vous pouvez tous le faire,» lui dis-je au téléphone alors que je conduisais pour aller chercher Eris.

«C'est ici, n'est-ce pas? Soit on réussit, soit…»

«Il n'y a pas de «soit». On va le faire. Et une fois que ce sera fait, nous serons ensemble.»

«Je t'aime, Remy. Il faut que tu le saches.»

«Je t'aime aussi, Dillon. Je t'ai toujours aimé et je t'aimerai toujours,» lui dis-je sachant que c'était vrai.

Arrivant chez Eris, je savais que le jeu avait commencé.

«Bonjour,» a-t-elle dit en tentant de m'embrasser.

Mon instinct était de détourner le visage mais je ne l'ai pas fait. J'ai laissé ses lèvres toucher les miennes. Tout devait se passer parfaitement ce soir. Nous ne pouvions pas nous disputer. Cela signifiait devoir faire plus que ce dont j'étais à l'aise.

«On part pour le week-end,» lui rappelais-je en regardant les deux valises qu'elle voulait que je porte pour descendre trois étages.

«C'est pour ça que j'ai fait un bagage léger,» déclara-elle sans aucune trace d'ironie.

Avec la voiture chargée et nous en route, je revoyais encore le plan dans ma tête. Il ne pouvait pas y avoir d'erreurs. Aucune marge pour l'erreur.

Je n'étais pas sûr de ce qu'Armand ferait s'il nous surprenait, mais il ne laisserait pas passer ça. Il ferait un exemple de quelqu'un. Et s'il était comme mon père, l'exemple allait souffrir.

Ayant des secondes pensées en m'arrêtant dans l'allée d'Armand, ma détermination revint lorsque Eris sortit de la voiture sans penser à ses affaires. Elle s'attendait à ce que je les porte pour elle, ce que je ferais. Mais pouvais-je supporter de jouer le rôle du mari ingrat d'une fille riche et gâtée pour le reste de ma vie? Pas quand j'avais Dillon qui m'attendait.

«Je vais les mettre là,» dis-je en déposant ses valises à l'extérieur de notre placard.

«Si c'est ce que tu veux,» dit-elle en posant sensuellement sur le lit que nous partagerions.

Je la regardai, sachant ce qui allait bientôt suivre. J'avais jusqu'à présent éviter d'avoir des rapports sexuels avec elle, mais mes excuses s'amenuisaient.

«Est-ce que tu as dit que le chef nous a préparé le dîner?»

«Oui. Elle a dit que nous n'avions qu'à le réchauffer», dit-elle en sautillant sa poitrine et en mordillant légèrement son doigt.

«Eh bien, je meurs de faim. Veux-tu que je te réchauffe aussi un peu?»

«Ahhh. D'accord!» Dit-elle en abandonnant et en s'affaissant sur le lit.

La laissant, je descendis à la cuisine et me mis au travail. Je savais ce que le chef avait préparé pour Eris car c'était la même chose qu'elle mangeait tous les soirs, une salade de kale surmontée d'un blanc de poulet grillé et un assortiment de fruits pour dessert.

En ouvrant le frigo, c'est ce que j'ai trouvé. En récupérant les articles et en les plaçant sur l'îlot de la cuisine, je me retournai et sortis une fiole de ma poche. Je versai le contenu sur les fruits dans les deux bols, mélangeai rapidement la concoction et remis la fiole vide dans ma poche.

«Qu'est-ce que le chef nous a préparé?» Dit Eris en entrant dans la cuisine derrière moi.

«Devine,» dis-je en étant sûr qu'elle l'avait demandé.

Elle regarda tout ce qui était disposé devant nous.

«Je suis sûr qu'elle t'a préparé un plat de lasagne ou quelque chose. Regarde dans le frigo.»

«J'ai regardé,» dis-je en sachant que s'il était possible, le chef l'aurait fait si Eris lui avait demandé.

«Eh bien, c'est mieux pour toi de toute façon», dit-elle en attrapant une bouteille de vin ct des verres.

«Je suis sûr,» répondis-je en sachant que je ne pourrais jamais supporter une vie entière de cela.

En la regardant manger, j'essayais de ne pas fixer. Quand elle eut fini la salade, elle passa aux fruits.

«Les fruits sont vraiment très sucrés», dit-elle en fixant dans le bol. «C'est bon. J'aime ça.»

«Moi aussi,» dis-je en mangeant ma portion après elle.

Avec le vin qui coulait à flots, Eris se tourna vers moi avec un regard provocateur dans ses yeux.

«Penses-tu que je suis Belle?»

Je la regardai. Il n'y avait aucun doute qu'elle l'était.

«Tu es l'une des plus belles femmes que j'ai jamais rencontré,» dis-je honnêtement.

«Alors pourquoi ne veux-tu pas coucher avec moi? Est-ce parce que tu es gay?»

«Et si je l'étais?» Dis-je en rêvant de trouver une sortie.

Eris rit. «J'ai entendu des histoires. Je sais que tu n'es pas gay. Mais c'est quoi alors?» Dit-elle en ressentant l'alcool.

«Peut-être que j'attendais simplement le bon moment,» suggérais-je subitement en la remplissant d'espoir.

«Et c'est quand ce moment?»

«Peut-être que c'était la nuit avant notre fête de fiançailles dans une maison de plage que nous avions pour nous deux.»

«Oh ouais,» dit-elle avec excitation.

«Ouais,» répondis-je avec un sourire.

«Aimerais-tu m'embrasses?» Demanda-t-elle avec appréhension due à l'ivresse.

«Peut-être que oui,» dis-je en la regardant.

«Alors, pourquoi ne le fais-tu pas?» Demanda-t-elle timidement.

«Alors, pourquoi ne viens-tu pas ici.»

Eris se leva de son tabouret de l'autre côté de l'îlot de la cuisine et s'inclina immédiatement en avant.

«Qu'est-ce qui ne va pas?» Demandais-je innocemment.

«Rien, c'est juste mon estomac,» dit-elle avant de se redresser et de réessayer. «Oh,» dit-elle en faisant une pause. «Excuse-moi.»

L'érythritol est un alcool doux à zéro calories ajouté aux desserts pour réduire leur teneur en calories. Quelques mois auparavant, elle avait essayé une nouvelle marque de barres protéinées qui ne lui avait pas été bénéfique. La matière première? L'érythritol, également disponible en forme granulaire dans l'allée de cuisson.

«Qu'est-ce qui se passe, ma chérie? Tu ne te sens pas bien?» Criais-je tout en nettoyant les plats.

«Je vais bien. Je te rejoins dans la chambre,» elle a crié en réponse.

«Je suis sûr que tu le feras», murmurais-je.

Allongé dans le lit sans ma chemise, j'attendais ma fiancée. Quand elle arriva, elle n'avait pas l'air aussi confiante que d'habitude.

«Je ne me sens pas bien,» dit-elle en gardant ses distances.

«Qu'est-ce que c'est? Est-ce ton estomac?» Demandais-je avec compassion.

«Oui.»

«Est-ce des gaz?»

«Je n'ai pas de gaz,» dit-elle d'un ton défensif.

«Alors c'est quoi?»

«C'est rien.»

Je souris séducteur. «Alors, pourquoi ne me rejoindrais-tu pas?»

Elle fit un pas en direction de moi et pétant. «Oh!» C'était tellement adorable que j'ai presque oublié que c'était une psychopathe. Se reculant rapidement, elle dit : «Pas ce soir».

«Que veux-tu dire par «Pas ce soir»?»

«Juste, pas ce soir.»

«Mais j'avais déjà tout prévu pour ce soir.»

«Pas ce soir!»

«D'accord,» dis-je avec déception. «Préfères-tu que je te laisse la chambre? Il y a d'autres pièces où je peux dormir.»

«Oui, fais ça.»

«Je veux dire, si tu insistes,» lui dis-je en ramassant mon sac et en sortant de la pièce.

Dès que je fus dans le couloir, la porte de la chambre se claqua bruyamment derrière moi. C'était suivi du plus long pet que j'ai jamais entendu. D'ici quelques heures, elle ira mieux. Cela signifiait que j'avais jusqu'à ce moment pour trouver ce que je cherchais et faire ce que je devais faire.

Rangeant mes affaires dans la 3ème chambre, je récupérais ma machine à détection de coffre-fort et me mettais au travail. C'était un processus fastidieux mais je le faisais. Commençant par la chambre principale, j'inspectais chaque centimètre du mur. Une fois terminé, j'examinais la salle de bain principale.

Je savais que les chances de trouver le coffre-fort à l'un de ces endroits étaient minces, mais c'était le meilleur moment pour le faire, alors que les effets de l'érythritol étaient à leur apogée. Quelle excuse pourrais-je donner à Eris si elle me surprenait dans la chambre d'Armand, surtout que j'avais dû crocheter la serrure pour y entrer?

Heureusement, je n'ai pas eu à en donner. Et si elle me surprenait dans le bureau d'Armand, je pourrais toujours dire que je cherchais un livre pour m'aider à m'endormir. Ce n'était pas une excellente excuse mais ça marcherait.

Ouvrant la porte du bureau d'Armand au second étage, je m'y glissais et la verrouillais derrière moi. Seul, j'examinais l'espace.

Les premiers endroits que j'ai vérifié étaient les tableaux accrochés au mur. L'appareil de Jimmy indiquait qu'il n'y avait rien derrière eux. J'ai ensuite vérifié la bibliothèque qui s'étendait sur toute la longueur du mur. Rien non plus. Assis à son bureau, j'ai inspecté son bureau. Toujours rien.

J'étais sur le point de conclure que l'appareil de Jimmy ne fonctionnait pas quand j'ai remarqué quelque chose. Le bureau avait deux bouches d'aération. Une près du plafond. L'autre près du sol.

En soi, cela ne signifiait rien. Les bouches d'aération au plafond sont plus efficaces pour le refroidissement tandis que celles au sol sont plus efficaces pour le chauffage. Je ne l'aurais probablement même pas remarqué si je n'avais pas terminé d'inspecter chaque centimètre de la chambre.

Plaçant la machine à détection de coffre-fort à côté de la bouche d'aération du sol, elle se déclencha immédiatement.

«Je t'ai eu,» ai-je dit en libérant mes mains pour ouvrir la bouche d'aération.

Derrière, il y avait un coffre-fort mural standard pour consommateur. Je reconnaissais la marque. Cela m'avait coûté beaucoup d'argent il y a quelques années pour obtenir le code de récupération. Je devais remercier mon père pour ça. Un jour, sans prévenir, mon père m'avait dit qu'il était temps pour moi d'apprendre à forcer un coffre-fort. C'était une compétence qu'il avait et on s'attendait à ce que je l'ai aussi.

Le problème, c'est que j'étais très mauvais dans ce domaine. Je soupçonnais que cela avait à voir avec la technologie plus avancée qu'à l'époque de mon père, mais il refusait d'admettre le changement. Lorsque je l'ai mentionné, il a dit que je cherchais des excuses. Alors, au lieu de continuer à me frapper la tête contre le mur, j'ai fait ce que tout personne intelligente ferait, j'ai acheté la société qui fabriquait le coffre-fort.

C'était mon premier achat légitime. Cet acte m'a ouvert la voie vers un nouveau chemin. D'eux, j'ai appris que chaque fabricant de coffres-forts incorpore des codes de secours qui peuvent ouvrir tous leurs coffres-forts. Ils appellent cela une «solution de secours» en cas d'urgence. Mais pour le bon prix, elle peut être à vous.

Le seul problème avec la marque de coffre-fort devant moi maintenant, c'est que le code d'urgence comporte 16 chiffres. Et pour garantir que leurs coffres-forts ne soient pas facilement compromis, ils incluent 49 combinaisons factices avec celle qui fonctionne. Ça allait être une longue nuit, et cela a été le cas.

«Enfin!» ai-je annoncé trois heures plus tard lorsque j'ai identifié la combinaison correcte.

Ouvrant le coffre-fort, je le découvrais vide à part environ 50 000$. Cela m'a surpris. En grandissant, le penthouse de ma famille débordait d'argent. Mon père ne pouvait pas blanchir l'argent assez rapidement. Qu'est-ce qu'Armand faisait différemment pour qu'il n'ait que de la petite monnaie dans son coffre-fort?

Mettant ce mystère de côté, je notais la combinaison du coffre-fort et le refermais. Remettant tout en ordre comme lorsque j'étais entré, je refermais à clé le bureau et me dirigeais vers ma chambre.

Allongé dans mon lit, je réfléchissais à tout ce qui se passait. Tout dépendait de Jimmy ayant raison sur le fait qu'Armand portait ses registres avec lui. S'il avait tort, nous étions tous foutus. Comment en étais-je arrivé là?

Pendant si longtemps, j'avais vécu comme si je n'avais pas d'avenir. J'avais accepté d'être le fils de mon père, destiné à suivre ses pas sanglants. Mais un miracle est arrivé, mon père est tombé malade. Aussi tragique que cela puisse paraître, c'était la première fois que j'imaginais une échappatoire.

C'est à ce moment-là que Dillon est devenu mon objectif. N'ayant pas franchi de limites, je pourrais toujours devenir un homme qu'il pourrait aimer. C'est grâce à lui que j'ai conçu mon plan pour devenir légitime. Et j'allais obtenir tout ce que j'avais toujours voulu jusqu'à ce qu'Armand interrompt l'enterrement de mon père. Il ne pouvait pas se contenter de l'empire de mon père. Il devait avoir le mien aussi.

Ce serait sa perte. Parce que ce qu'il n'avait pas pris en compte, c'est ce que je deviens avec Dillon à mes côtés. Dillon était plus que mon inspiration. Il était mon guide. Je ne savais pas qui était mon véritable moi jusqu'à ce que Dillon me fasse y penser.

Oui, 'Embrasse ta véritable nature et tu seras récompensé' était le mantra de mon père, mais c'est difficile de se voir sans miroir. Se voir à travers les yeux de Dillon était le miroir dont j'avais besoin.

Je n'étais pas qui je croyais être. J'étais quelqu'un qui ressentait plus que simplement du désir. J'étais une personne qui avait besoin de plus que de simplement garder ses proches en sécurité.

Ces choses faisaient bien sûr partie de moi. Mais ce n'était pas tout ce que j'étais. Dillon m'a aidé à le voir. Et une fois que j'ai compris, pour la première fois de ma vie, j'ai compris que je n'étais pas mon père. J'étais seulement son fils.

Grandir avec mon père alpha m'a façonné. Mais cela ne m'avait pas transformé en une autre personne. Je pouvais encore être gentil et moins méfiant. Je pourrais toujours être un loup que Dillon pourrait aimer.

Forçant mes pensées de côté, je parcourus le plan une dernière fois avant de me retourner pour dormir. Au réveil, le lendemain matin, le soleil se levait encore. Je n'aurais pas dû dormir plus de quatre heures et je le ressentais. Mon cerveau fonctionnait plus lentement que d'habitude. Et considérant qu'il s'agissait de l'outil dont j'avais besoin pour survivre aujourd'hui, ce n'était pas bon signe.

J'ai essayé de rattraper un peu de sommeil, mais dès que je fermais les yeux, le plan se déroulait dans ma tête. Dillon sera-t-il capable de rester hors de vue en plantant les micros? Cali pourra-t-il garder son calme en croisant le regard de l'homme qui l'a abattu et qui a enlevé Hil?

Après ça, je devais entrer et sortir du bureau d'Armand. Son équipe de sécurité serait partout. C'était le plan de Lucien, et mon cousin était certainement un génie. Mais à la lumière du jour et avec mon cerveau fonctionnant à demi-puissance, c'était comme si c'était impossible. Ai-je renoncé avant que quelqu'un que j'aime ne soit blessé?

Un léger coup à la porte de ma chambre interrompit mes pensées.

«Oui?» J'ai demandé en me demandant si le personnel de maison était arrivé en avance.

Eris a pris ça comme son invitation à entrer. Vêtue d'une nuisette transparente qui dévoilait bien plus que son corps parfait, elle traversa la pièce et se glissa dans le lit avec moi. Se faisant ma petite cuillère, elle glissa mon bras autour de sa silhouette élancée.

Dès qu'elle l'a fait, je me suis crispé. Je détestais que ce soit son corps pressé contre le mien au lieu de celui de Dillon. Mais nous sommes restés ensemble en silence jusqu'à ce que ma tension la fasse chuchoter : «Es-tu sûr de vouloir continuer?»

Elle parlait de notre engagement. Mais c'était la question que je me posais à propos du braquage. Sentir son corps là où celui de Dillon aurait dû être, m'avait apporté la réponse. Et savoir que cela pourrait être le cas pour le reste de ma vie, m'a fait réaliser.

«Oui, je le veux vraiment», lui ai-je répondu, espérant qu'elle ne puisse pas détecter le bord tranchant de ma voix.

Eris sourit, semblant satisfaite ma réponse.

Plus je restais allongé à côté d'elle, plus je me sentais regonflé d'énergie. Recentré, j'ai ensuite passé en revue chaque partie du plan au fur et à mesure.

À l'heure prévue, l'équipe de sécurité d'Armand est arrivée. Entendant leurs bruits de pas en bas, Eris et moi nous sommes habillés et avons filé vers la cuisine. Saisissant des tasses de café, nous l'avons bu sur la terrasse arrière.

Il a fallu plus d'une heure à la sécurité pour vérifier chaque pièce. Pendant ce temps, je les observais attentivement, tandis qu'Eris se perdait dans la vue de la piscine et de la plage au-delà.

Lorsque les hommes en costume n'ont trouvé aucune caméra cachée ou micro, ils se sont réunis pour une brève réunion, puis sont partis. C'est alors que le personnel de cuisine et les traiteurs sont arrivés. Discutant logistique, ils ont fouillé l'espace aussi intensément que la sécurité d'Armand. Puis, les organisateurs de l'événement et leur équipe ont fait leur entrée.

Dès que j'ai vu Dillon avec son déguisement minimaliste, mon cœur s'est emballé. Ce ne serait pas suffisant si Eris le repérait. Il y avait quelque chose de trop reconnaissable dans la façon dont Dillon se déplaçait.

«Je viens d'avoir une idée», ai-je dit pour attirer l'attention d'Eris.

«C'est quoi?»

«C'est notre fête de fiançailles, n'est-ce pas?»

«La dernière fois que j'ai vérifié», répondit Eris d'un ton tranchant.

«Nous devrions coordonner ce que nous portons.»

Cela m'a surpris de voir à quel point le visage d'Eris s'est illuminé.

«Vraiment?»

«Nous sommes un couple, n'est-ce pas?»

«Oui», a répondu Eris avec joie. «Vois-tu, c'est pourquoi j'ai apporté deux valises.»

«Cela a du sens. Bien pensé en avance,» ai-je dit avec un sourire.

Eris ne pouvait être plus satisfaite d'elle-même.

«Devrions-nous comparer ce que nous avons apporté?» ai-je demandé.

«Maintenant?»

«Pourquoi pas?»

«D'accord, allons-y», a-t-elle dit joyeusement.

«Passe devant», ai-je dit pour l'inviter à se lever.

Quand elle s'était tournée face à l'autre sens, j'ai regardé Dillon. J'étais inquiet pour lui. Que se passerait-il si Eris avait mentionné Dillon à Armand et qu'Armand arrivait en avance, sachant à quoi ressemblait Dillon?

Le mettre dans ce type de danger était une erreur. Rien ne valait la peine de risquer sa sécurité, mais je ne pouvais rien faire à ce sujet maintenant.

Le défilé d'options de robes d'Eris semblait sans fin. C'était bien parce que ça la gardait dans notre chambre où elle était certaine de ne pas repérer Dillon. Mais sérieusement, combien de robes une femme peut-elle posséder?

Quand je n'en pouvais plus et que j'étais sûr que Dillon était parti en sécurité, j'ai suggéré ce que nous devrions porter et j'ai mis fin à ce cauchemar.

«D'accord, donne-moi un peu de temps pour me préparer.»

«Je pensais que tu étais déjà habillée», ai-je dit sincèrement.

Eris me regarda comme si j'étais un enfant naïf. «C'est notre fête de fiançailles. J'ai besoin de me maquiller, idiot.»

«D'accord. Eh bien, à tout à l'heure.»

«Pas si je te vois en premier», dit-elle en disparaissant dans la salle de bain.

En m'habillant et en passant mes doigts dans mes cheveux, j'ai jeté un rapide coup d'œil dans le miroir et j'ai quitté la pièce. Je me sentais confiant. En descendant les escaliers pour aller vérifier dans la cuisine, j'ai vu deux choses que je ne voulais pas voir.

A travers la porte d'entrée ouverte, j'ai vu Armand arriver. Et à travers la porte vitrée menant à la terrasse arrière, j'ai vu Dillon essayer désespérément d'attirer mon attention. Quand il l'a eue, il m'a fait signe de sortir.

«Tu es censé être parti maintenant», lui ai-je dit en le tirant vers une section isolée du jardin.

«Je sais. Je sais», a dit Dillon, paniqué.

«D'accord, Dillon, calme-toi. Dis-moi ce qui se passe.»

«C'est l'équipement. Ça ne marche pas. J'ai fait tout ce que Jimmy m'a dit de faire quand je les ai plantés, mais il ne reçoit pas de signal.»

«Mer de!» ai-je maudit en essayant de trouver une solution.

Mon cœur battait à tout rompre. L'enregistrement de Jimmy était notre plan de secours. Si tout partait en enfer, il entendrait et appellerait les renforts, en bien ou en mal. C'était également une seconde option au cas où je ne parviendrais pas à mettre la main sur les livres de comptes. Je devais amener Armand là où je savais qu'un micro avait été placé et discuter affaires. Sans cet enregistrement, non seulement nous n'avions qu'une seule chance de réussir, mais si quelque chose se passait mal, nous serions livrés à nous-mêmes.

«Jimmy pense que les hommes d'Armand ont mis quelque chose qui peut brouiller un signal radio.»

«Je n'ai jamais entendu parler d'une telle chose», lui ai-je dit.

«Moi non plus. Mais Jimmy dit qu'ils existent. Qui est-ce là-bas?»

«Qui?» Ai-je demandé, perdu dans mes pensées.

«Là-haut?»

Je me suis tournée vers Dillon et ai suivi son regard. En regardant derrière moi, j'ai vu un visage à la fenêtre du deuxième étage. La personne nous observait avant de s'éclipser rapidement. En comptant les fenêtres, j'ai su directement qui c'était.

«Merde!» ai-je dit en sentant mon loup s'agiter.

«C'était qui?» Demanda Dillon, effrayé.

«Eris. Tu dois partir d'ici vite.»

«Et l'enregistrement?»

«On n'en aura pas besoin. Je récupérerai les livres de comptes et tout ira bien.»

«Tu en es sûr?»

«Oui. Vas-y. Et en sortant, récupère autant de micros que tu as pu en planter. Nous ne voulons pas que quelqu'un tombe dessus par hasard et fiche tout par terre.»

«D'accord.»

«Et, Dillon, une fois que tu seras parti d'ici, je veux que tu t'éloignes le plus possible de cet endroit. Va quelque part où personne ne peut te trouver, pas même moi.»

«Pourquoi?» Me demanda-t-il avec peur dans les yeux.

«Fais-le juste. Je te contacterai dès que je le pourrais. Mais si tu n'as pas de nouvelles de moi, je veux que tu disparaisses et que tu ne te retournes jamais.»

«Remy?» Dit-il, terrifié.

«S'il te plaît, Dillon. Je t'aime. Et j'ai besoin que tu partes.»

Il me fixait, ne voulant pas partir. J'avais envie de l'embrasser. Ça m'a coûté de ne pas le faire, mais je savais que je ne le pouvais pas. Trop de choses avaient déjà mal tourné.

Laissant Dillon partir, il a baissé un peu plus sa casquette sur son front et a arraché des micros de plantes en partant. Était-ce la dernière image que je garderais de lui? Je ne pouvais pas penser à ça maintenant. La seule chose importante était qu'il sorte d'ici en toute sécurité.

En revenant à l'intérieur et dans le salon, j'ai vu qu'Armand n'était pas la seule personne à être arrivée. Lucien lui parlait de manière animée. Je pouvais seulement imaginer ce qu'ils étaient en train de discuter. Ayant besoin de garder Armand distrait pendant que Dillon s'échappait, je me suis approchée.

«Ton futur beau-père», me dit Lucien excité en m'approchant.

«Oui, nous nous sommes rencontrés. Lucien, voici Armand.» Je me suis tourné vers Armand. «Lucien est mon cousin du côté français de ma famille.»

«Et son témoin», ajouta Lucien avec enthousiasme.

«Du côté français de ta famille?» Demanda Armand en regardant Lucien d'un air entendu. «J'ai entendu des choses.»

«Toutes bonnes, j'espère», répondit Lucien. «Tu étais ami avec le père de Remy?»

Armand me regarda et sourit. «Nous étions des collègues respectés» dit-il d'un air suffisant.

«Ah», dit Lucien avant de s'interrompre. «Ahh!», répéta-t-il, comme s'il comprenait tout à coup. «Donc, tu épouses l'entreprise familiale» dit-il en me posant une main sur l'épaule et en me tapotant l'estomac. «Bon homme! Bon homme.»

«Et vous deux, vous êtes parent comment?» Armand demanda à Lucien.

Pendant que Lucien expliquait, j'ai relevé les yeux pour voir Dillon se faufiler jusqu'à la camionnette du planificateur d'événements et puis la dépasser pour aller dans la rue. J'étais sûr qu'il y aurait de la sécurité sur la route menant ici. Mais ils étaient là pour empêcher les gens d'entrer, pas de sortir.

Avec Dillon désormais en sécurité, j'ai tourné mon attention vers l'autre partie de notre plan. Lucien devait avoir croisé Armand en arrivant car sous son bras, il y avait une sacoche en cuir. C'était sûrement là qu'il gardait les livres de comptes.

«Lucien, puis-je te parler un instant?» Ai-je demandé en interrompant leur conversation. Je me suis tournée vers Armand. «C'est des trucs de témoin.»

«Bien sûr», dit Armand en se tournant vers les escaliers. «C'était un plaisir de te rencontrer. Nous discuterons davantage. Peut-être y a-t-il des moyens pour nos deux entreprises de travailler ensemble.»

«Perspective intrigante», dit Lucien avec un sourire. «Je te retrouverai plus tard», dit-il à Armand en montant les escaliers. «C'était intéressant», murmura Lucien quand Armand fut parti.

«Vous semblez bien vous entendre» dis-je, pas impressionné.

«J'ai eu beaucoup de pratique pour traiter avec des loups comme lui. Il n'est pas difficile de comprendre ce que des types comme lui veulent entendre.»

«Eh bien, tu ne vas pas vouloir entendre ça. Non seulement les hommes d'Armand ont allumé quelque chose qui bloque le signal radio de nos micros, mais je suis presque sûr qu'Eris m'a vu parler à Dillon.»

«Merde!»

«C'est tout à fait ça.»

«Qu'est-ce qu'on va faire?»

«N'es-tu pas le cerveau de l'opération?» Ai-je demandé avec sarcasme.

«Ne l'as-tu pas entendu? C'est dans les jeux vidéo, pas dans des merdes comme cela.»

J'ai ri en me sentant perdue. «On annule tout?»

«Abandonner? Est-ce que tu es fou? Ce merdier n'a même pas encore commencé.»

J'ai ri. «J'avais juste besoin de t'entendre le dire.»

«C'est dit. Maintenant, on danse.»

«Quoi?»

Lucien a bougé les pieds en me regardant.

«Oh, de la claquette!»

«Oui, ça. On fait de la claquette.»

Je l'ai regardé en souriant. «Alors allons-y.»

«Allez», me dit-il avant de me laisser pour saluer un invité que je n'avais jamais rencontré.

Il n'a pas fallu longtemps pour que le salon à aire ouverte soit rempli de gens que je ne connaissais pas. Quel soulagement quand j'ai vu quelques visages familiers. Et avant que je puisse traverser la pièce pour leur parler, Cali avait déjà entamé son deuxième verre.

«Tu devrais peut-être ralentir, Champion», dis-je en fixant intensément Cali.

«Ne m'appelle pas Champion», a-t-il répondu avec un piquant qu'il n'avait jamais eu.

«D'accord», dis-je en regardant Hil, inquiet.

Mon frère hausse les épaules en guise d'excuse.

«Et comment tu te sens, Maman?» je lui demandai en l'embrassant sur la joue.

«Je suis là. Ça doit suffire» a-t-elle dit sévèrement.

«Je comprends» dis-je en prenant le verre des mains de Cali pour le boire moi-même.

«Hé!» a t-il clamé irrité, avant de nous quitter pour aller se chercher un autre verre.

«Je ne pense pas que tu devrais le pousser aujourd'hui», me dit Hil, les sourcils froncés.

«Ou peut-être devrais-tu garder ton petit ami péquenaud sous une laisse plus courte.»

«Remy!» Ma mère me réprimanda.

«Calme-toi, Maman. Hil sait que je plaisante. Aujourd'hui est déjà assez difficile sans pouvoir décompresser un peu.»

Hil se pencha vers moi. «Je dis juste, il n'est pas dans le meilleur état d'esprit en ce moment.»

«Qui l'est, petit frère? Qui l'est?» dis-je en quittant le duo.

Avec Armand revenu à la fête circulant parmi les invités, je commençai à chercher une occasion de partir. Mais ce qui devenait de plus en plus perturbant, c'est que ma fiancée n'avait pas encore fait son apparition. Ça ne présage rien de bon. Il était indéniable qu'Eris aimait faire une entrée, mais cela faisait plus d'une heure qu'elle m'avait vu parler à Dillon. Je devais croire que son absence n'était pas une coïncidence.

«Alors, où est ma fille?» Armand me demanda quand il me trouva seul.

Je plongeai mon regard dans le sien, cherchant à comprendre ce qu'il savait. Eris lui avait-elle dit ce qu'elle avait vu? Y avait-il déjà des hommes à la recherche de Dillon pour mettre fin à sa vie? J'étais sur le point d'annuler tout le plan quand descendit l'escalier une vision pour les yeux fatigués.

«Elle est là», dis-je à Armand en dirigeant son attention vers Eris.

Lorsque tout le monde s'est tourné, j'ai applaudi pour attirer l'applaudissement général. Eris s'arrêta, rougit et salua tout le monde.

«Mon fiancé», dit-elle en me désignant.

Lorsque tous les yeux étaient rivés sur moi, je montais les escaliers et prenais la main d'Eris. La foule a continué à applaudir. Le seul qui ne le faisait pas, c'était Cali.

Combien de verres avait-il bu à ce stade? J'avais perdu le compte à cinq. Ce n'était pas bon, mais je ne pouvais gérer qu'un problème à la fois.

Tenant la main d'Eris, je l'ai guidée à travers la foule. En regardant en arrière, elle refusait de me regarder. Oui, elle avait reconnu Dillon. Il n'y avait aucun doute. La seule question maintenant était de savoir quand cette poudrière allait exploser.

Engagé dans une conversation avec un mélange de politiciens humains et des chefs de clans de loups d'Armand, je quittai Eris pour me diriger vers Hil, Cali et ma mère.

«Je pense qu'on a un problème», dis-je à voix basse à Hil et Cali.

«Je pense que tu as un problème», a dit Cali, plus vraiment sobre.

«Est-ce le fait qu'un plouc baise mon frère? «je répliquai.

«Va te faire foutre avec tes histoires de ploucs», dit Cali en attirant l'attention des personnes autour de nous.

«Cali, tu es un peu bruyant», dis-je en serrant son épaule pour rendre la conversation entre nous.

«Ne me touche pas Pétain» dit-il en écartant ma main. «Tu penses toujours que tu peux dire ce que tu veux, faire ce que tu veux. Eh bien, j'en ai marre», a-t-il beuglé presque en criant.

«Calme-toi, Cali!» insista-t-il, sentant tous les regards se tourner vers nous.

«Pourquoi? Parce que tu le dis. Alors laisse-moi te dire ce que je dis. Je dis que si tu m'appelles plouc encore une fois, on va avoir un problème, ici et maintenant.»

Je ne pouvais pas croire ce que j'entendais. Je regardai Hil, amusé. Immédiatement, mon frère sut ce qui allait suivre.

«Ne fais pas ça, Remy» supplia Hil.

Je me tournai vers Cali, prêt. En le touchant brusquement à la poitrine, j'ai dit : «Ecoute bien, espèce de campagnard imbécile, grattant ton banjo comme un plouc… «

C'est là que Cali a craqué. Me saisissant comme s'il pensait avoir une chance contre moi, j'insère ma main sous son menton, menaçant de le fracasser comme un distributeur Pez. Nous nous sommes battus jusqu'à ce que Lucien accourt et nous sépare.

Alors que j'attendais ma chance pour porter un coup à la mâchoire de Cali, Armand s'est approché.

«Y a-t-il un problème ici?», dit-il clairement énervé que nous nous battions le grand jour de sa fille.

«Y a-t-il un problème?» a dit Cali en se tournant vers Armand. «Ouais, y a un putain de problème.»

«Ne l'écoute pas. Il est juste ivre», a dit Hil s'interposant entre Cali et Armand.

Cali écarta immédiatement Hil d'un geste et se retrouva face à face avec Armand. «Tu veux savoir quel est le putain de problème?»

«Je te préviens, fais attention à ce que tu vas dire.» dit Armand.

«Cali!» Hil vociféra.

«Tu m'as tiré dessus. C'est le putain de problème.»

Avec une légère odeur de loup dans l'air, Armand avait l'air de vouloir déchiqueter Cali.

«Jc pcnsc qu'il est temps que tu la fermes «, Armand menaça.

«Regarde-moi dans les yeux. Est-ce que j'ai l'air d'avoir peur de toi? Tu vois quelque chose de familier? Ça fait remonter des souvenirs dans ton cerveau fou?»

Regardant Cali partir en vrille, je reculai. Son rôle dans notre plan était de créer une diversion. Nous avions besoin que tous les regards soient sur lui. Il avait refusé de me dire comment il allait le faire, ce qui m'inquiétait. Mais finalement, il l'avait fait. C'était mon moment.

Alors que les hommes d'Armand avançaient lentement en direction de Cali, je m'éclipsai, montant les escaliers. Ayant tout l'étage pour moi, je me précipitai dans le bureau d'Armand. Déverrouillant rapidement la serrure, je m'y glissai. J'avais à peu près 30 secondes avant que les hommes d'Armand n'emmènent Cali, ne le changent de place et ne le mettent en pièces. Je devais être revenu en bas d'ici là.

Tirant sur la trappe au sol pour révéler l'emplacement du coffre, je sortis mon téléphone. Récupérant le code de secours, je le tapais. Un instant plus tard, le coffre s'ouvrait. Trouvant les deux registres, tout comme Jimmy l'avait dit, je les fis sortir et les parcourus.

C'était incroyable. C'était bien ça. Et alors que je m'apprêtais à les refermer, quelque chose est tombé.

Je l'ai pris et je l'ai examiné. Il s'agissait d'une pochette en plastique à l'intérieur de laquelle se trouvait un morceau de cuir brut coupé de façon irrégulière. Sur le cuir, il y avait du texte, mais pas dans une langue que je reconnaissais. En y regardant de plus près, cela ressemblait plus à un tatouage.

«Que fais-tu?» demanda Eris en attirant mon attention alors qu'elle entrait.

«Ce n'est pas ce que tu crois.»

«On dirait que toi, Dillon, ton cousin et ton beau-frère pitoyable avez organisé cette fête de fiançailles pour t'aider à voler les registres comptables de mon père.»

Je baissai les yeux vers les registres dans mes mains, à court de mots.

«Me croirais-tu si je disais que je me suis perdu en chemin pour les toilettes?» Dis-je en essayant de retrouver mon sourire.

«Espèce de salaud! Tu m'as fait croire que tu changeais d'attitude,» dit-elle en élevant la voix.

Je me redressai rapidement et fermai la porte derrière elle.

«Écoute, tu ne peux pas m'avoir. Comprends-tu? Je ne suis pas un objet que toi et Armand pouvez manipuler à votre guise,» dis-je en abandonnant toute courtoisie.

«Eh bien, nous verrons ce que mon père a à dire à ce sujet,» dit-elle avant d'essayer de me dépasser pour aller vers la porte.

«Je te donne une porte de sortie,» ai-je dit en grognant, laissant transparaître mon loup à la surface.

«Quoi?» Dit-elle, surprise par ma colère.

«Ces...» dis-je en brandissant les registres. «Ceci est ta liberté. Tu ne veux pas m'épouser. Tu ne me connais même pas. Tout ce que je suis pour toi, c'est le meilleur d'une bande d'options tragiquement horrifiques. Tu es là, tout comme moi, parce que tu te sens piégée. Je prends ces registres et tu as ta liberté».

«Tu pourrais rencontrer quelqu'un qui tient vraiment à toi. Et tu pourrais avoir la vie que tu désires tant. Tu pourrais être heureuse.»

«Pense à ça. Que ressentirais-tu à l'idée d'être heureuse pour la première fois de ta vie? Dis-moi, Eris, comment ça te ferait sentir?»

Eris me regarda en silence. Le moment s'étira suffisamment pour que je pense que tout était perdu.

«Ça me ferait du bien,» dit-elle enfin, ce qui a permis à mon loup de se calmer.

«Alors, retourne à la fête. Laisse-moi prendre cela. Et permets-moi de donner à Armand la justice qu'il mérite.»

«Tu ne peux pas,» dit-elle, faisant chuter mon cœur.

«Je sais que mon père est une personne abominable. Je sais qu'il mérite tout ce que tu veux lui infliger. Mais, c'est quand même mon père.»

«Ton père qui te traite comme du bétail.»

«Être avec toi n'aurait pas été un fardeau.»

«Mais j'aime quelqu'un d'autre, Eris. Je l'aime de tout mon cœur. Et je ne pourrais jamais t'aimer,» dis-je doucement.

Eris baissa la tête.

«Mais tu peux trouver quelqu'un qui t'aimera. Ce n'est juste pas moi.»

«Mon père tuerait ton ami si tu savais ce qu'il est», dit-elle en ramenant mon loup à la surface.

«Mais tu ne vas pas lui parler de nous, n'est-ce pas? J'ai dit que je ressentais soudain le besoin de me déplacer.»

«Je n'aurais pas à le faire. Il est en train de déclencher une guerre avec les fae. Il veut qu'ils meurent tous. Son alpha a gagné la guerre avec les vampires et...»

«Il veut sa propre guerre. C'est pourquoi il a été si rapide à accepter mon offre. Il a essayé de consolider les meutes de la ville sous son autorité.»

«Je suppose.»

«Ce qui est une meilleure raison de le mettre à l'écart. Eris, si Armand obtient sa guerre, les rues seront couvertes d'autant de sang de loup que de fae.»

«Je te crois. Mais tu ne peux toujours pas envoyer mon père en prison. Tu peux faire ce que tu veux pour mettre fin à nous deux et arrêter cette guerre. Mais si tu envoies mon père en prison, je me retrouverais avec rien. Je ne survivrais pas à ça,» dit-elle avec vulnérabilité.

«Tu viens de me dire que beaucoup de gens vont mourir si je ne le fais pas. Il ne peut pas s'agir que de toi.»

«Oui, mais tu es intelligente», admet Eris. «C'est l'une des raisons sincères pour lesquelles mon père t'admire. Tu pourrais trouver un moyen d'obtenir notre liberté et d'empêcher la guerre sans le mettre dans sa prison.»

«Eris…» J'ai dit avec sympathie.

«S'il te plaît, Rémy. Je sais que tu peux le faire», dit-elle sincèrement.

J'ai regardé Eris dans ses grands yeux tristes

Je voulais détruire Armand pour ce qu'il avait menacé de faire aux gens que j'aimais. Mais il y a quelque chose que je n'avais pas envisagé, qu'arriverait-il si je déracinais ses racines épaisses et profondes? Qu'en serait-il du sol laissé derrière?

«J'ai besoin que tu me fasses confiance,» lui dis-je en proposant un nouveau plan.

«Et comment pourrais-je faire ça? Tu m'as trahi à chaque occasion.»

«Ce que j'ai fait, c'était de battre pour l'homme que j'aime. Écarte-toi de nous, et permets-moi d'être ton ami.»

Eris me regarda sans expression.

«Eris, d'une manière ou d'une autre, je vais partir d'ici avec ces registres.»

«Parce que tu ferais n'importe quoi pour les gens que tu aimes?»

«Exactement. Et ce que je te demande est de me faire confiance et de devenir quelqu'un que je peux appeler amie.»

«D'accord,» concéda-t-elle avant de s'éloigner lentement de moi et de la porte.

«Merci,» dis-je sincèrement, la voyant sous un jour nouveau.

Je me redressai, tassai les registres sous mon bras et sortis de la pièce. Je m'attendais à ce qu'Eris appelle son père dès que je serais entré dans l'escalier, mais elle ne le fit pas.

Et Cali se débrouillait beaucoup mieux que je n'aurais pu l'imaginer. Bien que je sois restée à l'étage beaucoup plus longtemps que prévu, il était maintenant juste à l'extérieur de la porte d'entrée ouverte avec les hommes d'Armand qui le cerclaient.

Armand étant toujours concentré sur le rustre ivre qui faisait une scène lors de la somptueuse fête de fiançailles de sa fille, Lucien se précipita vers moi pour récupérer les livres.

«Changement de plan. J'ai besoin que tu prennes cela, que tu sortes d'ici, et que tu ne dises rien à personne jusqu'à ce que tu aies de mes nouvelles. Compris?»

«Compris,» dit Lucien en prenant les registres de mes mains et se précipitant vers la porte de derrière menant à la plage.

Quand il fut hors de vue, je tournai mon attention vers la dernière partie de notre plan, empêcher Armand de tuer Cali. Me frayant un chemin à travers la foule captivée, je glissai entre les hommes qui encerclaient Cali et me mis devant lui. Je levai les mains.

«D'accord, tout le monde, calmez-vous. Le péquenaud est un salaud, mais il est aussi très saoul. Dis-leur à quel point tu es saoul, Cali,» dis-je en me retournant vers l'homme sauvage qui avait réussi à ne pas se transformer en loup.

Il me regardait avec colère dans les yeux. Pendant une seconde, j'ai presque cru que ce n'était pas une simulation.

«J'ai dit, dis-leur à quel point tu es ivre, Cali.»

Se rattrapant, il a répondu : «Vraiment ivre.»

Je me suis tournée vers la foule. «Il est déconcerté par tout alcool qui ne vient pas d'une cruche.»

Quelqu'un devant nous a ricana.

«Regarde, il est une gêne pour moi. Il est une gêne pour ma mère. Mais, que puis-je dire? Mon frère l'adore. Donc, si je laisse quoi que ce soit lui arriver, je n'en entends jamais la fin. Terminons cela par des excuses et renvoyons-le à la maison pour qu'il cuve.»

Quand tout le monde semblait plus calme, je me suis retournée. «Cali?»

«Ouais, où est mon putain d'excuse?» il a crié à Armand.

«Bon, c'est assez pour toi,» ai-je dit faisant tourner Cali et l'escortant dehors.

«Je veux mon putain d'excuse,» a crié Cali par-dessus mon épaule.

«Le spectacle est fini,» ai-je dit à Cali à voix basse. «Restreins-toi, Dicaprio.»

Cela semblait s'enregistrer dans son cerveau ivre. Me regardant dans les yeux avant de se retourner, Cali continuait à bouillir alors que Hil, ma mère, et moi l'emmenions à l'écart.

Personne n'a posé de questions alors que je versais Cali dans son camion. Ni quand je suis monté avec eux et que je suis parti. Tout le monde savait que nous venions de Manhattan. Personne n'attendait de Hil ou de ma mère qu'elles sachent conduire.

Quittant la voie d'accès qui menait à la maison de plage, il ne fallut pas longtemps avant qu'une camionnette aux vitres teintées en noir nous rejoigne.

«Jimmy?» Hil a demandé en fixant le pare-brise arrière.

«Jimmy,» ai-je consenti en regardant la camionnette à travers le rétroviseur.

«Étaient-ils là?» Hil a demandé se sentant libre de parler.

«Qu'est-ce qui était là?» Ma mère a demandé, toujours dans l'ignorance de tout.

J'ai jeté un regard à travers la banquette du camion à ma mère.

«Hil demande ce pour quoi Cali vient de risquer sa vie.»

«Et, qu'est-ce que c'est?» Elle a encore demandé.

«Ma liberté d'être avec Dillon.»

«Quoi?» Ma mère a demandé confuse.

J'ai souri.

«Génial, c'était là?» Hil a répété.

«Je ne suis pas encore sûr,» ai-je répondu en me souvenant du plaidoyer dans les yeux d'Eris.

Nous avons conduit en silence jusqu'à l'appartement de ma mère en ville. Quand nous sommes arrivés, le pauvre Cali était encore plus ivre.

«Combien de verres a-t-il bu?» J'ai demandé à Hil alors que nous le laissions sur le lit de mon frère.

«Il était nerveux,» Hil a admis.

«Donc, quoi? Huit? Neuf?»

«Probablement. Dix?» Hil a dit en plaçant la poubelle à côté du lit.

Fixant Cali alors qu'il se balançait sur le point de s'évanouir, je ressentais pour lui.

«Hil, je ne vais dire ça qu'une fois. Et si tu le répètes, je nierai l'avoir dit. Mais, Cali est vraiment un gars super. Tu as une chance folle de l'avoir.»

Hil a souri. «Je sais.»

«Bon travail, frère,» ai-je dit avant de prendre dans mes bras mon frère.

«Toi aussi, Remy,» a-t-il répondu, déclenchant plus d'émotion en moi que je ne l'attendais.

Laissons Hil s'occuper de son homme, je suis entré dans le salon. Jimmy m'y attendait avec ma mère.

«Mère, cela te dérangerait de laisser Jimmy et moi parler seuls?»

«Bien sûr. Voudrais-tu un autre verre,» demanda-t-elle à Jimmy.

«Non, je vais bien, merci,» il a répondu en levant son verre de limonade.

Quand elle est partie, je me suis servi un verre fort et me suis assis.

«Ne me laisse pas dans le suspense,» a insisté Jimmy. «Les as-tu obtenus?»

J'ai pris une gorgée gardant l'alcool dans ma bouche pour brûler mes joues. Avalant j'ai dit, «En quelque sorte.»

«En quelque sorte? Qu'est-ce que ça veut dire?»

Quand ma conversation avec Jimmy fut finie, je savais qu'il y avait une autre conversation que je devais avoir. Alors, montant dans la voiture de mon père maintenant inutilisée, j'ai repris la route vers Long Island. Le gardien de sécurité au bout de la rue d'Armand avait l'air énervé. Signalant ma présence, il obtint l'autorisation de me laisser entrer. Mon cœur a battu fort.

Je m'attendais à voir Armand m'attendre à la porte d'entrée. Il ne l'était pas. Entrant dans la maison désormais sombre et vide, j'ai croisé le regard d'Eris qui était là pour m'accueillir.

«Où est-il?»

«Il est en haut, dans sa chambre,» dit-elle sans rien ajouter.

Montant les escaliers deux par deux, j'ai traversé le couloir jusqu'à la chambre principale. Avec la porte ouverte, je suis entré. Balayant la pièce, j'ai trouvé Armand sur le balcon. Il fixait la plage obscure. Sachant que c'était le moment, je l'ai rejoint.

«Tu les as, n'est-ce pas?» Il a demandé sans me regarder.

«Je les ai,» ai-je dit avec décontraction.

«Comment savais-tu qu'ils étaient là?»

«Le FBI monte un dossier contre toi depuis des années. Ils savent pour les loups, d'ailleurs.»

«Donc, ils t'ont dit.»

«Je connais quelqu'un,» ai-je admis regardant la plage avec lui.

«Alors qu'est-ce qu'on fait maintenant? Est-ce que je te tire dans les genoux jusqu'à ce que tu les rendues? Est-ce que je m'en prends à ta famille?»

«Je ne le recommanderais pas.»

«Pourquoi pas?»

«Parce que, en ce moment, le FBI n'a qu'un des registres.»

«Lequel?» Il a demandé se tournant vers moi.

«Le nettoyé, bien sûr.»

«Et quoi, tu vas me faire chanter?»

«C'est un coup que j'aime appeler, 'Le Armand',» ai-je dit avec un sourire.

Il a rigolé.

«Je n'adhère pas facilement au chantage comme tu le fais.»

«Je l'imagine bien. Mais, je te rappelle que pour l'instant, tu as tout. Ne fais rien de stupide et cela ne changera pas.»

«Donc, tu vas toujours te marier avec Eris?»

«Oh que non. En fait, tu ne t'impliques plus dans ma vie.»

«Donc, tu penses que tu peux traiter ma fille comme ça et t'en sortir?»

«Pourquoi ne penserais-je pas cela? Toi, tu le fais.»

«Je suis son père.»

«Et sa malédiction.»

Armand a ri. «Peut-être.» Armand se tut. «Tu as vu ce qu'il y avait d'autre dans mes registres?» demanda-t-il avec désinvolture.

«Tu parles du cuir brut?»

«Sans doute. Mais ce n'est pas du cuir. C'est de la peau de vampire.»

«Je vois. C'est agréable", dis-je sarcastiquement. "Qu'est-ce que tu as écrit dessus?»

«C'est moi qui l'écris. Je l'ai trouvé comme ça.»

«Quoi?» demandai-je, confus.

«C'était pendant la guerre des vampires. J'avais peut-être l'âge que tu as maintenant. Mes loups et moi avions trouvé un vampire qui se cachait dans un entrepôt. Nous étions quatre et il n'y avait qu'un seul vampire, alors nous l'avons attrapé facilement. Je m'apprêtais à lui enlever la tête quand j'ai vu quelque chose d'écrit sur sa peau.»

«Je suis sûr que je n'ai pas besoin de te dire à quel point c'est inhabituel. Les vampires ne peuvent pas être tatoués. Ils ne peuvent l'être que s'ils veulent que la peau sous le tatouage ne rajeunisse pas. Donc, pour garder un tatouage…»

«Il faudrait qu'ils n'arrêtent jamais d'empêcher leur peau de se régénérer», ai-je poursuivi.

«Même pendant leur sommeil. Donc, en voyant ce tatouage, j'ai su qu'il devait être important.»

«Alors, tu l'as coupé sur lui.»

«Et même quand j'ai enlevé la chair, il ne l'a pas laissée guérir.»

«Qu'est-ce que ça dit? Je n'ai pas pu le lire.»

«J'ai mis du temps à comprendre. C'est écrit dans une vieille langue. Une langue utilisée par les anciens fae.»

«Le vampire avait un tatouage écrit en fae?»

«C'est ce que je pensais», dit-il en se tournant vers moi.

«Alors, qu'est-ce que ça dit?»

Armand sourit, sachant qu'il me tenait.

«C'est une prophétie. Elle dit: «Quand les faes auront donné naissance à leurs yeux, ils verront à travers tout ce qui peut les arrêter et gouverneront le monde.»»

«Quand les faes ont accouché de leurs yeux?» demandai-je avec hésitation.

«Ta supposition est aussi bonne que la mienne. Mais si les vampires travaillent maintenant avec les faes, quelqu'un devra les arrêter avant qu'ils ne prennent le contrôle. Et qui reste-t-il à part les loups?»

«C'est un monde humain», lui rappelai-je.

Armand se moqua. «Qu'est-ce qu'ils vont faire, les troller sur TikTok? Les humains sont faibles. Ils n'ont aucune idée de ce qui les attend.»

«Il semble qu'aucun d'entre nous ne le sache», ai-je admis.

«C'est pourquoi tu dois te joindre à moi. Avec toi à mes côtés, nous pourrons vaincre les faes.»

«Et quand ce sera fini, les humains seront-ils les prochains?»

«Les forts mèneront les faibles. N'est-ce pas un humain qui a dit cela?» dit Armand en souriant.

«Tu es un loup fou», lui dis-je en le voyant tel qu'il était.

«Je suis un loup qui a une vision», affirma-t-il en me disant que je ne voulais pas faire partie de son plan.

«Si tu veux garder ton empire, tu vas laisser tranquilles tous ceux à qui je tiens. Cela inclut Eris. Désormais, elle est libre d'être avec qui elle veut, tout comme moi. Tout comme moi. Et si j'ai l'impression que vous ne respectez pas cet accord, la seule chose à laquelle vous tenez vous sera enlevée.»

«Ma fille?»

«Arrête tes conneries. Tu n’en as rien à faire d’elle.»

Armand gloussa. «Tu m’as eu. Je vais te dire, c’est difficile de penser qu’ils sont précieux quand on en a autant.»

Je ne savais pas trop à quoi Armand faisait allusion, mais je m’en moquais.

«Alors, dis-moi, on est d’accord ? Ou est-ce que je t’enlève ton empire?»

Armand m’a regardé.

«Ton père serait fier.»

Je n’ai pas su quoi répondre.

«On a un accord ou pas?»

«Oui!»

«Et tu vas laisser Eris épouser qui elle veut?»

«Autant que n’importe quel autre père», dit-il en me regardant avec un sourire en coin.

«C’est juste», ai-je dit, sachant que j’avais le meilleur accord possible.

«Maintenant, dis-moi, te joindras-tu à moi dans la guerre qui s’annonce?»

«Armand, j’espère bien ne jamais te revoir», lui dis-je avant de lui tourner le dos et de partir.

En sortant de la chambre d’Armand, j’ai rencontré Eris dans le couloir.

«Tu es libre», lui ai-je dit.

«J’ai entendu», a-t-elle dit, le cœur brisé.

Me souvenant de ce qu'Armand avait dit d'elle, je lui ai touché la joue. «Je suis désolée.»

«Pars», m'a-t-elle dit. Je l'ai fait.

En retournant à la voiture, j'ai pensé à Dillon. Il m'avait ouvert les yeux comme dans la prophétie d'Armand. La prophétie disait que lorsque les fae auraient fait naître leurs yeux, ils verraient à travers tout ce qui pourrait les arrêter et domineraient le monde. Dillon n'était-il pas un changeant qui avait été abandonné par les fae en attendant que ses pouvoirs émergent? Dillon ne pouvait-il pas voir à travers le glamour d'un vampire? Ne pouvait-il pas voir le loup d'un métamorphe?

L'éveil de Dillon était la naissance que les faes avaient prophétisée. Il était la clé qui permettrait aux fae de prendre le contrôle du monde. Du moins, c'est ce qu'ils croyaient. Et la seule chose qui se tenait entre les loups, les faes et Dillon, c'était moi. Je devais le protéger. Seule moi pouvait le garder en sécurité et mon loup et moi étions prêts.

Chapitre 14

Dillon

Ma jambe sautillait nerveusement pendant que je me trouvais assis sur le canapé usé de mon appartement du New Jersey. Fixant mon téléphone, il ne sonnait pas. Des heures s'étaient écoulées depuis que j'avais fui la maison de plage à l'insistance de Remy, et je n'avais pas eu de nouvelles de lui depuis.

En attente de son appel, il y avait mille scénarios d'horreurs qui se déchaînaient dans ma tête. Quelque chose d'autre avait-il mal tourné avec le plan? Armand avait-il découvert ce que nous trahisons? Remy était-il blessé? Était-il mort?

Lorsque mon téléphone sonna, brisant le silence, j'ai failli avoir une crise cardiaque. Le bruit assourdissant a rebondi sur les murs vides. Me précipitant pour décrocher, mes mains tremblaient.

«Allô?» ai-je répondu de manière hésitante.

«Dillon, c'est moi,» Remy a dit d'un ton qui a instantanément calmé mes nerfs à vif.

«Remy!» ai-je crié. «Tu vas bien! J'étais mort d'inquiétude. Je ne savais pas ce qui s'était passé «

«C'est bon,» dit-il pour me calmer. «Où es-tu? J'ai besoin de te voir.»

«Est-ce sûr de parler? Comment saurais-je si quelqu'un te forçait à dire ça?»

Remy est resté silencieux un moment.

«Te souviens-tu de cette fois où tu étais chez moi et que je t'ai surpris en train de danser nu avec une érection?»

La chaleur m'a envahi le visage aussi vite qu'un nudiste attrapant sa braguette.

«Je n'avais pas d'érection?» ai-je protesté, souhaitant que ce ne soit pas vrai.

«D'accord, peu importe. Dis-moi où tu es. J'ai besoin de te voir.»

«Je suis de retour chez moi dans le New Jersey.»

Au moment où je le disais, quelqu'un a frappé à ma porte.

«Oh mon Dieu, Remy. Quelqu'un frappe à ma porte.»

«Vraiment? Tu devrais probablement répondre.»

«Mais et si…»

«Tu veux répondre.»

Je me suis levé, gardant le téléphone à l'oreille. J'approche lentement de la porte, j'ai regardé dans le judas.

«Remy,» dis-je en ouvrant brusquement la porte et en le serrant dans mes bras. «Comment savais-tu que j'étais là?»

«Je t'ai dit d'aller quelque part où les gens ne te chercheraient pas.»

«Et personne ne va dans le New Jersey?» ai-je demandé sarcastiquement.

«Non, pas de leur plein gré,» a-t-il plaisanté.

J'ai ri et lui ai donné une tape sur le bras.

«Tu es venu ici.»

«Cela montre combien je suis amoureux de toi,» dit Remy avec un sourire.

«Tu m'aimes tellement que tu es prêt à venir au New Jersey.»

«C'est une chanson d'amour qui s'écrit toute seule.»

J'ai ri. «Mais sérieusement, Remy, qu'est-ce qui s'est passé?» demandé-je en le guidant vers mon canapé.

«C'est fini.» me dit-il en me regardant dans les yeux.

«Vraiment? Armand va en prison?»

Remy a marqué une pause. «Euuuuhh…»

«Quoi?» demandai-je, sentant mon cœur se serrer.

«Ce que je peux te dire avec certitude, c'est qu'il n'y a rien qui puisse nous empêcher d'être ensemble.»

«Eris?»

«Elle est maintenant de notre côté?»

«Et Armand?»

«Il a accepté de nous laisser tranquilles en échange de moi ne détruisant pas son monde.»

«Donc, tu l'as fait chanter?»

«Pratiquement,» dit Remy fièrement.

«Et comment Jimmy se sent-il de ne pas pouvoir mettre Armand derrière les barreaux?»

«Il n'aime pas ça, mais il pense que c'est parce qu'il nous a donné de fausses informations. Je lui ai dit que seul le livre de comptes nettoyés était dans le coffre-fort et j'ai pris des dispositions pour le lui donner.»

«Mais, tu as trouvé les deux livres de comptes là-bas?»

«Oui.»

«Y a-t-il une raison pour laquelle tu n'as pas donner les deux à Jimmy?»

«C'est parce que s'il y a une chose que je sais, c'est que dans cette vie, il vaut mieux se faire des amis que des ennemis.»

«Que veux-tu dire?» demandai-je, perplexe.

«C'est une longue histoire et j'ai une vie entière pour te la raconter.»

«Alors, tu dis vraiment que c'est fini?»

«C'est en tout cas ce qu'il semble.»

«Et il n'y a rien qui nous empêche d'être ensemble?» demandai-je, sentant un bouillonnement en moi.

«J'en suis convaincu,» dit Remy avec une étincelle dans les yeux.

«Alors peut-être que nous devrions…»

Et c'est alors qu'il m'a embrassé.

Ses lèvres étaient comme du feu contre les miennes, déclenchant un brasier qui a consumé tout mon être. Ses mains parcouraient mon corps avec une faim ardente alors que notre baiser se faisait plus profond et que mon cœur menaçait de sortir de ma poitrine.

Désirant sentir sa peau chaude contre la mienne, je tirai sur sa chemise. Sans jamais rompre notre baiser, il l'a déboutonnée et l'a enlevée. Mes mains ont exploré les muscles durs de son torse et de ses abdos. Les sentir se contracter sous mes caresses a fait palpiter mon sexe.

Avec une urgence croissante, Remy me guida à travers mon petit appartement jusqu'à ce que mes jambes heurtent le bord du lit. Je suis tombé sur le matelas. Le corps puissant de Remy m'a cloué au lit. Ses lèvres ont déposé des baisers le long de mon cou et de ma clavicule, me faisant brûler de désir.

Des doigts habiles s'occupèrent rapidement de ma chemise, dévoilant mon torse haletant. La langue de Remy effleura l'un de mes tétons avant de le prendre en bouche. Je me cambrais contre lui, haletant sous les secousses de plaisir qui me traversaient.

Les mains de Remy glissèrent plus bas, déboutonnant mon pantalon et libérant mon érection douloureuse. Il y enroula une grande main, la caressant fermement tout en continuant à couvrir mon torse d'attentions. Je me perdais dans l'extase, mon monde entier se réduisant aux touchers de Remy.

Ses lèvres traçant un chemin plus bas, mon ventre se mit à trembler. Je regardais en bas pour le voir prendre mon sexe palpitant dans la chaleur veloutée de sa bouche.

«Oh dieu, Remy!» criais-je, enchevêtrant mes doigts dans ses cheveux soyeux.

Habilement, il me travailla avec ses lèvres et sa langue, me menant à nouveau au bord du précipice jusqu'à que je mendie ma libération. Sentant combien j'étais proche, il finit par se reculer. Le regardant à nouveau, un sourire diabolique éclairait son beau visage.

Remontant le long de mon corps, il s'agenouilla au-dessus de moi. Saisissant mes hanches et me soulevant sans effort, il me retourna sur le ventre. Tirant à nouveau mes hanches, il me plaça à quatre pattes.

Sachant ce qui allait suivre, je tremblais d'anticipation. Sa grande main puissante caressa les muscles de mon dos. S'arrêtant à mes épaules, il remonta le long de mon bras. Quand sa main fut sur la mienne, son torse était pressé contre mon dos. Et avec sa main libre ouvrant mes fesses, je sentis le gland épais de son sexe pousser à mon entrée.

Lubrifié par du pré-sperme, en une seule poussée puissante, il se planta jusqu'à la garde en moi. Même si je m'étais ouvert en le désirant, je souffrais. Une vague de plaisir douloureux me submergea et je gémis.

J'avais oublié combien il était gros. Et quand il se retira doucement puis trouva à nouveau mes profondeurs, mes jambes flanchèrent. Je me perdais.

«Oui, Remy, s'il te plaît… plus fort!» entendis-je dire.

Il s'exécuta immédiatement. À grands coups, il me prit sans relâche. Alors que le son de nos corps clapotant résonnait, je gémis. C'était un nouveau côté de Remy qui réveillait quelque chose en moi.

«Plus fort,» mendiais-je jusqu'à ce que le cadre du lit gronde violemment sous nous.

Mon esprit tourbillonnait dans un voile d'émotions fortes. Le monde entier se réduisit à l'épais sexe de Remy qui me pénétrait. Il me possédait entièrement. Je ne tiendrais pas longtemps.

Cherchant légèrement d'angle, il toucha mon point sensible. De l'électricité traversa mon corps. Ça me poussait au-delà de mes limites.

Quand mon orgasme explosa, il me déchira comme une bombe. Des étoiles explosèrent dans ma vision. J'ai serré mon trou autour de l'épais sexe de Remy. C'était suffisant pour entraîner Remy avec moi.

Arc-boutant son dos, il hurla de plaisir et me remplit de tout ce qu'il avait. Vide et épuisé, Remy s'effondra sur moi. Lorsque son poids éprouva ma force affaiblie, je tombai sur le matelas.

Nous formions un enchevêtrement de membres transpirants. Et alors que nous reprenions tous deux notre souffle, il se glissa à côté de moi. Déposant de doux baisers sur mon épaule, je caressais sa peau sensible.

«Je t'aime,» a-t-il murmuré en me caressant affectueusement. «Et je te protégerai pour toujours. »

Mon cœur gonfla, débordant d'émotion. Ce n'était que le début pour nous, mais je savais alors que je ne le laisserais jamais partir. Le temps qu'il nous avait fallu pour nous retrouver semblait une éternité. Maintenant, nous étions là, ensemble.

«Je t'aime aussi,» dis-je en me blottissant dans ses bras.

«Je ne te quitterai plus jamais,» me dit-il en me serrant plus fort.

Je l'ai cru. Remy était tout ce que j'avais toujours désiré et tout ce dont j'avais besoin. Il était à moi autant que j'étais à lui. Et couché là, avec son souffle chaud réconfortant enveloppant mon corps nu, je savais que nous vivrions heureux pour toujours.

Épilogue

Cali

En me réveillant le lendemain de la fête de fiançailles de Rémy, je me sentais mal. Compte tenu de la quantité d'alcool que j'avais bue, j'étais surpris de m'être réveillé. Je n'ai jamais bu autant et je savais que je n'aurais pas dû le faire hier soir.

Hil pensait que ma consommation d'alcool était une question de courage liquide. D'une certaine manière, il avait raison. Mais ce n'était pas le courage d'agir comme la distraction qu'exigeait le plan de Rémy. C'était bien plus profond que cela.

Quelques mois plus tôt, Armand avait kidnappé Hil. Il avait ressenti le besoin de tirer sur quelqu'un avant de relâcher Hil, alors je l'ai laissé me tirer dessus. Même si c'était une balle dans la jambe, je l'ai détesté pour ça. Si j'avais pu, je lui aurais arraché la tête pour ce qu'il nous avait fait à Hil et à moi.

Mais c'était avant que je ne rentre chez moi et que je ne reprenne contact avec mes nouveaux frères. Lors de notre prochain appel, Claude nous a fait part d'une nouvelle surprenante. Pendant des mois, nous avions essayé d'obtenir de nos mères tout ce que nous pouvions sur le père que nous partagions. Il s'est avéré que Claude avait obtenu son nom.

Lorsque je l'ai lu, Claude m'a demandé si je l'avais reconnu. Je lui ai dit que non. Mais ce n'était pas vrai. Je l'avais reconnu.

Notre père s'appelait Armand Clément. L'homme qui m'avait tiré dessus était mon père. La femme que Rémy était forcé d'épouser était ma sœur. Et parce que j'aimais Hil, j'avais accepté d'aider à mettre mon père en prison pour le reste de sa vie.

Je faisais face à beaucoup de choses. L'alcool était le seul moyen pour moi de tenir le coup.

Et comme nous n'étions pas tous morts, je devais supposer que le plan avait fonctionné. Mon père était maintenant arrêté et détenu par le FBI.

Avais-je fait une erreur ? Je n'avais aucun doute sur le fait qu'Armand était un loup terrible et dangereux. Mais étant donné qu'il avait non seulement gagné le cœur de ma très intelligente mère, mais qu'il avait fait de même avec les mères de mes frères, cela ne signifiait-il pas qu'il y avait encore quelque chose en lui ? Ce côté-là était-il perdu à jamais ? Si je lui avais dit qui j'étais, aurait-il changé d'avis ?

Il était trop tard maintenant, mais si c'était à refaire, j'aurais agi différemment. S'il ne devait pas être enfermé pour le reste de sa vie, j'aurais dit à mes frères qui il était. Au lieu de l'ignorer, j'aurais demandé à mes frères de m'aider à entrer en contact avec lui.

En travaillant ensemble, nous aurions pu le changer. Rémy lui avait donné l'impression qu'il était irrécupérable, mais il y avait toujours une chance, n'est-ce pas ?

En tout cas, c'est ce que j'aurais fait si Armand n'était pas déjà détenu par le FBI. Mais en voyant comment Hil dormait confortablement à côté de moi, j'étais sûre que la menace qui pesait sur sa vie avait été écartée.

Si les choses avaient été différentes... Si j'avais eu une seconde chance d'entrer en contact avec mon père, j'étais sûr que la vie de tout le monde à la maison aurait changé pour toujours. Si seulement j'avais cette seconde chance.

*****

Avant-première:
Profitez de cet aperçu de 'Son Loup Alpha':

Son Loup Alpha
(Gay Loup Garou)
Par
Alex McAnders

Droit d'auteur 2023 McAnders Publishing
All Rights Reserved

Je donnerais ma vie pour le protéger…

———

Hil ne s'était jamais senti à sa place dans sa meute brutale de loups métamorphes. Non seulement il était gay, mais à 20 ans, il ne pouvait toujours pas se transformer. Cela signifiait que son père alpha devait le protéger, voire le surprotéger. Et dans le monde souterrain et dangereux des meutes de loups de New York, cela signifiait qu'il était prisonnier de son penthouse à Manhattan.

Désireux d'avoir une vie - et de passer sa première nuit avec un homme - il s'échappe de chez lui pour tomber sur un bed-n-breakfast au milieu de nulle part. Serait-ce le hasard qu'il soit tenu par Cali, le très sexy loup solitaire qui fait battre son cœur et provoque chez lui des pensées torrides?

Chaque moment passé en sa compagnie éveille quelque chose en lui. Alors quand le malheur survient et qu'il se retrouve bloqué sur place, Hil découvre toutes les choses que ce loup peut faire avec son incroyable corps.

Le nouvel alpha de Hil est prêt à tout sacrifier pour garantir sa sécurité. Mais lorsque le passé trouble du jeune garçon remonte à la surface, Cali sera-t-il prêt à aller jusqu'à mettre sa vie en jeu? La meute du père de Hil lui brisera-t-elle le cœur en faisant une nouvelle victime? Ou bien connaitra-t-il enfin une issue heureuse avec le loup sexy dont il rêve?

*****

Son Loup Alpha

Tendant la main, il a pris la mienne. Sa chair chaude a provoqué un frisson qui m'a parcouru tout entier. J'avais envie de lui. Je n'avais jamais été aussi excité de toute ma vie. Mon loup le voulait. Mais je voulais aussi le respecter. Je ne voulais pas faire quoi que ce soit qui serait arrivé trop tôt pour lui.

J'ai refoulé mon désir pour cette raison. Cela a failli me briser, mais je l'ai fait. Toujours la main dans la main, nous sommes entrés dans la pièce. C'était bizarre de voir les affaires de Hil éparpillées dans ma chambre. J'ai aimé ça. Je n'aurais pas su dire à quel point.

"Tu dois retourner sur le campus demain matin?" a demandé Hil en se dirigeant vers son sac de voyage. "Oui. Mais je reviendrai tôt pour aider Maman à s'installer."

"Alors, je ferai des gaufres."

"J'aimerais bien. Je pense que ça lui fera plaisir aussi", ai-je dit, commençant à me détendre. "Nous devrions probablement aller nous coucher. La journée de demain va être longue."

"Bien sûr", a-t-il dit avec une pointe de nervosité.

Voir à quel point il était tendu ne faisait que me donner encore plus envie de lui. Je voulais le serrer dans mes bras et prendre soin de lui. Je voulais le protéger. Et que je l'admette ou non, je voulais aussi le pénétrer tout doucement, en écoutant ses petits gémissements.

Je me suis détourné lorsque j'ai commencé à avoir des palpitations. Je ne savais pas comment j'allais m'y prendre. Je luttais pour ne pas traverser la pièce, le prendre dans mes bras et le jeter sur le lit.

"Qu'est-ce qui se passe?" a-t-il demandé, il se tenait derrière moi et avait saisi doucement mes biceps.

Je pouvais sentir la chaleur de son corps. Mon loup hurlait d'un désir douloureux. Savait-il ce qu'il me faisait? Il ne pouvait pas ignorer ce qu'il prenait le risque de déclencher.
En savoir plus présent

Son Loup En Cage
(Gay Loup Garou)
Par
Alex McAnders

J'étais un loup solitaire, sans meute— se pouvait-il que le compagnon de mon destin soit un humain?

Je ne sais pas ce qui, chez Cage Rucker, peut faire hurler mon loup comme ça. Alors oui, il a un corps de dingue, et un sourire qui me fait fondre le cœur, mais il y a plus que ça. C'est quelque chose dans son odeur. Mon loup le sait.

Ce garçon va-t-il pour autant se jeter à corps perdu dans la bataille pour le découvrir? Bien sûr que non. Cage a une petite amie. Je ne craque pas pour un hétéro... enfin, plus maintenant. Je ne lui aurais même pas reparlé s'il ne m'avait pas proposé un marché que je ne pouvais pas refuser.

Et maintenant qu'on se voit tous les jours, qu'il affole complètement mon loup, qu'est-ce que je suis censé faire? J'ai travaillé sans relâche pour réprimer mon loup depuis qu'il s'est échappé et a tué quelqu'un. Puis-je lui faire confiance à nouveau? Puis-je me fier à Cage, compte tenu de ce que je ressens pour lui? Aurai-je le choix quand j'apprendrai son secret?

J'ai toujours pensé que j'étais le seul loup métamorphe au monde. Est-ce que j'avais tort? Cage pourrait-il être le compagnon qui m'est destiné?

'Son Loup En Cage' est une romance torride entre loups métamorphes, avec de l'humour, une tension brûlante et assez de piment pour vous réjouir que cette histoire se finisse bien.

*****

Son Loup En Cage

Je suis resté bouche-bée, sous le choc. Que se passait-il ? Que venait-il d'arriver ?

La petite blonde au visage anguleux se tourna vers moi. « Qui est-ce ? »

« Ah, c'est Quin. Quin, je te présente Tasha. »

Tasha me lança un regard suspicieux alors que Cage semblait mal à l'aise.

« Tasha est ma petite-amie. »

« Comment connais-tu Cage ? » Me demanda Tasha.

J'étais trop surpris par tout ce qui se passait pour parler.

« Quin devait me demander un selfie. »

Tasha se tourna vers Cage, surprise. « Oh. Tu lui en as donné un ? »

« Pas encore, » dit Cage avec un sourire.

« Je peux le prendre, » se proposa Tasha. « Donne-moi ton téléphone, » dit-elle en s'approchant de moi en tendant la main.

Toujours sans voix, je lui ai donné mon téléphone et me suis tenu à côté de Cage.

« Dites ouistiti, » ordonna-t-elle.

« Ouistiti, » répondit Cage alors que je la regardais, sous le choc.

« Voilà, » dit-elle en me rendant mon téléphone. « Regarde-le. »

J'ai baissé la tête et ai vu mon humiliation sur mon écran. « Oui. »

« D'accord. Allons-y, j'ai faim, » dit Tasha en prenant le bras de Cage et le tirant au loin.

« J'ai été content de faire ta connaissance, » dit Cage en me regardant en partant.

« Oui. J'ai été content de… te rencontrer, » ai-je marmonné, certain qu'il ne pouvait plus m'entendre.

J'ai regardé le couple fait l'un pour l'autre s'éloigner. Personne ne s'intéressait jamais à moi. Comment avais-je pu être aussi idiot ? Comment avais-je pu penser qu'un type comme lui puisse s'intéresser à un type comme moi ?
En savoir plus présent

*****

Follow me on TikTok @AlexAndersBooks where I create funny, fun book related videos:

www.ingramcontent.com/pod-product-compliance
Lightning Source LLC
Chambersburg PA
CBHW022003170726
47994CB00022B/1825